Collection dirigée par Glenn Tavennec

L'AUTRICE

Quand elle n'écrit pas, Alexandra Koszelyk est professeure de lettres classiques.

Son premier roman, *À crier dans les ruines* (Aux Forges de Vulcain, 2019), a remporté les prix du Meilleur Roman des lecteurs Points, de la librairie Saint-Pierre à Senlis, de la librairie Mérignac Mondésir, Infiniment Quiberon, Lions Club de littérature, Totem des lycéens et a été finaliste du prix Stanislas.

Le Sanctuaire d'Emona est son premier roman destiné aux jeunes adultes.

Retrouvez tout l'univers du Sanctuaire d'Emona sur les réseaux sociaux de la Collection R

LE SANCTUAIRE D'EMONA

ALEXANDRA KOSZELYK

Éditrice de l'ouvrage : Elsa Whyte

Illustrations de couverture et intérieures :
© Laura Pérez
Conception des blasons :
© Frédéric Cor

Loi n°49-956 du 16 juillet 1949
sur les publications destinées à la jeunesse et aux jeunes adultes

ISBN 978-2-221-25856-9
ISSN 2258-2932
Dépôt légal : janvier 2022
Éditions Robert Laffont – 92, avenue de France 75013 Paris

Pour Gabriel, qui m'a appris à regarder le monde

Voi che pel mondo gite errando vaghi
di veder meraviglie alte et stupende…

Sacro Bosco di Bomarzo

Vous qui errez indécis à travers le monde
pour contempler ses merveilles…

Bois sacrés de Bomarzo

PAYS DES BRUMES

Elle se tenait droite, la tête haute, ses traits ne trahissaient aucune crainte, seules ses mains attachées dans le dos tremblaient légèrement. Cela faisait quatre heures qu'elle attendait ainsi, qu'elle avait été jugée et se savait condamnée.

Elle porta le regard au loin, sur une ligne d'horizon imaginaire, au-delà du visage de ses ravisseurs. Dans le ciel sans nuages, sur sa droite, un point noir surgit. Elle plissa les yeux : l'oiseau planait dans les airs, les ailes légèrement relevées au-dessus de son corps. La silhouette prenait de l'ampleur à mesure qu'elle s'approchait : un aigle royal. Il ne devait pas être vieux car sa queue était encore barrée de plumes blanches. Un fin sourire apparut sur les lèvres de la jeune fille.

Un autre point noir se détacha sur la gauche, décrivant de grands cercles, cherchant sans doute à défier le premier oiseau. D'envergure plus large, il partait gagnant à coup sûr.

Dans les airs aussi aurait lieu un combat, pour la domination des cieux.

Le soleil, déjà haut dans le ciel, éclairait la cour carrée. Aucune ombre n'y avait sa place. La jeune fille ferma les yeux, cherchant quelques secondes à oublier l'inéluctable, mais son répit fut de courte durée : quelqu'un arrivait derrière elle. Au bruit lancinant de ses semelles contre le sol, on sentait qu'il hésitait, décuplant le supplice.

Le cœur battant, elle se prépara au premier coup.

« Ensuite, elles ne crient plus », avait marmonné, dans le cachot, une vieille au corps bleui.

Mais elle ne reçut aucune pierre : à la place, l'homme lui détacha les mains. Pourquoi ? À quoi bon ce réconfort, qui ne rimait à rien ? Qu'est-ce que cela changerait ? Elle serait bientôt morte. N'osant pas esquisser le moindre mouvement, elle resta quelques minutes sans bouger. Autour de ses poignets, elle sentait encore la pression de la corde trop serrée. Ensuite elle décida de ramener ses mains devant, de libérer ses épaules d'une position inconfortable. Voilà ce que les juges lui octroyaient : mourir les mains libres.

Et puis soudain, tout changea. Le soleil disparut derrière un épais nuage, le ciel s'obscurcit, les deux aigles se volatilisèrent comme par enchantement.

D'abord fine, l'averse devint vite plus épaisse. De l'autre côté de la cour, les juges se protégèrent la tête puis s'enfuirent comme une volée de moineaux, gagnant l'intérieur du bâtiment.

Elle se retrouva seule dans cette cour, face au déferlement du ciel. Elle regarda autour d'elle. Les gouttes s'étaient faites déluge, ricochaient sur la terre battue au sol et formaient des rigoles vers la porte de la cour : l'unique sortie. Elle tenait une occasion de partir, de quitter les pierres et les hommes, de s'enfuir vers la forêt.

Alors elle se mit à courir et n'entendit plus rien, ni l'homme qui la héla ni les avertissements lancés, seulement son cœur qui courait aussi vite que ses pas. Pieds nus, elle sentit la terre grasse et glissante, enfonçant un peu plus ses talons à chaque enjambée, comme pour mieux rebondir et échapper au massacre. Personne ne lui lancerait de pierres, personne ne l'atteindrait. La tempête s'amplifia davantage, formant un rideau naturel entre elle, ses ravisseurs et les vieilles pierres de la cour carrée.

Bientôt la forêt lui ouvrit ses bras verts : les branches ployaient sous le vent et les gouttes massives de la giboulée fredonnaient la même mélodie que le chant d'encouragement de ses parents disparus. Sur ses joues, la pluie se mélangeait à ses larmes. Elle-même ne savait pas si c'étaient des pleurs de joie ou d'effroi. Elle continua sa course, sans chercher à savoir où ses pas la mèneraient. Elle ne savait qu'une chose : les arbres la guidaient.

Mais l'énergie la quitta. Elle n'avait rien mangé depuis deux jours, à peine bu. Le souffle lui manqua, sa vue se brouilla : devant elle flottèrent des filaments de méduses noires. Il lui fallut ralentir, reprendre haleine, calmer ce cœur qui n'y comprenait plus rien. Elle stoppa net sa course, se retourna et ne vit personne. Elle crut un instant qu'ils l'avaient laissée partir. Son éclat de rire fit s'envoler quelques oiseaux.

C'est alors qu'elle bascula, face contre terre. Elle venait de se prendre les pieds dans une racine. Elle s'effondra de tout son long sur la terre argileuse, la tête heurtant une pierre.

Combien de temps resta-t-elle ainsi ?

C'est à peine si, toujours au sol, elle entendit un bruit de sabots fondre sur elle. Un souffle chaud dans son cou lui fit ouvrir les yeux, mais sa vue demeurait floue. Elle distingua une forme étrange. Était-ce un visage humain ? Mais alors pourquoi portait-il des bois sur la tête ? Si c'était un animal, comment pouvait-il se tenir debout comme un homme ? Prise de vertige, elle préféra baisser les paupières.

La mystérieuse silhouette glissa ses bras glabres sous la jeune fille et la souleva sans le moindre effort. Elle se sentit flotter dans les airs, repensa aux méduses, puis tout devint noir.

« Sélénééééé, à table ! Ton frère et Daria sont arrivés ! »

La jeune fille ne bougea pas, le visage penché sur son téléphone portable. Quels hashtags pouvait-elle ajouter sur sa dernière publication ?

Sans lever les yeux de l'appareil, elle répondit, agacée d'avoir été interrompue :

« Une minute, maman, j'arrive. »

Cela faisait une heure qu'elle cherchait la bonne pose, le bon profil, la bonne accroche. Même si elle n'avait pas vu Antoine depuis dix jours, il pouvait bien attendre un peu.

La chambre de Séléné était son sanctuaire, son refuge, la pièce qui lui permettait de se couper de ses parents. Un lieu de tous les possibles dans lequel elle gardait ses secrets, ses joies comme ses peines.

Séléné adaptait son mode de vie en fonction de ce qu'elle voyait, suivait les dernières tendances, s'habillait ou mettait dans son assiette ce qu'elle visionnait à longueur de journée. Ses parents s'en amusaient et la charriaient souvent. Le *deal* s'arrêtait à : « Tu rapportes de bonnes notes et on te fait confiance. »

Séléné passait d'un réseau à un autre, créait du contenu, contrôlait son image. C'était devenu une routine, presque une respiration, elle n'y pensait même plus. Elle s'endormait avec son portable et se réveillait avec. Elle aimait relever des challenges, partageait des stories, scrollait les profils, enchaînait vidéo sur vidéo sans voir le temps filer. Elle zappait sans difficulté des tutos beauté aux délires d'un ami qu'elle ne connaissait que virtuellement et passait du rire aux larmes. Elle adorait ces vies entières contenues sous ses doigts, dans ce petit mais indispensable téléphone. Il y avait là, derrière cet écran saturé de couleurs, d'images et de sons, une multitude d'expériences qu'elle n'aurait jamais connues autrement.

Après avoir finalisé la lumière, le cadrage, les filtres, elle posta sa photo, puis attendit quelques minutes, guettant les réactions. Le dimanche midi était-il le meilleur moment pour la publier ? Les gens étaient-ils connectés ou déjà en train de déjeuner ? Elle se mordit la lèvre. Encore une fois, elle avait sans doute été trop impulsive. Elle voulut supprimer sa publication, mais se ravisa quand elle vit des cœurs s'afficher.

De façon quasi instantanée, sa moue se métamorphosa en sourire, lequel fut accompagné par un rayon de lumière sur son bureau. Le prisme irisé sur le bois blanc était tellement incroyable et inattendu que Séléné ne lâcha pas son téléphone et fit de nouveau une mise au point pour immortaliser ce moment.

« Séléné ! »

À contrecœur, elle rangea l'appareil dans la poche de son jean, puis descendit l'escalier dont l'odeur de cire la surprenait toujours. Carole, sa mère, mettait des heures à nettoyer ces marches. Chaque semaine, le même rituel, le même effluve capiteux. Séléné pensait que sa mère avait ainsi trouvé un prétexte pour regarder, sur le mur, les photographies qui retraçaient la vie entière de sa petite famille : Antoine, son fils ; Séléné, sa fille ; et Nicolas, son mari. Sur chacune, d'immenses sourires reflétaient une vie lisse et en ligne droite, la même qu'on montre dans les publicités. Mais les photos n'étaient qu'un pâle et trompeur reflet de la réalité, bien plus tortueuse que cela.

Séléné passa la main sur le cadre en bois de l'une d'entre elles : elle devait avoir tout juste cinq ans, là. C'était sa première photo avec ses parents. De son passé, la jeune fille ne savait pas grand-chose : adoptée quelques mois avant ses cinq ans, elle ne gardait aucun souvenir de l'orphelinat qui l'avait recueillie deux semaines après sa naissance. Les seuls papiers que ses parents adoptifs avaient pu récupérer ne lui avaient rien appris.

Elle ne connaissait que son prénom : Carole et Nicolas n'avaient pas souhaité le changer, quand ils l'avaient recueillie chez eux. Ils s'étaient dit que c'était la seule trace qu'elle conserverait de sa vie d'avant. Souvent, on l'interrogeait sur l'origine de ce nom si peu commun, accentuant davantage les questions que Séléné se posait sur son identité.

Les gens de l'orphelinat l'avaient découverte devant leur porte. Quand ils avaient voulu la mettre au chaud, un papier avait failli s'envoler. Ils l'avaient récupéré et avaient lu : *Occupez-vous d'elle. Elle s'appelle Séléné.*

En dehors de cette anecdote, la jeune fille ignorait tout de ses origines.

Ce vide la hantait, son esprit craquait sous les questions, elle s'empêtrait dedans, un peu comme ce chewing-gum qu'on veut jeter mais qui reste collé aux doigts. Séléné ne savait pas, n'avait jamais su de toute façon, qui étaient ses parents biologiques ni pourquoi ils l'avaient abandonnée.

Les soirs les plus sombres, quand les interrogations l'emprisonnaient, elle se disait que c'était forcément de sa faute à elle : un défaut physique, trop de pleurs, une infirmité peut-être ?

Pourtant, elle aurait aimé percer certains mystères. Comment savoir d'où venait ce mouvement de tête en arrière quand elle rigolait ? De qui tenait-elle ses yeux jaunes ? Sa mère avait-elle les cheveux blond vénitien comme elle ? L'un de ses parents portait-il aussi au poignet cette marque qui la rendait différente des autres, en forme de croissant de lune et plus foncée que sa carnation ?

Elle adorait la fixer, dans l'espoir de voir surgir une révélation, comme par magie. Mais la tache ne révélait rien de ses secrets.

Un jour, avant le coucher, au moment de la lecture du soir, sa mère lui avait appris que son prénom voulait dire « brillante », que Séléné était le nom d'une déesse au front surmonté d'un croissant de lune, les deux pointes en haut. La petite fille qu'elle était alors avait trouvé beau que, derrière ses montagnes de questions sans réponses, existe une certaine cohérence : la trace sur son poignet était ce qui la rattachait au monde, prouvait qu'elle avait une place dans cet univers, malgré tout.

Petite, son esprit se rattachait à cette unique chimère consolatrice. Grandir n'y avait rien changé.

Aussi, la première chose qu'elle regardait chez les gens qu'elle rencontrait était leurs poignets : elle cherchait à y retrouver le même signe distinctif, une appartenance.

Un été, à la plage, elle avait cru distinguer cette forme sur le bras d'une adulte. Était-il possible que cette inconnue soit sa mère? Son esprit s'était emballé, à la fois de joie et de peur, elle s'était approchée de cette dame le cœur battant. En réalité il ne s'agissait que d'une ombre éphémère dessinée par le soleil : cette femme n'était pas sa mère biologique. Séléné était repartie, tête baissée, le cœur toujours en chamade.

Depuis son arrivée chez Carole et Nicolas elle n'avait jamais voulu fermer les volets. Elle préférait regarder le disque pâle dans le ciel. Lorsque la lune se faisait croissant, la berçant de sa lumière blafarde, Séléné s'endormait pour quelques heures; lors des lunes noires, elle restait éveillée, les yeux dans le ciel, à la recherche de sa clarté. Son abandon était une vallée salée de larmes au fleuve intarissable.

Pourtant, ses parents étaient très ouverts sur la question, jamais ils ne lui avaient caché qu'ils l'avaient adoptée. Dans la fratrie, il y avait d'abord eu Antoine, de deux ans son aîné, qui venait du même orphelinat qu'elle. Les parents s'étaient dit qu'à défaut d'avoir des gènes en commun, son frère et elle partageraient un même lieu d'origine.

Très vite, ils comprirent que leur fille adoptive n'était pas comme les autres enfants. À la crèche déjà, Séléné avait eu du mal à jouer, à s'intégrer, et cela n'avait fait que s'accentuer avec l'âge. Souvent à l'écart, elle avait du mal à trouver sa place, à rire aux mêmes blagues que ses petits camarades. Quand ses parents l'interrogeaient, elle répondait que les autres ne l'intéressaient pas. Dans la cour, elle se tenait à l'écart, sur les marches, près de la porte, à les regarder sauter à l'élastique, jouer aux cartes, aux billes ou lancer leur caillou dans les cases de la marelle.

Elle préférait rester seule avec ses jeux imaginaires, à s'inventer d'autres mondes.

Inquiets, les parents avaient consulté un médecin. C'était chose rare : elle n'avait jamais été malade.

Chez le médecin, Séléné était demeurée égale à elle-même : dans le cabinet, face au bureau, elle n'avait rien dit, se contentant de quelques monosyllabes, haussements d'épaules et sourires de façade. Elle s'emmurait dans le silence et voulait que personne ne puisse se glisser dans la moindre brèche.

Séléné n'en souffrait pas.

« C'est ainsi », répétait-elle souvent à ses parents. Ils avaient fini par cesser de s'inquiéter eux aussi.

Comme leur fille consacrait l'essentiel de ses loisirs à dessiner dans sa chambre, ils avaient montré ses croquis à un psy qui leur avait répondu :

« C'est sa façon de s'exprimer. Certains enfants communiquent à l'oral, d'autres par écrit. C'est rassurant. Au moins, elle ne garde pas tout en elle. Surveillez ce qu'elle dessine, et si jamais vous pensez qu'il faut en parler, revenez me voir. »

Elle dessinait partout : dans sa chambre, au restaurant sur les sets en papier. Elle commençait par le sien, et à la fin du repas ceux de son frère et de ses parents étaient eux aussi maculés de stylo à bille. Parfois, elle demandait même les sets des autres tablées.

Ses parents lui avaient suggéré de passer aux feutres, à l'aquarelle ou à la gouache, mais Séléné préférait son Bic bleu.

« C'est pratique, je peux toujours en avoir un sur moi. »

Au fil du temps, son univers déjà riche et imaginaire s'était encore diversifié, mais certains thèmes revenaient plus souvent, comme ce cerf aux bois immenses. Avec le succès de la série de livres *Harry Potter*, son frère s'était moqué d'elle en lui disant qu'elle avait le même *patronus* que ce garçon de papier, mais Séléné s'était contentée de sourire en retour, l'index caressant les bois bleus du cerf. Elle n'en savait rien, elle dessinait ce qu'elle voyait dans sa tête, et cela l'apaisait, c'était suffisant pour elle.

De façon étonnante, jusqu'à ses quinze ans, Séléné n'avait pas cherché à en savoir plus sur ses parents biologiques : cela faisait partie de son passé. Mais le jour de son entrée au lycée, un déclic s'était produit. Sur la feuille de présentation donnée par son professeur, elle avait barré la ligne des renseignements sur ses parents. À la place, elle avait inscrit : INCONNUS. Au moment de rendre le document, elle s'était sentie libérée d'un poids, celui d'une vérité longtemps tue.

Dans la soirée, le téléphone avait retenti. Personne n'appelait sur le fixe, son père avait grogné « Encore de la publicité» avant de décrocher. D'abord sans voix quand la proviseure avait demandé davantage d'explications, il lui avait ensuite répondu puis, après avoir raccroché, il avait tourné un visage marqué par l'incompréhension et avait posé des questions à sa fille, mais Séléné lui avait tenu tête :

« Ce n'est pas la vérité ? Je n'ai pas le droit de l'écrire ? »

Sa mère avait laissé échapper le bol qu'elle tenait dans ses mains, puis la lycéenne s'était murée dans le silence, incapable de communiquer autour de ce trouble nouveau. Chacun était resté dans son coin avant de passer à table, grignotant en silence une incompréhension palpable et pesante.

Depuis, ils n'en parlaient plus. C'était une sorte de statu quo étouffant dans lequel personne ne trouvait sa place. Mais la légèreté de ce silence était toujours plus saine qu'une discussion qui ne mènerait nulle part. Les parents étaient dans l'incapacité de trouver des réponses aux questions de Séléné et se morfondaient un peu plus chaque jour de la souffrance de leur enfant. Son père, Nicolas, eut alors ses premiers cheveux blancs.

Il est des terres de détresse qu'on ne peut ni explorer ni combler.

Son frère non plus n'avait pas été d'un grand secours : lui n'avait jamais éprouvé la nécessité de chercher à savoir qui étaient ses parents biologiques; ceux qui l'élevaient lui suffisaient.

«Je sais bien ce que je dois à nos parents, Toinou, c'est simplement que j'en ai besoin. Je n'arrive pas à savoir qui je suis vraiment, sans connaître mes origines.»

Antoine avait haussé les épaules et s'était remis à ses équations sans plus accorder d'attention à sa sœur. Les rares points communs qu'ils avaient plus jeunes finirent par disparaître. À l'entrée dans l'âge adulte, ils vivaient sur des continents différents.

Depuis près d'un an, quelque chose avait changé : Séléné redoutait les nuits. Elle ne disait rien à personne, mais elle enchaînait les cauchemars, se réveillait de longues heures, hagarde. Ces visions sans début ni fin grouillaient de formes inconnues et terrifiantes. Elle les gardait pour elle en espérant que ce chaos nocturne s'arrêterait à son réveil. Mais il durait et l'étouffait de sa noirceur. Le jour revenu n'y faisait rien.

Ces nuits-là, elle se sentait encore plus seule que d'habitude. Elle se réveillait la respiration courte, les membres engourdis, voire paralysés. Avec l'impression de ne plus faire partie de ce corps, ou du moins qu'elle ne le comprenait plus. Que voulait-il lui dire ?

Alors, elle allumait son portable dont la lumière agissait comme un pansement. Elle faisait défiler les vidéos et se perdait dans le labyrinthe algorithmique des contenus postés. Elle se rassurait ainsi, le casque sur les oreilles : écouter des personnes lui donnait l'illusion de ne plus être seule.

Après les premières insomnies, elle avait voulu en parler, mais s'était ravisée. À quoi bon ? Les adultes n'avaient jamais eu de réponse à lui donner. Alors elle avait choisi de consigner ses terreurs nocturnes dans son carnet de croquis. C'était sa façon à elle de s'en débarrasser : elle déposait ses idées puis, une fois la couverture refermée, se sentait plus légère; elle noircissait ses feuilles pour blanchir son âme.

Il y en avait partout, dans tous les coins : des figures chimériques ou fantastiques, des êtres mi-bêtes, mi-hommes. Parfois bienveillants, le plus souvent cruels, ils ressemblaient à des illustrations de conte. Quand Séléné passait le doigt dessus, il lui semblait que le crayonné prenait vie, elle paniquait, rabattait la couverture de son carnet et descendait l'escalier en trombe.

Devant la photo de ses cinq ans, Séléné eut un sourire triste : on ne sait jamais vraiment de quoi sera fait l'avenir. Cette petite fille aux couettes hautes ne se doutait pas que grandir serait aussi difficile. La lycéenne resta quelques instants encore, les yeux dans le vide, à la recherche d'une naïveté perdue, quand elle entendit une voix au rez-de-chaussée :

« Nico, tu as sorti le rôti ? »

Elle savait d'avance quel spectacle l'attendait et cela l'ennuyait déjà : sur la table, une des nappes réservées au dimanche, des couverts bien ordonnés, le tranchant des couteaux vers l'assiette, les dents des fourchettes retournées contre la table, deux verres, l'un à pied, l'autre non, une salade avec l'entrée, une viande rouge en plat principal, accompagnée des habituels haricots verts.

Ce que Séléné détestait par-dessus tout, c'était les sourires plats de ses parents, leur côté lisse et dénué de toutes passions. Ici, rien ne filtrait, il ne fallait pas parler trop fort, ne pas couper la parole, écouter les autres, mettre ses coudes d'une certaine façon et non d'une autre, bien positionner sa serviette, ne pas se servir en premier, en laisser pour les autres, découper le pain dans ce sens – il en allait de même pour les fromages.

Un jour, à table, Séléné avait calculé le nombre de remarques de ses parents et s'était arrêtée à quarante-deux. Ces habitudes millimétrées l'agaçaient, elle aurait eu envie d'un peu de fantaisie, de manger sur une table sans nappe, à même le bois, d'avoir des couverts dépareillés, de commencer par le fromage et de le découper comme elle le voulait, en triangle, même, pourquoi pas ?

Séléné avait du mal avec ces cases qu'on lui imposait : elle se sentait comme une herbe folle qu'on ne peut ni cueillir ni rempoter. Elle voulait grandir en dehors des marges, sur le bas-côté de la vie.

Du moins, loin de celle de ses parents.

En songeant aux injonctions familiales qui ne manqueraient pas d'arriver pendant le déjeuner, elle bâilla d'avance, puis sortit le portable de sa poche pour guetter les nouvelles réactions.

« Trop fraîche, ma girl. »

« T magnifique »

Un instant, elle eut envie de rester là, au milieu de l'escalier, entre deux rives, dans la bulle des réseaux : continuer d'échanger avec ses amies, suivre leurs dernières photos postées. Même si elle ne connaissait pas ces filles dans la vraie vie, Séléné avait su créer un véritable cercle d'amitié virtuelle. Ses parents avaient même trouvé ça très encourageant : c'était la première fois que leur fille nouait des contacts avec d'autres jeunes de son âge.

En réalité, la virtualité permettait le désengagement du corps, ce n'était plus lui qui régentait le premier contact, on passait directement à l'étape d'après, celle où l'on parle de ses passions, de son caractère. Séléné avait même la sensation que cette amitié était plus profonde que celle qui pouvait naître dans la réalité.

Ce midi, elle avait ressenti le besoin de ne pas quitter cette bulle, de continuer d'échanger avec ses amies, par écrans interposés, mais elle entendit le rire de Daria, la copine de son frère. Avec elle naissait la promesse d'un déjeuner plus joyeux que d'habitude. Séléné rangea son téléphone et sauta d'un trait les quatre dernières marches de l'escalier. Elle perdit l'équilibre, mais se reprit avant d'entrer dans la salle à manger.

« Et toi, Séléné, que vas-tu faire cet été, pendant les vacances ? C'est l'année pour faire un truc sympa ! L'an prochain, ce sera le bac… »

Les regards se tournèrent vers la lycéenne, qui faillit s'étouffer avec sa fraise. Elle prit une grande inspiration, cela faisait tellement de temps qu'elle voulait aborder ce sujet. Depuis quelques mois, chaque midi, elle entrait au CDI et réservait un ordinateur pour effectuer des recherches sur les jobs d'été. Elle se lança, les yeux sur les miettes de la table :

« J'ai envie de partir : loin, en Australie, faire de la cueillette. Je me suis renseignée : je ne suis pas encore majeure, mais certaines associations peuvent me signer un contrat pour que je puisse bosser, et puis je… »

Sa mère ne lui laissa pas le temps de poursuivre :

« En Australie ? »

Le ton de sa voix révélait son incrédulité. Son père surenchérit :

« Pour faire de la cueillette ? Pas besoin de faire des milliers de kilomètres pour aller ramasser des fraises.

Je peux te trouver une ferme dans un rayon de vingt kilomètres. C'est n'importe quoi ! »

Nicolas ponctua son discours en avalant d'un trait son verre de vin, le visage aussi rouge que son bourgogne.

« C'est donc une fin de non-recevoir, on ne peut pas en parler ? C'est terminé ? »

Antoine mit la main sur celle de sa sœur, cherchant sans doute à l'apaiser un peu, mais Séléné la retira et posa les deux mains bien à plat sur la table, prête, déjà, à se lever.

« De nouveau, tu t'enflammes. On ne peut jamais rien te dire, tu démarres toujours au quart de tour. Je te dis simplement qu'on peut très bien vivre de belles aventures sans partir très loin, c'est tout.

— Sans doute veut-elle suivre l'exemple de ces influenceuses sur les réseaux ? J'ai vu un reportage à la télé il y a quelques jours, elles font toutes des voyages de rêve, et l'Australie est la destination préférée des jeunes », intervint sa mère.

À l'autre bout de la table, son père eut un rictus méprisant.

Séléné serra les poings sur la table, une petite veine sur son front palpitait de plus en plus vite. Elle détestait quand sa mère utilisait le pronom « elle » alors qu'elle se trouvait dans la même pièce.

« Parce que tu veux dire que je ne peux pas choisir par moi-même où je veux aller, que j'ai besoin du goût des autres ?

— C'est exactement ça, sinon, pourquoi irais-tu aussi loin ? Pense à *Candide*, que tu as étudié cette année. Quelle est la morale à la fin ? "Il faut cultiver son jardin."

Voltaire ne parle pas de ceux situés à des kilomètres, asséna son père avec un sourire satisfait.

— Vous ne comprenez vraiment rien à rien ! J'ai envie de découvrir autre chose, de partir loin d'ici, de me déconnecter. Me retrouver dans une ferme à vingt bornes d'ici ! Tu parles d'une déconnexion !

— Oh la bonne blague, est-ce vraiment toi qui emploies le terme "dé-con-ne-xion" ? Non, parce que j'aimerais bien voir comment tu souhaites te déconnecter, avec ton portable éternellement greffé à la main. »

L'attaque était vile et basse. Séléné avala avec difficulté sa salive, réprima un sanglot, respira un grand coup, puis cria presque :

« Il ne vous est pas venu à l'esprit que c'était de vous que je voulais me déconnecter, de toute cette petite vie qui m'étouffe, de vos soirées silencieuses l'un à un bout du canapé, l'autre de l'autre côté ? Vous avez tellement refoulé vos désirs que vous n'en connaissez même plus la saveur ! Mais moi je n'ai pas encore l'âge d'être raisonnable, je suis jeune ! Et, papa, puisque tu cites Voltaire, moi aussi je peux le faire : "Je préfère les convulsions de l'inquiétude à la léthargie de l'ennui." Alors laissez-moi vivre ça, sans m'étouffer, sans avoir peur pour moi, au moins une fois dans votre vie ! Laissez-moi vivre, même dans l'inquiétude ! Laissez-moi grandir ! J'aurai bien le temps ensuite de vieillir, puis de mourir. »

Séléné regarda une dernière fois ses parents, puis monta dans sa chambre.

C'est à peine si elle entendit sa mère dire :

« Mais enfin, où va-t-elle ? Elle n'a même pas pris de dessert !

— Laisse, Caro, ça lui passera. »

Sur son lit, Séléné sortit son téléphone, mais elle eut du mal, à travers les larmes, à voir quelles étaient les dernières actualités postées.

Quelqu'un toqua timidement, mais Séléné fit la sourde oreille.

« C'est Daria… Ouvre-moi. »

La lycéenne se leva de son lit, se regarda dans le miroir, effaça quelques traces de mascara qui avaient coulé sous ses yeux et sur ses joues, puis entrebâilla la porte. Les deux jeunes filles se firent face, un sourire triste sur les lèvres.

« Viens, entre. »

Séléné s'entendait bien avec l'amie de son frère. Petite brune pétillante, Daria savait d'un éclat de rire désamorcer les situations compliquées. Avec elle, rien n'était grave. La lycéenne aurait bien aimé avoir une sœur comme elle. Quand Séléné lui demandait comment elle faisait pour être toujours joyeuse, Daria haussait les épaules :

« C'est parce que j'ai été privée de tout. Dans mon enfance, à Bucarest, nous n'avions rien, l'architecture de la ville était à l'image de la vie que j'ai menée là-bas : rectiligne et austère. Mais cela me suffisait, puisque je n'avais jamais connu autre chose. Depuis que je suis en France, j'ai l'impression de vivre dans la caverne d'Ali Baba. »

Daria parlait tout en faisant de grands gestes, roulant les *r*, confondant parfois le masculin et le féminin. C'était là toute la poésie de son caractère : chantant. Il n'y avait que ce détail qui révélait que le français n'était pas sa langue maternelle. Pour le reste, à force de lire des classiques de la littérature française, sa langue était remarquable, parfois même un peu désuète. Séléné l'aimait en partie pour cette raison, pour sa persévérance qui démontrait une force de caractère indéniable.

Quand elle ne disait rien, son visage portait la douceur des humbles, de ceux qui ont déjà connu mille tourments dans leur courte vie.

Partie précipitamment de Roumanie avec sa mère et sa sœur cinq ans auparavant, Daria revenait rarement sur ce départ soudain. La première fois qu'elle était venue chez les parents de Séléné, Antoine avait prévenu ses proches de ne pas trop poser de questions à ce sujet : cela restait une souffrance pour Daria. Elle y avait laissé une terre, des racines, une langue, mais surtout un frère jumeau.

Son père avait interdit à sa mère de l'emmener. C'était un garçon : il devait rester sur sa terre, parmi les siens. Quand son père serait plus vieux, la place de chef de famille lui reviendrait. Quel destin l'attendait en France ?

Un peu plus tôt, au déjeuner, les parents de Séléné avaient demandé des nouvelles de Vlad. Les yeux de Daria s'étaient assombris :

« Mon frère va bien, mais malgré les années, c'est toujours aussi difficile d'être séparée de lui. Petits, nous étions inséparables. Chaque jour, je me demande ce qu'il fait, s'il est heureux. Je garde pour lui une grande admiration : il n'en veut pas à mon père de nous avoir désunis. »

Elle avait ensuite cherché ses mots, veillant à ne pas se laisser envahir par la colère :

« Moi, je ne comprends pas mon père. On pourrait penser qu'il a gardé Vlad par amour, mais il n'en est rien. Il a agi par orgueil mal placé : il voulait tout simplement imposer sa force, se croire le grand vainqueur, mais surtout faire du mal à ma mère. Vlad n'était qu'un moyen de plus pour montrer sa puissance. Vous le savez déjà, mais mon frère est parti vivre chez mes grands-parents, qui le connaissaient à peine, et il ne voit jamais notre père, toujours en déplacement. Rien n'a changé depuis notre départ, mon père a toujours été le grand absent. Tu parles d'une existence épanouie pour mon frère ! Vlad serait mieux en France, avec ma sœur et moi. On ne devrait jamais séparer une fratrie. »

Sur la nappe rouge, les jointures de ses mains devenues blanches à force d'être serrées ressortaient par contraste. Puis son esprit avait de lui-même chassé les idées noires, signe d'un caractère résolument optimiste.

Son regard s'était même fait rieur.

« Mais l'essentiel est que je le revois cet été, j'ai vraiment hâte ! »

C'était cette phrase qui avait lancé la conversation autour des vacances d'été.

Sur les murs de la chambre de Séléné, quelques dessins étaient accrochés. Un des pans était rempli de portraits, inspirés de ses lectures de mangas ; l'autre, situé près de la fenêtre, était constitué de créations plus mystérieuses, de paysages où le vert dominait. Des arbres à perte de vue qui formaient une fresque presque vivante.

Daria les toucha du doigt, s'attendant presque à entendre le chant d'un oiseau.

« C'est la première fois que je vois tes illustrations, elles sont hypnotiques. »

Elle les fixa un temps, perdue dans ses pensées, puis, comme si elle sortait d'un songe, secoua la tête et s'approcha de Séléné.

« Tu devrais les montrer lors des repas de famille, tu as un véritable talent. »

La lycéenne resta muette : elle ne voyait pas trop ce que Daria entendait par « talent ». Elle dessinait parce que cela jaillissait hors d'elle, sans qu'elle puisse le contrôler. De là à savoir si c'était beau ou non, elle ne s'était jamais posé la question. Elle avait ressenti le besoin de dessiner ce qu'elle portait en elle, et cet acte lui faisait du bien. Le reste…

Daria s'assit à côté d'elle sur le lit, essaya d'aplanir de la paume de sa main la couette qui formait des petites boules, et chuchota comme un secret, en passant la main dans les cheveux de Séléné :

« Laisse-leur le temps de comprendre que tu as grandi. Tu es leur petite dernière, c'est normal, et même humain, de vouloir te garder encore un peu auprès d'eux. Quand tu seras définitivement partie de la maison, qui restera ici ? Seulement leurs deux solitudes. Ne pas te voir grandir est une façon pour eux de ne pas vieillir, de retrouver leur petite fille avec des couettes. Ma mère aussi a mis du temps à comprendre que je n'étais plus une enfant. »

Daria avait raison. C'était sans doute pour cette raison que Séléné tentait par tous les moyens de suggérer des activités à ses parents, de les entraîner dans des *escape games* ou flâner dans les magasins. Sa façon à elle de les sortir d'une certaine léthargie.

La veille encore, alors qu'elle regardait ses parents, chacun dans le silence de son fauteuil, elle s'était demandé si c'était cela vieillir : ne plus éclater de rire, économiser ses paroles, son souffle. Respirer, mais sans s'esclaffer : une façon qu'avait le corps de s'habituer à la lointaine mais prochaine et dernière étape : la mort. Comme une sorte de palier de décompression.

Séléné préféra éloigner cette pensée lugubre d'un éclat de rire :

« Ils ne veulent pas que je grandisse ; je ne veux pas les voir vieillir : nous voilà bien !

— C'est exactement ça ! À chacun de trouver sa place dans le tourbillon des âges. Laisse-les se calmer. Et puis, je ne sais pas si je devrais te le dire, mais j'ai une petite idée derrière la tête, ajouta Daria avec un clin d'œil. Dans quelques jours, tu verras, ils accepteront que tu partes. Tu me fais confiance ? »

La lycéenne tenta de sonder le visage de Daria, en vain.

Quelle pouvait bien être cette fameuse solution ?

Elle se leva de son lit. En passant à côté de Daria, elle la serra dans ses bras de tout son espoir contenu.

« Merci d'être là pour moi, et de me comprendre. »

Quelques jours s'étaient écoulés depuis l'altercation. Séléné s'efforçait de faire bonne figure auprès de ses parents, mais l'ambiance restait morose, chacun campant sur ses positions. Le seul espoir résidait dans les dernières paroles énigmatiques de Daria : la lycéenne guettait le retour de son frère et de son amie. Tous les deux étudiants dans une école de commerce, ils avaient terminé leurs partiels et attendaient leurs résultats avant de partir en vacances.

Quelle était donc la « petite idée » qu'avait évoquée l'amie de son frère ? Séléné avait tenté de soudoyer Daria par SMS, mais elle n'avait reçu que des émojis énigmatiques pour toute réponse.

Le jeudi soir, alors que Séléné revenait tout juste du lycée, elle ne s'attendait pas à entendre des voix venant de la cuisine. Habituellement, ses parents étaient chacun dans son bureau, au téléphone avec des clients. Elle referma doucement la porte d'entrée et resta dans le couloir. Dans le jardin, le carillon métallique laissait entendre des notes graves au gré du vent. La lycéenne s'approcha de la porte de la cuisine.

« Antoine est d'accord, ce sera l'occasion que frère et sœurs se retrouvent, le temps d'un été. Cela peut aussi faire du bien à Séléné. Je l'aime bien, et suis chagrinée de la voir s'enfermer dans sa chambre, le nez collé sur son écran. Il y a plus épanouissant.

— L'idée n'est pas pour me déplaire, Daria. Vous iriez donc d'abord à Bucarest, c'est bien ça ? »

C'étaient les voix de sa mère et de Daria. Mais de quoi parlaient-elles ?

« On prendrait mon frère au passage. Je profite du fait que mon père soit d'accord pour que je l'embarque avec moi cet été, et je fais d'une pierre deux coups. »

Séléné tendit l'oreille, mais n'entendit ni la suite de la conversation ni la réponse de sa mère.

« Tu es déjà rentrée ? »

La voix de son père dans son dos la fit sursauter. Elle se retourna, rouge comme une pivoine. Dehors, les notes du carillon s'enchaînèrent plus rapidement.

« Viens dans la cuisine, ta mère a quelque chose à te dire. »

Elle n'en menait pas large. Qu'allaient-ils lui annoncer ? Qu'ils avaient trouvé un travail de cueillette dans une des fermes voisines ? Ou même pire, qu'ils avaient proposé au vieux voisin qu'elle désherbe son jardin, comme l'été dernier ?

« Salut ma puce, ça tombe bien que tu sois là. Daria nous a parlé d'un projet : avec Antoine, elle compte aller en Roumanie cet été pour revoir son frère. »

Séléné ne voyait pas trop où sa mère voulait en venir. Celle-ci avait un petit sourire en coin, difficile à interpréter : elle fronça les sourcils et interrogea Daria du regard.

Son père prit la parole :

« Allez, on arrête de te faire marcher. Une fois Vlad récupéré, vous prendrez un vol pour Sydney et vous irez tous ensemble cueillir des ananas en Australie. Tu peux remercier Daria. »

La lycéenne n'osait pas y croire. Sceptique, elle regardait tour à tour ses parents, puis Daria.

« Dès que tu auras passé tes épreuves de français, nous partirons. Ma mère me prête sa voiture, qui est hyper vieille, mais elle fera l'affaire. Tout roule, si je puis dire ! »

Sur le visage de Séléné se dessina le plus large de ses sourires.

« Pour de vrai ? Vrai de vrai ? Vous acceptez ? Et en plus, je pars avec Daria et Antoine ? Mais… jamais je n'y aurais pensé ! Vous êtes géniaux !

— Nous le savions déjà », affirma son père en éclatant de rire.

Puis, par pudeur, il enchaîna :

« Tu pars, mais pour le moment tu es encore ici, alors mets la table. Daria et ton frère dînent avec nous. »

Au cours du dîner, les échanges fusèrent. Séléné, intarissable, se voyait déjà partir en *road trip* comme dans les séries américaines.

« La première fois de ma vie, la première ! Sans vous les parents, quel kif !

— Sélénéééééé !

— Pardon, papa : quelle joie ! Mais vous connaissez des fermes ? Vous savez où on peut faire de la cueillette d'ananas ? Vous avez des spots de détente ?

— On a bien le temps. Au pire, on trouvera sur place. »

Carole faillit s'étouffer avec son aile de poulet.

« T'inquiète, m'man, on gérera ! »

La jeune fille ne tenait pas en place sur sa chaise, elle se dandinait, toute joyeuse, n'avait presque rien avalé de son repas et posait mille questions à l'heure.

« Et sinon, comment est ton frère, Daria ? Il te ressemble ? Il a un bon caractère ? Il fait quoi dans la vie ? Il est sympa ? Il a une copine ?

— Séléné ! rit Antoine.

— Je demande, c'est tout », ajouta-t-elle, rougissant un peu trop pour que sa réponse soit honnête.

Puis, pour changer de conversation :

« Qui veut du dessert ? Maman a fait un crumble ! »

D'elle-même, Séléné partit le chercher dans la cuisine en sifflotant. L'ambiance était apaisée pour la première fois depuis de nombreuses semaines.

Les journées de la lycéenne étaient rythmées par ses révisions en vue de l'oral de français et ses recherches sur l'Australie. Elle avait déniché une pension pas très loin de la ferme, échangé par mail avec la propriétaire, s'était renseignée sur la durée des trajets entre les deux lieux, avait sympathisé sur les réseaux avec des Australiens qui vivaient près de Yeppoon, repéré des balades sympathiques à faire le soir, ou le week-end. Pour finir, la jeune fille avait aussi créé un compte @summerjobinaustralia sur lequel elle avait l'intention de raconter toute cette aventure. Chaque jour, elle envoyait ses dernières trouvailles à Antoine et Daria. Leur boîte mail était submergée de photos, d'idées de balades, et même de recettes de cuisine.

Ses parents ne la reconnaissaient plus ; il y avait une sorte de fierté dans leur regard, celle qu'éprouvent les parents quand le comportement de leurs enfants prouve qu'ils ont pris la bonne décision. Le climat était au beau fixe, une belle accalmie que personne ne voulait rompre.

Le soir, avant de s'endormir, Séléné imaginait ces deux mois qu'elle passerait loin d'eux. Elle songeait aux péripéties que son frère, Daria et elle vivraient tous les trois dans la voiture, mais aussi aux différents pays qu'ils traverseraient. De Lyon, ils auraient deux mille quatre-vingt-huit kilomètres à faire. Son frère avait calculé : vingt heures de trajet. Ils franchiraient la frontière italienne, traverseraient des villes mythiques comme Vérone ou Venise, puis ce serait la Slovénie, la Croatie, la Serbie, et enfin la Roumanie. Séléné avait punaisé une carte dans sa chambre et tous ces noms lui donnaient le tournis. Quel pied ! Autant de pays en si peu de temps !

La jeune fille pensait aux prochaines photos qu'elle ferait, toutes plus dépaysantes les unes que les autres. Elle aimait aussi se dire qu'elle rétablirait le lien qu'elle avait avec son frère avant qu'il ne parte faire ses études, que c'était une belle façon de le retrouver, mais aussi de connaître davantage l'amie d'Antoine.

À ces paysages et pays inconnus s'ajoutait le frère jumeau de Daria. Séléné avait cherché son nom sur les réseaux, mais il était très discret. Au pire son profil était inexistant, au mieux il le gardait en mode privé.

Toutefois, malgré le manque d'informations, elle s'était surprise à esquisser, dans les marges de ses fiches de révision, le visage d'un jeune homme inconnu : celui de Vlad, ce qui la faisait rire ; elle se découvrait une âme romantique qu'elle ne se connaissait pas.

Au moins, cela la changeait de ses nuits, toujours aussi chaotiques : si les journées étaient enjouées, une fois minuit passé ses cauchemars se faisaient plus fréquents ;

et le matin, elle se réveillait fatiguée, comme si elle avait vraiment vécu ces histoires nocturnes.

Séléné n'arrivait pas à comprendre ; elle ne regardait pas vraiment de séries violentes ou *gore*. Certains mauvais rêves revenaient régulièrement, comme celui où un homme à peine plus vieux que son frère se faisait trancher la gorge. Autour de lui des gens acclamaient le bourreau, le poussaient à commettre l'irréparable. Ils avaient des visages ignobles, défigurés par la colère. Elle assistait à la scène, impuissante : de sa bouche ne sortait aucun son et ses pieds semblaient entravés.

Au réveil, elle se souvenait encore du sang qui avait jailli en jet, au moment où la lame du couteau ouvrait lentement le cou du jeune homme ; elle n'avait pu se détourner de l'effroi du supplicié face à sa douleur, puis de son regard vide, du voile qui avait terni ses yeux. Ensuite le bourreau lâchait sa proie, et, dans un sourire carnassier, levait les bras au ciel dans un hurlement bestial.

Depuis quelque temps, ces images surgissaient même le jour, sans que Séléné pût les réprimer.

La lycéenne se taisait, faisait bonne figure face à ses parents qui, pour une fois, la laissaient tranquille : ce n'était pas le moment de se plaindre. Et puis, l'auraient-ils laissée partir si elle leur avait dit qu'elle se sentait si fatiguée, qu'elle faisait de tels cauchemars ?

Partir de chez elle lui ferait sans doute du bien.

Les mois de mai et juin passèrent en un éclair : son esprit était complètement obsédé par ce voyage, les épreuves de français furent pour elle une formalité.

À l'oral, elle eut une chance démoniaque : l'examinateur l'interrogea sur un poème de Guillaume Apollinaire, un des textes du corpus qu'elle préférait.

Elle l'aimait tellement qu'elle en avait eu des frissons au moment de la lecture :

Le Rhin le Rhin est ivre où les vignes se mirent
Tout l'or des nuits tombe en tremblant s'y refléter
La voix chante toujours à en râle-mourir
Ces fées aux cheveux verts qui incantent l'été

Elle sortit de la salle d'examen avec la fierté d'avoir réussi, et le bonheur d'enchaîner avec le meilleur des *road trips* sur terre.

Sur les réseaux, elle posta un selfie pris devant la fontaine du lycée, arborant un sourire large jusqu'aux oreilles. Hashtag : #holidays !

PAYS DES BRUMES

Cela faisait plusieurs heures qu'elle marchait sans trop savoir où ses pas la guidaient. Autour d'elle, les arbres ressemblaient à de grandes marionnettes aux fils tendus mais immobiles. Bras en l'air, le corps tordu et de travers, ils ressemblaient à de drôles de pendus.

Le jour mettait du temps à se lever, elle l'attendait avec la même impatience qu'une fleur : les premiers rayons de soleil la réchaufferaient, ses doigts et ses orteils ne la feraient plus souffrir, elle pourrait enfin s'épanouir, déployer son corps. Elle regarda ses mains dont l'auriculaire et l'annulaire étaient devenus blancs. Le froid ralentissait le sang qui n'allait plus que dans les endroits vitaux.

Elle frotta ses mains l'une contre l'autre, massa ses doigts dans l'espoir de les sentir à nouveau, mais seule une douleur aiguë battit sous sa peau. Elle s'assit et s'adossa contre un tronc, jambes repliées contre son buste pour se réchauffer. Ses mains tremblaient sans pouvoir s'arrêter.

Où était-elle ?

Elle avait marché guidée par la plus lumineuse des étoiles, et n'avait donc pas pu tourner en rond. Pourtant, il lui semblait avoir déjà vu ce vieux chêne recouvert de mousse. Elle resta quelques instants sans bouger, à la recherche d'un quelconque indice susceptible de la guider.

Une odeur très forte lui chatouilla les narines.

Celle d'un bouc.

Elle tenta de se redresser, mais ses jambes s'étaient mises à trembler aussi. Sans qu'elle y prenne garde, des larmes commencèrent à couler le long de son visage et se perdirent dans son cou. De quoi avait-elle peur, au juste ?

Aux aguets, elle attendit, cherchant d'où viendrait l'animal, mais aucun bruit n'arriva jusqu'à elle. Elle souffla et s'adossa de nouveau contre le tronc. L'odeur revint. Plus forte qu'avant. Elle tourna la tête et aperçut sur sa gauche une plante aux fleurs vert et gris. C'était d'elles qu'émanait cette odeur si particulière. Elle éternua plusieurs fois, se frotta le nez et ferma les paupières. Quand elle les rouvrit, une ombre planait au-dessus d'elle.

Remplie de crainte, elle leva lentement la tête avant de reculer de surprise : elle n'avait jamais vu pareil animal. D'ailleurs en était-ce vraiment un ?

Les bois de sa tête étaient les mêmes que ceux qu'elle avait déjà pu voir sur des cerfs ; sur certaines parties avait poussé de la mousse, et quelques minuscules fleurs blanches, orange et bleues y avaient également trouvé refuge. Le spectacle était grandiose.

Cependant les yeux de la bête l'étaient davantage encore : en amande, ils ressemblaient à ceux d'un être humain. Une barbe blanche et longue complétait ce curieux visage.

Ils se firent face quelques minutes : de la brume émanait de cette chimère à figure humaine et corps de cerf. Soudain, ses oreilles bougèrent en arrière, il tourna la tête, la dévisagea une nouvelle fois, comme s'il souhaitait lui dire quelque chose, puis en quelques bonds il s'éloigna d'elle.

Elle le suivit du regard, hypnotisée par ce spectacle. Alors elle eut l'intuition qu'il fallait le suivre, qu'elle devait mettre ses pas dans les siens.

L'image sous ses yeux était irréelle : le brouillard du jour s'écartait sous ses sabots, et tout autour d'eux, sur le chemin et dans les buissons, de minuscules points blancs dansaient sous les feuilles; c'étaient des lucioles qui les accompagnaient et formaient un tapis lumineux comme pour indiquer la route.

L'instant aurait pu durer des millénaires.

Occupée à observer le cerf dont les bois se balançaient de gauche à droite, elle n'entendit les cavaliers que lorsqu'ils fondirent sur lui.

Ensuite, tout alla très vite : l'un des archers tira une première flèche. L'animal ralentit, sans se retourner. Il marchait toujours de façon digne et majestueuse. Une seconde flèche l'atteignit au flanc, du sang coula, mais le cerf poursuivit sa route. Le troisième cavalier lança son cheval au galop et, parvenu à la hauteur de l'animal, brandit une épée, dont l'éclat meurtrier rugit au-dessus de sa tête, la tourna trois fois dans les airs, puis lui trancha la tête.

Rien ne paraissait entraver le cheminement du cerf : il continua, mais son pas ralentit, les fleurs sur ses bois se fanèrent, les lucioles s'éteignirent une à une, le brouillard l'enveloppa de nouveau. Elle peinait à le distinguer, voulut aller le voir, courir vers lui, mais les cavaliers rôdaient autour, l'entourant de leurs capes noires souillées par son sang.

Elle eut l'impression que la tête tombée par terre la regardait une dernière fois. Ses yeux déjà vides de vie disaient toute la détresse du monde, sans colère. L'instant d'après, son corps s'écroula au sol, dans un bruit mat. Elle ne le vit plus, le brouillard l'avait sans doute avalé.

Alors elle déporta son regard, elle regarda la scène, et ces hommes qui ramassaient la tête du cerf. Glacée par les rires des guerriers qui lançaient leur trophée comme une balle dans les airs, elle resta muette, sans bouger. Chaque lancer était une offense, chaque rire une épée qu'ils lui enfonçaient dans le corps.

Le froid qu'elle ressentait tout à l'heure n'était rien comparé à la nuit qui s'était invitée en elle.

Bip bip bip bip…

Réveillée en plein cauchemar, Séléné mit un certain temps à comprendre que la sonnerie venait de l'alarme de son portable. Elle ouvrit péniblement un œil, puis l'autre ; elle était encore là-bas, dans cette forêt dense qu'elle n'avait pourtant jamais visitée. Peu à peu, elle reprenait le contrôle de sa respiration, qui s'était emballée au rythme des flèches des archers lancées sur l'homme-animal.

L'odeur du sang chaud persistait, des relents s'étaient immiscés dans ce monde-ci et flottaient dans sa chambre. Séléné repoussa sa couette, se leva, puis ouvrit en grand sa fenêtre. La nuit se déposa sur ses cheveux et sur sa peau.

En contrebas, dans le jardin, un chat la fixait, surpris par ce bruit en pleine nuit. Sans la quitter du regard, il se léchait les babines. Au milieu de son front luisait une tache plus sombre, sans doute une trace de sang résultant de sa chasse nocturne. Tous deux s'observaient. Les yeux du félin brillaient d'un éclat plus intense que les étoiles. Soudain, les yeux dorés de Séléné prirent les mêmes teintes blanches que la lune. Il lui sembla que l'instant durait une éternité, puis l'animal détourna la tête et sauta par-dessus la haie du voisin.

La jeune fille demeura quelques minutes immobile, accoudée à la rambarde. Les dernières réminiscences de son rêve s'évanouissaient seulement. Son alarme sonna une seconde fois. Elle s'étira, puis referma la fenêtre.

Ce n'était pas le moment de se laisser submerger par ses visions, en ce matin particulier : le jour du grand départ était arrivé. Une nouvelle vie l'attendait et portait le doux nom d'Australie.

Elle enfila le pantalon qu'elle avait choisi la veille, mit son T-shirt préféré et attacha ses cheveux en un chignon lâche. Un coup d'œil à son portable : 5 h 17. Il lui restait du temps avant que Daria et Antoine ne viennent la chercher.

Et si elle commençait cette journée par un selfie? #Teamlatetedansleculmaisheureuse

Sur la photographie, en arrière-plan de son visage, se détachait un croissant de lune, de la même forme que celui sur son poignet.

Quand ses parents se levèrent à leur tour, Séléné était déjà prête, dans le canapé du salon, ses trois sacs à dos posés dans l'entrée. Casque sur les oreilles, à écouter la playlist qu'elle partagerait dans la voiture, elle ne les entendit pas descendre.

La lumière blafarde de la cuisine lui fit lever les yeux. Elle s'apprêtait à faire un bref signe de la main à ses parents, quand elle suspendit son geste : dans le couloir se trouvaient non pas deux personnes, mais trois : son frère, Daria, et une silhouette plus frêle dans l'ombre de la porte d'entrée.

Qui était-ce ?

Antoine se décala vers la gauche, dévoilant la personne qui se tenait derrière lui. Une coupe courte, à la garçonne, des cheveux clairs. Elle avait déjà vu cette tête, mais où ?

Séléné se redressa un peu, le corps au guet, puis glissa le casque sur son cou. Les bruits de la maison l'envahirent : les petites cuillères dans les tasses à café, les questions de sa mère « Antoine, tu n'as rien oublié ? », les monosyllabes oursonnes de son père qui n'était pas encore bien réveillé, son frère qui cherchait quelque chose dans un des tiroirs de la cuisine. Dans ce brouhaha, n'ayant pas saisi les paroles de Daria, elle lui demanda de recommencer.

« C'est ma sœur : Irina, répéta la jeune fille un peu plus fort. Comme toi, elle passera le bac l'an prochain, mais vous ne vous êtes jamais vues, car vous n'êtes pas dans le même lycée.

— Salut ! fit Irina en levant la main droite. Comme j'ai choisi l'option biologie-écologie, je suis au lycée horticole.

— Irina se joindra à nous pour le voyage, je t'expliquerai pourquoi plus tard, Séléné. Pour l'instant, je vous laisse continuer les présentations, je vais dire bonjour à Carole et Nicolas. »

Mais qu'est-ce que c'était que cette histoire ? Une personne en plus dans la voiture ?

Séléné chercha une réponse dans les yeux de Daria, mais celle-ci se détourna d'elle pour rejoindre, dans la cuisine, Antoine qui pestait de ne pas trouver dans le tiroir ce qu'il cherchait.

Irina et Séléné se regardèrent en esquissant le même sourire de circonstance, avec une pointe de réserve. Daria avait déjà évoqué sa petite sœur, du même âge que Séléné, mais les deux lycéennes ne s'étaient jamais rencontrées. Peut-être s'étaient-elles vues dans l'un des cafés du centre-ville ? Avec cinq lycées dans le secteur et plus de quatre mille élèves, il y avait peu de chances qu'elles se soient croisées, surtout si elles ne suivaient pas les mêmes options.

« Pas trop perturbée par ce départ soudain ? » demanda Séléné.

Irina avait un visage très doux, des yeux en amande relevés d'un trait d'eye-liner brun.

« Non, pas vraiment. Dans la journée d'hier, je pressentais quelque chose, j'ai fait un tirage et les cartes ont parlé d'un changement à venir. Quelques heures après, les pierres m'ont confirmé qu'un départ aurait lieu. Je m'attendais donc à une surprise, mais je n'aurais jamais imaginé que je partirais en Australie. Les tirages ne sont pas précis à ce point.

— Les cartes… ? Les pierres… ? »

Daria, revenue derrière sa petite sœur, posa une main affectueuse sur son épaule et s'invita de nouveau dans la conversation :

« Iri adore tirer les cartes ou lire l'avenir dans les pierres, le ciel, le marc de café. Tout ce qui lui tombe sous la main. C'est ma prophétesse ! »

Elle ébouriffa les cheveux courts de sa sœur qui partit d'un petit rire. Séléné comprit soudain où elle avait vu Irina : sur le flyer de présentation du club « hippologie-équitation », lorsque tous les lycées de la ville s'étaient réunis au forum le mois dernier, et avaient échangé sur les différentes options proposées. Irina y avait le même sourire que sur l'affiche.

Même si Séléné était relativement bonne élève et faisait ce qu'attendaient ses parents, elle ne s'était pas pour autant investie dans des clubs ou ateliers, et n'avait jamais compris pourquoi certains élèves aimaient rester après les cours : elle préférait être en contact avec ses amies via les réseaux, tranquillement installée sur son lit, dans sa chambre refuge.

« Je t'ai déjà vue ! T'es sur le flyer qui présente les options de ton lycée ! »

Irina fronça le nez de dépit.

« C'est pas la meilleure chose que j'aie faite !

— Je peux te trouver sous quel pseudo sur les réseaux, que je t'ajoute à mes amis ?

— Mmmhh, aucun. J'ai un ancien portable de ma mère, il est tellement vieux que je ne peux pas installer d'applications dessus, ça le fait buguer. »

Elle sortit un téléphone à l'écran ridiculement petit.

« Je l'aime bien. Mon prof de latin dit qu'on le dirait tout droit venu de l'Antiquité. Il met trois heures avant de s'allumer, se bloque si je prends plus de trois photos, et les coins de l'écran sont tout abîmés. »

Elle le fit tourner entre ses doigts avant de le glisser dans la poche arrière de son pantalon.

« Je ne cherche pas à en avoir un autre : je ne vois pas l'intérêt de perdre mon temps sur des jeux ou des applications. Mon téléphone me sert à appeler, c'est nettement suffisant. »

Antoine, qui passait derrière Séléné les bras chargés des derniers sacs à mettre dans le coffre, éclata de rire :

« C'est ma sœur que tu viens de faire buguer, Irina. Son portable et les réseaux, c'est toute sa vie. »

Séléné lui tira la langue et, pour le faire mentir, rangea, elle aussi, son téléphone dernière génération dans son sac à dos.

« Ne commencez pas à vous chercher, tous les deux », intervint Daria, puis elle se tourna vers Nicolas et Carole qui lui demandaient pourquoi sa sœur était là.

« Ma mère a dû partir précipitamment au Canada hier, un de ses équipiers l'a lâchée en plein projet, expliqua-t-elle. La pauvre, elle a fait ses bagages en urgence et a pris le dernier avion pour Toronto. Je me voyais mal laisser Irina toute seule ici, en plein été : ça n'aurait pas été cool. Alors voilà, ma sœurette fera partie de l'aventure ! Je suis certaine que ce sera chouette : Séléné et Irina ont le même âge, elles vont bien s'entendre. »

Les parents hochèrent la tête en même temps.

Pour une fois, l'optimisme invétéré de Daria agaça Séléné. Ce n'était pas parce qu'elles avaient le même âge que les deux filles avaient des choses en commun. D'ailleurs ça commençait mal, niveau correspondance de caractères. Leurs premiers échanges montraient tout le contraire : c'était la première fois que Séléné rencontrait quelqu'un de dix-sept ans qui n'était pas sur les réseaux. Et puis à quoi rimait de consulter des cartes ou des pierres ? À l'époque des nouvelles technologies, c'était parfaitement ridicule.

Séléné soupira. Au départ, son rêve était de partir seule faire de la cueillette, et voilà que deux mois plus tard, ils arriveraient à cinq en Australie. Il était grand temps de lever le camp : encore un peu et les parents viendraient aussi.

La jeune fille remit son casque sur ses oreilles, se rassit sur le canapé et scrolla les dernières stories. La lumière bleue l'enveloppa et l'éloigna un temps de ce coup de théâtre matinal. Elle sourit face aux dernières vidéos postées la veille par les copines, se détendit un peu, mais sa bulle fut de courte durée et éclata de nouveau quand son frère lui tapota l'épaule en lui retirant le casque.

« Tu es prête, sœurette ? »

Le diminutif redonna le sourire à l'adolescente qui embrassa le salon d'un regard. Il lui manquerait sans doute, durant ces deux mois. Elle tourna la tête vers le haut de l'escalier.

« Je vous défends d'aller dans ma chambre en mon absence ! » lança-t-elle à ses parents.

Puis elle se ravisa :

« Sauf pour faire le ménage ! »

Il était inutile d'ouvrir les hostilités le jour du départ. Pour toute réponse, son père se contenta de lui tendre la joue, puis sa mère la prit dans ses bras. Elle n'avait sans doute pas assez dormi, car ses yeux étaient embués ce matin.

Antoine vint se mettre entre sa mère et sa sœur.

« Allez, c'est fini les embrassades, on y va, on n'a pas de temps à perdre, la route est longue. »

Il ajouta, en direction de son père, sorti vérifier les pneus de la voiture du bout du pied :

« On vous appelle dès qu'on aura quitté l'Italie, en fin d'après-midi.

— Pensez aux pauses ! Toutes les deux heures ! Dans le coffre, je vous ai mis un sac avec des sandwichs, des boissons, différentes salades, et même un gâteau au chocolat. Il y a aussi des jeux, des revues, et plein de bouteilles d'eau, car il ne faut pas vous déshydrater.

— Tout ira bien, m'man. »

Séléné embrassa une dernière fois ses parents, puis monta à l'arrière de la voiture qui n'était pas de première jeunesse : les vitres s'ouvraient manuellement et une vieille odeur de mégots flottait dans l'air. Au milieu de la banquette, Antoine avait déposé trois sacs qui ne rentraient pas dans le coffre et formaient une frontière bien réelle entre les deux lycéennes.

« C'est ça, quand on voyage avec trois filles ! » avait-il ronchonné.

À côté d'elle, Irina s'était déjà installée et manipulait un objet aux teintes sombres que Séléné ne parvint pas à identifier. Elle attacha sa ceinture et sourit : les plus belles vacances de sa vie allaient commencer !

Le moteur fit un drôle de bruit en démarrant, Daria éclata de rire et rassura tout le monde :

« La voiture est passée au contrôle technique, tout ira bien. »

Au premier virage, les parents puis la maison disparurent. Ce fut le signal pour Daria : elle monta le volume de la musique et reprit le refrain en chœur. Elle chantait vraiment faux, mais sa joie avait la couleur des premières vacances loin des parents. Séléné capta le regard de son frère dans le rétroviseur. Visiblement heureux lui aussi de ce périple qui commençait, il lui fit un clin d'œil. À cet instant-là, dans la voiture, Séléné ne pensait plus à son dernier cauchemar. N'était-ce pas le bon moment pour sortir son portable et poster la première story des vacances ?

« Ça ne te dérange pas si tu apparais sur des vidéos et des photos, Irina ? »

La jeune fille haussa les épaules sans cesser de regarder par la fenêtre les premières lueurs du jour. Elle semblait ailleurs, tracassée. Entre ses mains, elle tenait une carte à l'envers. Séléné plissa les yeux pour mieux distinguer le dessin : un homme, ou plutôt un voyageur, car il portait un baluchon sur le dos et tenait un bâton de marche, comme celui de son père, quand ils faisaient de la randonnée.

« Il représente notre voyage, c'est bon signe ?

— Pas vraiment, non. Au tarot, cette carte représente le Mat, ou le Fou. Et je l'ai tirée à l'envers. »

Irina n'avait même pas tourné la tête pour lui répondre. Séléné ne comprenait rien. En quoi l'avoir tirée à l'envers changeait quelque chose à l'image de la carte ? Son histoire était bizarre, juste bonne à faire flipper.

Séléné préféra se plonger dans son portable. Elle se prit en selfie, en ajoutant un filtre qui atténuerait ses cernes, et tenta de s'endormir, casque sur les oreilles.

Tandis qu'elle se laissait bercer par la conduite étonnamment douce de son frère, son esprit se révéla tout en montagnes russes : elle était bien entendu joyeuse de vivre ces deux prochains mois qui seraient exceptionnels, mais elle ne pouvait s'empêcher de les appréhender aussi. Irina et elle n'auraient pu être plus différentes l'une de l'autre.

Jusqu'à présent, Séléné n'arrivait pas à accrocher avec cette fille, si éloignée de ce qu'elle était, elle. Toutes ses approches s'étaient soldées par un échec. À ses yeux, Irina était bien prétentieuse, à voir des signes et des coïncidences partout, à manipuler des cartes pour savoir comment se passerait sa journée.

Séléné aimait les signes concrets, il suffisait que ses stories soient partagées ou likées pour qu'elle soit heureuse, sans aller chercher plus loin.

Elle s'endormit sur cette pensée. Au même moment, de l'autre côté de la banquette, Irina tapota l'épaule de sa sœur et lui chuchota quelques phrases à l'oreille. Daria se retourna dans l'instant, le visage soudain soucieux.

Cela faisait plus de trois heures qu'ils roulaient. À l'arrière, les deux jeunes filles avaient somnolé et s'étaient réveillées au gré des cahots de la route ou du jour qui se levait. Ils avaient quitté la banlieue de Lyon avant les bouchons du matin, et seraient bientôt à Turin.

Antoine avait besoin d'une pause et d'un café : il prit la première bretelle vers une aire d'autoroute et alla se garer au milieu d'autres voitures. Il s'étira, puis se tourna vers Daria qui l'imita.

« Un café ? Il faut que je me dégourdisse les jambes. Tu pourras prendre le volant, ensuite, Daria ? »

Sa petite amie acquiesça d'un sourire, puis se tourna vers sa sœur qui dormait toujours, tête en arrière et bouche ouverte.

Antoine et Daria éclatèrent de rire, Séléné se retint de la prendre en photo tant la pose était cocasse.

« Il ne lui manque plus qu'une grosse bulle sous le nez et Iri aurait vraiment la même tête qu'une héroïne de manga ! » observa Antoine.

Daria détacha sa ceinture et se pencha sur Irina, lui caressant la joue pour qu'elle se réveille enfin. La complicité contenue dans ce geste émut Séléné, qui détourna la tête. Son frère ne l'aurait jamais réveillée ainsi : au mieux, il l'aurait appelée, au pire, secouée.

Le café de l'aire italienne était pittoresque. Mi-supermarché, mi-restaurant, l'espace grouillait de gens, d'odeurs et de bruits. Daria et Irina sillonnaient les rayons et prenaient un peu tout ce qui leur était proposé. On aurait dit des jumelles : même profil, même démarche. Irina aussi avait dû apprendre la langue française par le biais des classiques. Seuls leurs cheveux différaient. Courts, raides et blonds pour Irina, longs, souples et bruns pour Daria. Séléné se surprit à envier la relation entre les deux sœurs, cette complicité qu'elle avait déjà remarquée à plusieurs reprises depuis leur départ.

La jeune fille déporta le regard vers son frère qui faisait la queue pour un café. Silencieux, la tête penchée sur son téléphone à étudier le meilleur itinéraire, il était dans son monde. Séléné l'avait toujours connu ainsi, à jouer seul dans sa chambre quand il était petit, à faire des expériences un peu plus tard, puis à rester enfermé dans sa chambre quand il était au lycée. Ils n'avaient guère partagé de moments de franche complicité.

Avec le temps, Séléné s'était fait une raison : le caractère d'Antoine était d'être très peu expansif, et depuis qu'il était devenu étudiant, elle ne le voyait plus que rarement. Mais quand elle avait préparé le voyage, elle s'était imaginé une pléiade d'histoires possibles, notamment celle de nouer un lien plus fort avec son frère.

Malheureusement, ces premières heures avec lui dans la voiture se révélaient un échec : pas la moindre parole échangée depuis le départ. Avec Daria, c'était la même chose : il était très silencieux, toujours à réfléchir au meilleur itinéraire, au plus bas prix du carburant. Antoine se résumait à être un homme efficace, sans trop d'affect vis-à-vis des autres. Peut-être changerait-il quand ils seraient en Australie ?

Quand Séléné comparait le lien entre son frère et elle avec celui de Daria et Irina, une boule dans sa gorge se formait. Sans doute était-ce une pointe de jalousie. Entre les deux sœurs, tout semblait couler de source : elles se taquinaient sans méchanceté, rigolaient à des blagues qu'elles seules comprenaient, et elles manifestaient surtout l'une envers l'autre une générosité évidente. De là où elle était, elle pouvait les entendre se parler en roumain et rire avec la même naïveté que des enfants.

Séléné avait beau remonter loin dans ses souvenirs, elle n'avait jamais vécu ça.

La lycéenne se détourna de ces deux scènes, ne sachant pas laquelle lui faisait le plus de peine, elle sortit son téléphone et se prit en selfie devant une curiosité culinaire italienne. Le résultat était bluffant : sur la photo, grâce au filtre, il n'y avait aucune trace de la peine qu'elle ressentait.

Mais au moment de la poster, impossible de télécharger la photo. Elle recommença une, deux, trois fois. Rien. D'un coup, elle eut très chaud. Se pouvait-il que… ? Pourtant, elle était allée dans la boutique de son opérateur et un conseiller lui avait dit que depuis un ou deux ans, plus aucune démarche n'était nécessaire, que cela se faisait automatiquement. L'aurait-il induite en erreur ?

C'est à peine si elle entendit son frère l'appeler.

Quand elle arriva près de lui, il enchaîna :

« J'ai réfléchi, nous pouvons faire Lyon-Zagreb aujourd'hui. Il nous reste six heures de route, plus quelques arrêts. En comptant large, nous y serons dans huit heures. C'est faisable, mais il ne faut pas trop traîner ici. Allez, on repart ! »

Il but d'un trait son café serré et fila vers le parking, mais Séléné resta dans la boutique, sans bouger, au milieu du passage. Des clients la bousculaient. Son frère revint :

« Mais qu'est-ce que tu fais, bon sang ! On doit y aller !

— Je n'ai plus rien.

— Mais qu'est-ce que tu racontes ? »

Séléné semblait complètement perdue.

« Je n'ai plus de 4G.

— Non mais, t'es sérieuse ? Allez, on a pas mal de route encore. »

La lycéenne suivit son frère, tandis que Daria tentait de la raisonner :

« Tu sais, parfois le portable ne se met pas à jour automatiquement. »

Au milieu du passage, ils gênaient les clients du magasin. Une femme heurta Séléné. L'inconnue portait un grand chapeau qui lui dissimulait le visage, et un grand manteau noir recouvrait ses pieds.

« Je vous prie de m'excuser. »

Qui parlait comme ça de nos jours ?

Séléné la regarda avec plus d'attention, mais la dame baissait la tête, si bien qu'elle ne voyait que son menton.

« Où allez-vous ? demanda l'inconnue.

— En Australie. »

La femme leva la canne qu'elle tenait dans sa main gauche. D'un geste habile, elle souleva la manche du sweat de Séléné.

« Et cette marque, comment te l'es-tu faite ? »

Séléné balbutia. La femme avait une voix faible, elle chuchotait presque.

« C'est… une tache de naissance. »

L'autre en face grommela.

Daria venait de revenir et elle prit part à la conversation :

« Et vous êtes qui, vous, pour vous mêler de tout ça ? »

La femme au chapeau tourna les talons.

« Non mais, quel sans-gêne ! Allez, viens, Séléné, on remonte ! »

Elles retournèrent à la voiture dans laquelle s'étaient déjà installés Antoine et Irina.

C'était au tour de Daria de conduire : elle régla le siège, le volant et le rétroviseur. Les mains de la jeune femme tremblaient un peu. Antoine, concentré sur sa carte routière, ne s'en aperçut pas.

« Ne t'inquiète pas, je n'ai pas vu d'accident dans les cartes », murmura Irina.

Daria souffla un grand coup, se tourna vers Irina, lui adressa un clin d'œil, puis elle fit démarrer le moteur.

Les paysages défilaient, Daria et Antoine se relayaient, ils n'avaient pas jugé utile de s'arrêter de nouveau, et avaient même pris leur déjeuner dans la voiture. Pressé, Antoine vérifiait sans cesse l'heure sur le tableau de bord. Loin d'être détendu, ce voyage était devenu un défi contre la montre. Séléné grognait depuis qu'elle s'était aperçue qu'elle n'avait plus de réseau, et comme ils ne s'arrêtaient plus, elle tentait de prendre des photos dans la voiture, mais celles-ci se révélaient toutes floues.

« C'est la plaie ! On ne pourrait pas faire une pause ? Comment je vais pouvoir poster des photos de mon voyage ?

— Profite plutôt du paysage. Tu auras bien le temps de prendre des photos, la taquina Irina.

— Mais celles-ci seront à jamais perdues !

— La vie n'est pas qu'une accumulation de preuves, tu peux aussi profiter du paysage et le garder pour toi, dans ta mémoire. »

Séléné allait répondre, quand son frère poussa un cri. Il s'était assoupi quelques minutes, et venait tout juste de se réveiller.

« Mais on est où, Daria ? C'est quoi ces panneaux ?

— J'ai suivi le GPS, regarde.

— Mais n'importe quoi, on a complètement dévié de notre trajectoire, on est bien au-dessus, vers Trévise ! Arrête-toi dès que tu pourras ! »

Il était furibond.

Daria avait effectivement fait un crochet vers le nord, rallongeant le trajet de minutes perdues. Antoine ronchonnait, Daria se demandait comment c'était possible, elle avait suivi à la lettre les indications, et le GPS n'avait jamais recalculé le chemin ou dit qu'il fallait faire demi-tour. L'ambiance, déjà tendue, se dégrada un peu plus.

« Le GPS a peut-être été piraté ?

— Pfff, Séléné.

— C'est très courant ! Sur les réseaux, tu ne te douterais jamais du nombre de comptes piratés. J'ai plein de copines qui ont dû renoncer à tous leurs abonnés à cause d'un type qui avait pris les commandes de leur compte. C'est peut-être la même chose pour nous.

— Des personnes qui ne voudraient pas qu'on arrive à Zagreb avant 20 heures ce soir ? Ne dis pas n'importe quoi, Séléné ! s'énerva son frère.

— Moi, ça ne me dérange pas que le GPS se soit fait pirater et m'ait fait prendre un mauvais chemin, j'ai bien aimé traverser ces derniers villages, je les ai trouvés très beaux. Sans ce détour, nous ne les aurions pas vus. »

La voix d'Irina, qu'on n'avait pas encore entendue, s'éleva :

« Peut-être qu'autour de nous des choses invisibles se passent. Nous ne les percevons pas, elles nous dépassent, mais ces choses souhaitent sans doute nous détourner de notre destination ?

— Ce dont tu me parlais ce matin, Iri ? »

Séléné et son frère se regardèrent d'un air entendu. Qu'est-ce que c'était que ces bêtises ? Chacun avait sa théorie, tout le monde se tut.

« Ça ne nous fera pas rattraper notre retard ! »

Antoine décida de reprendre le volant dans le silence le plus complet.

Le périple en voiture tant attendu devenait aussi ombrageux que les nuages de l'autre côté de la montagne : Irina était plus soucieuse que jamais, Daria avait le nez plongé dans une carte routière et répétait qu'elle ne comprenait pas, « J'ai bien suivi les indications du GPS », tandis qu'Antoine tentait de rattraper leur retard en conduisant très nerveusement. Au cœur de ce maelström, Séléné espérait secrètement qu'ils feraient bientôt halte dans une auberge ou un hôtel, le seul lieu où elle pouvait espérer capter du wifi.

C'est à cet instant qu'elle regarda les mains d'Irina.

« Qu'est-ce que c'est ? » s'étonna-t-elle.

Irina sursauta, comme si elle venait d'être prise en faute.

« Ce sont des santons. »

Irina se détendit.

« C'est mignon.

— J'en ai emporté quelques-uns, mais j'en ai beaucoup plus à la maison. C'est moi qui les sculpte. Je les crée à l'image des gens. J'adore me promener en forêt en cherchant l'essence d'un arbre en particulier. Le meilleur moment, c'est juste après la pleine lune, quand la sève est encore pleine de ses vibrations. Je repère l'arbre, je communique avec lui grâce à son tronc, puis je regarde si une de ses branches est tombée au sol. Si l'univers me fait ce cadeau, je suis heureuse. J'en ramasse quelques-unes, puis je prends mon couteau pour les sculpter. J'adore faire ça. Je ne vois pas le temps passer. Tu devrais essayer ! Tu connais cette sensation sous tes doigts ? Les nervures du bois, sa douceur ? »

Séléné ne commenta pas ces histoires fantasques de vibrations. Après tout, chacun son trip… Mais elle ne comprenait pas trop. Discuter avec Irina lui permettait de ne plus penser à son frère et à sa conduite sportive qui allait sans doute finir par les envoyer dans le fossé.

« Et ensuite, ça te sert à quoi ? »

Irina planta son regard dans celui de Séléné et répondit :

« À résoudre des problèmes. »

Puis elle précisa sa pensée, devant l'air incrédule de Séléné :

« Je sculpte ces santons quand j'ai un problème, car ils me permettent de le résoudre. Tu vois celui-ci ? »

Séléné prit la figurine qu'Irina lui tendait. Quand leurs doigts se touchèrent, une décharge parcourut l'index de Séléné.

« C'est juste de l'électricité statique, expliqua Irina. Ce santon représente mon père, que nous verrons demain. Cela fait plus d'un an que je ne l'ai pas vu, et il me fait toujours peur : petite, je ne me suis jamais entendue avec lui, et ce qu'il a fait à ma mère est inacceptable.

C'est pour cette raison qu'elle a fui la Roumanie avec ma sœur et moi. »

Séléné voulut lui demander ce qu'elle entendait par « inacceptable », mais se ravisa en voyant les mâchoires d'Irina se contracter.

Après avoir dégluti, la jeune fille poursuivit :

« J'ai peur de le revoir, et en même temps j'ai hâte de retrouver mon frère. Je suis partagée. Alors tu peux croire que ces santons sont seulement mignons, mais ils sont bien plus que cela.

— Je...

— Il est inutile de te justifier : je sais que ça peut paraître étrange, mais c'est ainsi. Parfois, on ne peut pas lutter contre sa nature. J'ai accepté la mienne. »

Ses yeux, toujours plantés dans ceux de Séléné, restaient doux mais la détermination qu'ils contenaient lui fit baisser le regard.

Et Séléné, qui était-elle ?

Irina continua :

« J'ai choisi de sculpter ce santon dans du tilleul, un bois très tendre. J'espère seulement que ça permettra à mon père d'être aussi flexible que ce bois. Qui sait ? Peut-être aurons-nous des échanges plus sereins ? Les santons m'aident. Ils me protègent et me permettent même d'anticiper le futur. »

L'iris d'Irina avait changé. De marron, il était devenu vert presque translucide, comme animé par une aura.

« Je te montrerai quand nous serons en Australie. Je n'ai pas encore regardé quelles espèces d'arbres existent sur place, mais ça sera grandiose, de toute façon.

Ici, déjà, c'est magnifique ! Je me serais bien arrêtée pour découvrir ces forêts ! »

D'un geste ample des bras, elle désignait les arbres tout autour d'elle. De hautes montagnes se découpaient au loin.

« C'est vrai que c'est beau, on dirait un peu le Canada avec ces grands espaces, ces bois à perte de vue…

— Et ces montagnes derrière les forêts ! Tellement abruptes ! J'ai l'impression qu'on est dans une cuvette, entourée par les montagnes, comme dans un cirque ! »

Sur le visage de Séléné se dessina un sourire très fin, le premier depuis qu'elle avait quitté la France, mais il fut de courte durée.

Daria venait de lâcher un juron, et ce n'était pas dans ses habitudes. Les deux jeunes filles se penchèrent en avant et découvrirent un spectacle impressionnant : deux voitures avaient été placées en travers de la route, empêchant tout passage. Les gyrophares allumés ne laissaient aucun doute : c'était la police, et les cinq individus qui leur faisaient signe de se ranger sur le bas-côté n'avaient rien d'enfants de chœur.

« Surtout, les filles, vous vous taisez. Vous me laissez gérer ça. »

Sous l'apparente assurance, la voix d'Antoine tremblait légèrement.

Les embûches se multipliaient.

Tout le monde se tut, l'air se chargea d'une tension palpable. Antoine se gara sur le côté droit et fit craquer ses doigts. Le silence s'installa. L'un des policiers, le plus grand, s'avança vers eux. À contre-jour, ils ne distinguaient qu'une haute silhouette avec de larges épaules. Derrière lui, le soleil commençait à plonger derrière la montagne, agrandissant les ombres. Séléné déglutit, Irina se rapprocha d'elle, puis mit sa main sur son avant-bras.

« Étrangers ? Français ? »

Il portait un brassard orange qui ne laissait aucun doute sur sa fonction, même en slovène : POLICIJA. L'homme parlait un français impeccable, sans accent.

« Je vous demanderai d'arrêter le moteur. Papiers du véhicule ? »

Antoine fouilla dans la poche de sa veste et en sortit son permis. De son côté, Daria plongea la tête dans son sac : sur la carte grise et l'assurance figurait le nom de sa mère.

« La voiture n'est pas à vous, monsieur ?

— Non, c'est celle de ma mère», intervint la jeune fille, sortant sa carte d'identité pour prouver sa bonne foi.

Antoine ajouta :

« Nous n'avons rien à déclarer, monsieur. Nous partons simplement en vacances en Roumanie, rejoindre la famille de mon amie. »

L'homme se caressa la moustache.

« Les papiers des autres passagers ? »

À leur tour, Irina et Séléné ouvrirent leur sac puis tendirent leur carte à Antoine. Le policier les détailla, fronça d'épais sourcils, puis émit un bruit sec entre ses dents. Quelque chose clochait.

« Mademoiselle, votre carte d'identité est périmée depuis deux ans. »

Sur la carte, une fillette blonde à frange regardait intensément l'objectif. Daria retint sa respiration. Le voyage tournerait court pour sa sœur, avec un retour à la case départ avant d'arriver en Roumanie.

« Mais vous avez de la chance : en Slovénie, on peut voyager avec une carte d'identité périmée depuis moins de cinq ans. »

La tête toujours plongée dans son sac, Irina cherchait quelque chose. Elle poussa un petit cri :

« Je vous ai donné ma carte d'identité, mais j'ai aussi mon passeport ! »

Il courba son corps de géant dans l'habitacle pour l'attraper, tout en disant :

« Encore une petite chose : comme ce sont des mineures, vous devez avoir une autorisation de sortie du territoire signée par les deux parents. »

Antoine tendit les papiers nécessaires, sans desserrer les dents. La fatigue se lisait sur son visage. Sur l'une des deux autorisations, celle d'Irina, ne figurait qu'une signature. Et pour cause.

Daria s'apprêtait à ouvrir la bouche, à raconter son histoire, l'écartèlement de sa famille, sa mère qui élevait seule ses enfants depuis cinq ans, le retour au pays, mais le policier rendit les papiers à Antoine, sans mentionner qu'une signature manquait.

Daria sentit les larmes monter. Elle baissa la tête et ravala un sanglot.

« Et ça, c'est quoi ? »

Le policier désignait une fleur séchée à longue tige. Daria tenta de reprendre ses esprits :

« Une fleur. Un coquelicot. Ma mère les adore et elle en a glissé un dans la voiture avant notre départ.

— C'est bien joli et adorable de sa part, mais cette fleur est de la famille des papavéracées, autrement dit du pavot. Et vous savez ce qu'on fait avec la tige et les graines ? »

Le ton du policier était devenu très sec. Il s'éloigna un peu de la voiture et parla dans son talkie dans une langue inconnue. Immédiatement, trois autres policiers s'approchèrent du véhicule.

« Je vais vous demander d'ouvrir votre coffre, puis de descendre du véhicule. Tous. Y compris les personnes à l'arrière. Ensuite, vous vous mettrez sur le côté, à l'écart du véhicule. »

Séléné jeta un coup d'œil à son frère. Dans le rétroviseur, elle ne voyait que le haut de son visage, mais devinait ses mâchoires contractées. Antoine souffla et sortit de la voiture rejoindre les policiers. Dernière à sortir, Séléné se plaça à côté des deux autres filles, en ligne, les mains derrière le dos.

Un spectacle désolant s'offrit à eux : leurs bagages amoncelés, ouverts après avoir été fouillés, leur intimité jetée sur le bas-côté de la route, sans aucun ménagement. S'y ajoutèrent bientôt les restes du repas du midi : des miettes de chips qui se mêlèrent aux culottes et produits de beauté.

Leur sanctuaire mis à sac et à nu.

Une fois ce méfait accompli, leur supplice continua : les policiers enlevèrent la roue de secours et la démontèrent elle aussi pour examiner l'intérieur de la jante.

« Vous allez sans doute nous expliquer à un moment donné pourquoi vous fouillez tout ainsi ? On a des têtes de trafiquants de drogue ? »

L'officier les regarda sans prendre la peine de répondre. Il s'affaira encore quelques minutes derrière le pneu puis retira sa casquette et se tourna vers Antoine.

« C'est la période des vacances, et donc du trafic de drogue. Ce matin, on nous a signalé des véhicules suspects. Vous en faites partie. Alors on fouille. On fait juste notre boulot, monsieur. »

Antoine se tut et baissa la tête, trifouillant du pied une racine qui sortait du sol.

Un bruit les fit tous sortir de leurs réflexions. Cela venait de l'avant du véhicule. Au sol, s'étalait une des pièces du moteur. D'abord sidéré par ce spectacle, Antoine explosa :

« Non mais, vous êtes de grands malades ! Sérieusement ? Démonter une partie du moteur ? On vous demande de fouiller ou de mettre à sac des voitures ? Pourquoi vous vous acharnez ? Ça rime à rien ! Vous avez un chef que je pourrais appeler ? »

Jamais Séléné ne l'avait vu ainsi, lui qui était toujours si calme habituellement. Le visage de son frère était devenu rouge vif, et une grosse veine palpitait sur son front.

Contre toute attente, les policiers ne surenchérirent pas. Celui qui parlait français regarda sa montre, puis fit un petit signe aux autres qui arrêtèrent leur carnage.

Les policiers les fixèrent, leur adressèrent un bref salut de la tête, puis repartirent vers leurs voitures. Seul le chef resta à côté d'eux pour conclure :

« Bon, il n'est pas dans nos attributions de remonter le moteur ou de ranger votre véhicule. Pour les valises, vous pouvez vous en occuper. Quant à la mécanique, je vous donne le numéro d'un garagiste qui peut intervenir rapidement. Votre assurance couvrira les frais. »

Il fouilla dans la poche de sa chemise et en sortit une carte toute pliée. Antoine tendit une main molle de fatigue et récupéra le carton sur lequel était dessinée une voiture de sport. Estomaqué, il ne dit rien, se contentant de regarder les véhicules repartir un à un, en silence, mais gyrophares allumés.

La police les laissait en plan, le moteur démonté, les valises éventrées, le corps pantelant et le cœur abattu.

De loin, Antoine, Daria, Irina et Séléné ressemblaient à de vieux épouvantails transpercés par des oiseaux. La fin de journée arrivait, le soleil se cachait déjà derrière la montagne : l'heure où les chiens se transforment en loups.

Antoine tournait et retournait la carte de visite entre ses doigts, les yeux dans le vague, fixant les valises sans les voir vraiment. Daria s'assit à ses côtés et se blottit contre lui, la tête sur son épaule et le bras passé en dessous du sien. À quelques mètres de là, près de la voiture, Séléné les dévisageait, sans trop savoir comment adoucir cette situation. Elle découvrait une nouvelle facette de son frère. Il était si rare qu'il dévoilât ses émotions.

Emprisonnée dans les filets de sa propre tristesse et du désarroi d'Antoine, la jeune fille était prise au dépourvu. Depuis toujours, c'était son frère qui apportait des solutions, notamment grâce à son remarquable sens pragmatique. Que pouvait-elle faire, s'il baissait les bras ?

Dans son dos, un son harmonieux s'éleva et l'enveloppa. Séléné ferma les yeux. D'abord frêle, il prit de l'ampleur et du souffle, jusqu'à emplir l'espace d'une nouvelle légèreté. C'était Irina qui remettait les bagages dans la voiture en sifflotant. Séléné parvint à s'extraire de l'apathie de Daria et d'Antoine, et se tourna vers elle.

Irina avait le corps nimbé par cette lumière si particulière que certains appellent « l'heure dorée ». Il y avait de la magie dans cette vision. Elle eut envie de fixer l'instant en prenant une photo, mais quand elle sortit le téléphone de sa poche, elle s'aperçut qu'il était déchargé. Un peu frustrée, elle le remit dans son pantalon et s'approcha d'Irina. Sa bonne humeur aurait pu redonner de l'énergie à une armée de tortues sous somnifères. Les deux jeunes filles continuèrent de ranger leurs affaires, et les sifflotements de Séléné accompagnèrent ceux d'Irina.

La situation était peut-être embêtante, mais pas désespérée.

Sans doute cette scène donna-t-elle à Antoine la force qui lui manquait : il cessa de tourner la carte entre ses doigts et entreprit d'appeler le garagiste.

Tous les visages se tournèrent vers lui, dans l'attente d'une réponse. Irina et Séléné arrêtèrent de siffloter.

Au bout du fil, personne ne décrocha.

« Essaie encore, Toine, ils sont sans doute occupés. »

Au second appel, tous retinrent leur souffle. Antoine mit le haut-parleur afin de partager avec les filles sa nouvelle tentative.

Première sonnerie, deuxième, troisième…

Dans sa paume, Irina tenait un santon. Bois et peau portaient la même chaleur, le même désir d'une réponse.

À la quatrième sonnerie, une voix féminine s'éleva.

« *Dober dan !* »

Sans trop réfléchir, déjà heureux d'avoir pu joindre quelqu'un, Antoine enchaîna en anglais et exposa la situation : le moteur démonté et éparpillé sur la route, son besoin d'un mécanicien assez rapidement.

Aucune réaction dans un premier temps. Puis enfin :

« *Žal mi je. Ponovite to prosim! Tega ne razumem. Govorite slovensko ?* »

Les grands yeux d'Antoine dirent tout son désappointement, tandis que Daria et Irina se regardaient.

« On dirait un mix entre du roumain et du russe. La personne te dit qu'elle ne comprend pas et te demande si tu sais parler slovène », traduisit Daria.

Les yeux du jeune homme se firent suppliants, il tendit le téléphone à son amie, mais elle secoua la tête avec un geste de recul :

« Malheureusement, même si j'arrive à saisir l'essentiel du message, je ne pourrai pas lui répondre. Elle ne comprendra pas le roumain.

— Essaie tout de même, qui sait ? »

Daria tenta :

« *Nu-mi spune ca ştii romana.*

— … »

La communication se révélait impossible. Daria essaya encore une fois en anglais, puis en français, mais la personne raccrocha. Elle avait sans doute autre chose à faire.

« On rappelle ?

— Pour quoi faire, Daria ? »

Avec son pied, Antoine envoya une pierre rouler sous la voiture. Elle termina sa course en touchant le moteur au sol et un bruit métallique résonna dans le soir qui tombait.

« Ça veut donc dire que nous sommes au milieu de nulle part, avec un moteur démonté ! Personne n'est passé sur cette fichue route depuis que la police est partie. Et la nuit est en train de tomber !

— Et ma batterie est déchargée. »

Ce fut la phrase de trop pour Antoine.

« Mais c'est pas vrai, Séléné ! Tu ne penses qu'à ton petit confort, c'est pas possible d'être aussi égoïste ! Tu ne comprends pas qu'on est vraiment dans la merde ! On est à vingt kilomètres de la ville la plus proche. Et encore, ville, je suis gentil, village plutôt. On doit être à une heure de Ljubljana, la capitale. Je ne parle même pas de Zagreb ! On doit être à trois bonnes heures de la Croatie ! Il est plus de 20 heures, donc tout est sûrement fermé, on est bloqués ici, et je ne sais même pas comment ni où on va passer la nuit. Sans doute tous les quatre dans la voiture. »

Il fit quelques pas, ouvrit le coffre et secoua le sac de nourriture.

« Maman nous avait donné à manger pour ce midi, mais il ne reste plus grand-chose pour ce soir. Bref, on va passer la nuit ici, on n'a pas de couvertures et demain il faudra faire au moins deux heures de marche pour parvenir à un village. Alors ton portable déchargé, tu sais ce que tu peux en faire ! »

Séléné baissa la tête.

« Peut-être qu'on devrait appeler vos parents ? » suggéra Daria.

Mais Antoine, parti sur sa lancée, retourna sa colère contre son amie :

« Et quand on les aura appelés, on fera quoi ? Mes parents sont à plusieurs heures de route. À part les inquiéter, je ne vois pas à quoi cet appel servirait.

— Ne sois pas si pessimiste, tes parents pourraient peut-être nous conseiller ? Ils ont sans doute une solution à laquelle nous n'avons pas pensé. »

Antoine se radoucit :

« Non, ma mère n'en dormirait pas de la nuit. Je veux lui éviter ça. Nous trouverons une solution ensemble, j'en suis certain. »

Il s'assit et mit sa tête entre ses mains. Puis, après un temps de réflexion :

« Si on les appelle dès qu'on a un souci, ils vont regretter de nous avoir confié Séléné et Irina. Nous devons être des adultes responsables. »

Sa voix était tout à fait calme, à présent. Daria se tourna vers sa sœur :

« Tes cartes avaient une nouvelle fois raison, Iri. Quand tu m'as parlé ce matin d'un souci sur la route, j'ai eu peur que ce soit un accident, mais finalement elles devaient signaler cette embûche. C'est con, mais je préfère ça. »

Séléné et son frère se regardèrent, vaguement interloqués par ce que Daria venait de dire.

Irina enchaîna :

« Oui, j'ai pensé comme toi. Ça m'a même rassurée ! Et puis… »

Irina ouvrit ses bras vers la forêt :

« Nous sommes entourés par des bois ! »

Antoine la coupa :

« J'y vois plutôt un inconvénient qu'autre chose…

— Non, tu as tort. Je suis certaine qu'on peut trouver de quoi grignoter pour ce soir. Il a plu hier : on dénichera sans mal des cèpes ou des girolles. Et en dessert, je vous propose des fraises des bois.

— Iri la débrouille ! Bravo, petite sœur, tu es géniale.

— Quoi ? Vous pensez que je vais manger des champignons sans savoir s'ils sont vénéneux ? N'importe quoi ! »

Daria fit mine de ne pas entendre Antoine et fouilla dans le coffre de la voiture pour en sortir un sac en coton vide. Irina regarda l'ami de sa sœur d'un air amusé.

« Personne ne t'obligera à en manger, dit-elle. Mais tu aurais tort. Je suis sûre de pouvoir trouver quelques petites baies pour les accompagner.

— Viens, Iri, ne tardons pas ! »

Le soleil commençait déjà à caresser la ligne des montagnes au loin.

Les deux filles s'apprêtaient à partir, quand un bruit déchira l'air. D'abord lointain, il enfla rapidement. Une sorte de roulement continu qui se rapprochait et ricochait sur les montagnes aux alentours.

L'espoir passa dans les yeux d'Antoine, le cœur des quatre battit un peu plus vite. Cela venait droit sur eux. Le vrombissement d'un moteur.

Alors ils la virent, vague forme au loin. Tous plissèrent les yeux. Avec la nuit qui tombait, une sorte de brume s'élevait du sol. C'était plus gros qu'une voiture, plus large. Une camionnette. Avec des phares jaunes. On n'en faisait plus des comme ça. Le van, d'un blanc maculé de poussière, avec le rétroviseur droit cassé qui pendouillait contre la carrosserie, paraissait venir d'une autre époque.

Antoine courut se mettre en travers de la route, et fit de grands gestes. Au bruit du moteur qui décélérait, ils surent que le conducteur s'arrêtait. Un espoir mêlé de crainte envahit les quatre. Qui allaient-ils rencontrer ?

Le véhicule s'immobilisa à quelques mètres d'eux dans une gerbe de poussière. Les filles retinrent leur souffle. La portière s'ouvrit, et un homme au visage fermé, à la barbe envahissante et peu avenante, en sortit. Il cracha par terre une sorte de chique puis s'approcha du groupe. Les semelles de ses bottes raclaient le sol à chaque pas.

Antoine marmonna quelque chose que personne ne comprit. Les épaules voûtées, le menton rentré dans le cou, il regardait le nouvel arrivant avec une certaine défiance. Pourtant, cet inconnu était leur seule chance de ne pas dormir là cette nuit.

À la surprise de tous, Daria avança dans sa direction, main tendue pour le saluer. Elle paraissait toute petite face à lui et dut lever la tête pour le regarder. L'homme à la barbe lui prit la main. Il avait des yeux gris acier, d'épais sourcils bruns et une tignasse en bataille. Ils se dévisagèrent un temps. Séléné retint sa respiration, Antoine émit un bruit sec entre ses dents, mais ne bougea pas. Enfin, l'homme lâcha la main de Daria et éclaira son visage d'un large sourire.

La jeune femme déclina son nom en anglais et lui demanda s'il la comprenait, en prenant soin de bien détacher toutes les syllabes. L'homme partit d'un grand rire :

« Inutile de vous embêter à parler anglais ! Votre plaque d'immatriculation vous a trahis : vous êtes français !

Ça tombe bien, ma mère l'est aussi, et elle me parlait cette langue quand j'étais gamin. Elle est née en Bretagne, j'ai du sang celte dans les veines ! »

Il se frappa le torse, et de la poussière blanche forma un halo autour de lui.

Ce geste amusa Antoine, qui se rapprocha de son amie.

« Vous ne pouvez pas savoir à quel point c'est une joie de voir quelqu'un sur cette route ! Et en plus vous parlez le français ! Inespéré ! Ça faisait une heure qu'on était ici et… »

L'homme émit un sifflement :

« La vache ! C'est quoi, ce moteur sur la route ? Vous êtes tombés en panne et vous avez voulu réparer vous-mêmes ? Vous êtes givrés ? »

Sa répartie fit sourire Antoine et rendit la situation moins oppressante. De près, l'homme paraissait toujours aussi bourru, mais sa façon de rouler les *r* comme Daria le rendait sympathique.

Antoine l'invita à examiner le capot d'un peu plus près et commença à lui raconter les heures épiques qu'ils venaient de vivre. L'heure tournait. Irina et Daria s'étaient assises sur le bas-côté et discutaient. Irina battait des cartes qu'elle disposait ensuite au sol. Penchée en avant, sa sœur en montrait certaines du doigt et interrogeait Irina du regard. Séléné s'était mise à l'écart depuis la dispute avec son frère. Elle frappait du bout du pied les petits cailloux qu'elle trouvait sur son chemin.

Un cri lui fit lever la tête, c'était son frère qui s'approchait des filles, les mains levées :

« Grande nouvelle ! Nous ne passerons pas la nuit ici ! Karl va nous emmener chez sa sœur. Elle habite à côté de Ljubljana, à une petite heure d'ici. Elle tient une maison d'hôtes. Pour le moment, sa maison est en travaux, mais selon Karl, ça ne posera pas de problème si on y reste une nuit ou deux. Sa sœur ne rouvre que dans quinze jours.

— Et que fait-on de la voiture, de nos bagages ?

— On prend nos bagages avec nous. Et Karl m'a proposé de revenir chercher la voiture demain avec une barre de remorquage. Il connaît un garagiste. »

Antoine était volubile, il avait retrouvé toute sa détermination. Il ouvrit le coffre et d'un geste invita les autres à venir chercher leurs affaires.

« Par précaution, ne laissons rien dans la voiture. Avec Karl, on va mettre les pièces du moteur dans le coffre. »

Ils s'installèrent dans la camionnette : Daria et Antoine sur la banquette avant, Irina et Séléné à l'arrière. À l'intérieur, c'était le bazar. Des scies et d'autres outils liés au travail du bois jonchaient le sol.

« Poussez mon matériel où vous le pouvez, les filles, ou mettez-le par terre, à vos pieds. Je suis sur un gros chantier en ce moment, tout le monde est dessus à la scierie, et je n'ai pas le temps de ranger mon foutoir. »

Malgré la nuit qui tombait, il faisait chaud à l'intérieur. Irina voulut ouvrir une fenêtre, mais Karl le lui déconseilla :

« Y a un court-circuit, on ne peut plus baisser les vitres. Pareil pour le chauffage. Et j'ai la flemme de réparer tout ça. Habituellement, personne ne monte dans ma camionnette. »

À travers les carreaux sales, le paysage commença à défiler. Des arbres à perte de vue, immenses presque, avec les ombres de la nuit qui arrivaient.

Le silence envahit l'habitacle. Karl, très jovial il y a quelques minutes, se concentra sur la route, le nez sur le volant.

« Je n'ai pas mes lunettes, je vois mal la nuit. »

Il répondait aux questions d'Antoine par monosyllabes ou se contentait de hocher la tête de temps à autre.

Après une vingtaine de minutes dans la voiture, sans pouvoir ouvrir les fenêtres et le chauffage poussé au maximum, l'air devint irrespirable. Un mélange de chaleur intense, de poussière et de plâtre, auquel s'ajoutèrent les virages. Ils n'y voyaient rien, Karl conduisait vite, prenait parfois des chemins de terre pour revenir ensuite sur du goudron. Seuls les bâtons réfléchissants qui bordaient la route des deux côtés indiquaient qu'ils étaient sur un chemin balisé.

Irina fut la première à se sentir mal. Le visage très rouge, elle mit sa tête en arrière dans le but de chercher un peu d'air, mais ce fut peine perdue. Daria, qui souffrait elle aussi de la chaleur, lui tendit une gourde avec le peu d'eau qui lui restait, et demanda à Karl s'il ne serait pas possible de s'arrêter un peu, mais Karl ne lui répondit pas, concentré sur la conduite.

Autour d'eux, la nuit s'était faite opaque, ils ne percevaient plus rien, ni la forêt ni les alentours. Ils n'avaient vu aucun panneau qui leur aurait permis de savoir s'ils allaient dans la bonne direction.

« Quand arriverons-nous chez votre sœur ?

— Dans trois quarts d'heure, environ. On vient de passer le lac de Bled. »

La lumière jaune des phares éclairait seulement à quelques mètres devant eux.

C'est alors que Karl pila.

En plein milieu de nulle part.

Un des santons d'Irina roula jusqu'aux pieds du conducteur. Antoine jeta un coup d'œil vers Daria, qui lui prit la main en retour. Face à eux, au milieu de la route, une forme élancée se détacha. De larges yeux sombres en amande, d'un vert rendu électrique par le reflet de la lumière. La bête ne bougeait pas.

« C'est une biche. Elle restera là tant que ses petits n'auront pas traversé. Enfin, petits, ils doivent bien avoir trois mois à cette période de l'année », murmura Karl d'une voix grave.

Cette simple remarque tranquillisa Antoine. « Un homme qui connaît aussi bien les bêtes ne peut pas être mauvais », lui répétait son grand-père, quand ils se baladaient tous les deux dans la forêt.

Mais Karl ajouta :

« Vous pouvez me passer mon fusil, les filles ? Il doit être à vos pieds. »

Abasourdies, les filles fixaient Karl, la main tendue vers elles.

« Vous voulez rire ? Vous tueriez une pauvre bête sans défense ? Une maman, en plus ? Abattez les petits, pendant que vous y êtes ! Mais quel type êtes-vous ? » s'écria Irina, le souffle court.

À côté de Karl, Antoine ne souriait plus du tout.

« Laissez-moi faire, vous ne connaissez rien à nos habitudes. Ça se voit que vous n'êtes pas du coin. »

Karl se pencha lui-même vers la banquette arrière, et attrapa son fusil de chasse. La lumière des phares auréolait le visage de Karl d'une couleur irréelle et renfonçait ses yeux, dévoilant des cernes qui lui tombaient sur les joues.

Le silence dans l'habitacle se fit de plomb. Karl éteignit les phares et ouvrit doucement la porte de la camionnette. Un peu d'air frais entra.

« Mais nous sommes au milieu de la route, phares éteints ! Il est malade ! »

Dans la nuit noire, la silhouette de Karl disparut. Séléné, Irina, Daria et Antoine se regardaient sans rien dire. Irina en profita pour ramasser le santon qui avait atterri au sol, sous le volant, et enleva le plâtre qui s'y était déposé.

Soudain, ils perçurent des mouvements dans la forêt, sur la gauche. Quelque chose d'autre arrivait, sans qu'ils arrivent à distinguer quoi que ce soit. L'instant sembla durer des heures. Un premier coup de fusil retentit, puis un second. Les deux fois, Irina sursauta, à l'arrière. Karl, enfin, rentra dans la camionnette.

Les yeux sur la route, il resta sans rien dire, le souffle court, l'haleine chargée autant d'alcool que d'animosité. Enfin, il tourna la tête vers Antoine ; ses yeux clairs étaient devenus brillants, animés par la rage d'avoir utilisé son fusil.

Malgré la tension, Antoine osa poser une question :

« Qu'avez-vous fait ? »

Karl émit un petit rire, un rictus traversa son visage. Il se racla la gorge et tourna dans un geste vif sa tête vers la gauche pour cracher par terre.

« Décidément, on dirait que les Français ont du mal à comprendre ce que je dis. »

Puis il ajouta une phrase dans une langue étrangère que personne ne comprit.

Quand Karl se retourna vers l'arrière, les deux jeunes filles se reculèrent tout au fond de leur siège par réflexe.

Au moment où Karl reposa son arme au sol, elle percuta un autre objet, métallique. Séléné se pencha pour découvrir ce que c'était. Ses mains touchèrent quelque chose d'assez massif, rond, mais Karl intervint :

« N'y touche pas, gamine, ça pourrait être dangereux ! »

Elle voulut réagir, mais Irina posa une main douce sur la sienne et lui fit non de la tête.

Karl remit le contact, les phares se rallumèrent en clignotant un peu. Il se racla une nouvelle fois la gorge, mais ravala tout, puis dit d'une voix caverneuse :

« Nous sommes bientôt arrivés. »

Cette péripétie avait au moins eu le mérite de faire entrer de l'air frais dans la voiture pour les aider à supporter les quelques kilomètres restants.

Daria tenait toujours fermement la main d'Antoine. Séléné fixait à présent Irina, qui l'intriguait. Une intensité se dégageait d'elle et la rendait admirable.

Sur le visage de la jeune fille, elle aperçut des éclats de lumière. Surprise, elle se tourna vers leur source : c'étaient les lampadaires d'une ville.

Ils étaient enfin parvenus à Ljubljana, leur cauchemar prendrait bientôt fin. La ville se trouvait dans une cuvette entourée de montagnes. La nuit ne permettait pas de voir grand-chose, mais la silhouette haute et aride des montagnes à la cime blanche laissait deviner un paysage fait de roches et de forêts denses.

La camionnette s'engagea sur un pont. Sur la droite, un peu plus loin, ils distinguèrent les trois ponts rapprochés, en pierres blanches, qui faisaient la particularité de Ljubljana.

« On entre dans le centre. »

De chaque côté du pont, un dragon de pierre les fixait sur son piédestal. L'éclairage nocturne les détachait du reste de la nuit, les rendant plus grands qu'ils ne l'étaient. Gueule ouverte, dents pointues et regard féroce, ces animaux fantastiques protégeaient l'entrée de la ville.

« C'est le pont des Dragons. Il remplace le pont des Bouchers depuis 1902. »

Daria lâcha la main d'Antoine et se tourna vers Karl, essayant par ce geste de détendre l'atmosphère dans la voiture.

« Les bâtiments sont magnifiques, on dirait de l'Art nouveau. »

Elle fixait un immeuble dont la porte était encadrée par deux atlantes, le corps musculeux et penché sous le poids de l'immeuble.

« Exact ! Une grande partie de la ville a été reconstruite à cette période.

— Elle a été fondée par les Romains, c'est ça ? questionna Irina en se tournant vers sa sœur.

— Oui. À l'époque, la cité s'appelait Emona, confirma Daria.

— Vous en savez des choses, mesdemoiselles. Le pont qu'on vient de passer est celui de la belle-mère. Je vous laisse deviner pourquoi. »

Il partit d'un rire gras, chargé par de trop nombreuses cigarettes fumées, puis s'étouffa presque.

À l'arrière, Séléné ne pouvait détacher ses yeux des imposantes sculptures. Elle avait déjà vu ce modèle de dragon quelque part, mais où ?

Elle fouilla dans son sac et en sortit son carnet à dessins. D'une main tremblante, elle en tourna les pages, sans réussir à trouver ce qu'elle cherchait. Elle était pourtant certaine de l'avoir dessiné. Le croquis devait être dans un des carnets restés chez elle.

La camionnette venait de dépasser l'entrée du pont. Séléné ne put s'empêcher de se retourner vers la sculpture. Le dragon avait le visage tourné vers eux. La jeune fille poussa un cri d'effroi : n'était-il pas orienté de l'autre côté quelques secondes plus tôt ?

Emona… Emona…

Dans sa tête résonnait un autre mot : *demona.*

La camionnette quitta la ville et ses lumières, le noir revint : aucun réverbère n'éclairait la campagne. Ils ne distinguaient rien, seulement ce que le jaune des phares daignait dévoiler : un champ de maïs à feuilles hautes.

Karl emprunta un chemin sur la droite. Les cailloux roulaient sous les pneus, partaient d'un côté ou de l'autre se perdre dans les grandes herbes. Mains agrippées sur le volant, buste penché en avant, Karl ne ralentissait pas, malgré l'étroitesse de la voie. La camionnette ballottait et faisait des embardées. Daria s'était accrochée à la portière, Séléné voyait déjà le van terminer sur le flanc. Il n'y avait qu'Irina qui demeurait impassible, les yeux sur la route, sans ciller.

Karl décéléra soudain : quelqu'un se tenait au milieu du chemin, bras écartés, lui faisant signe de s'arrêter.

« Mais qu'est-ce qu'elle fout là, elle ! »

Il pila, les quatre autres occupants de la voiture furent projetés vers l'avant. Daria, qui n'avait pas attaché sa ceinture, se cogna la tête contre le tableau de bord et poussa un cri de douleur.

Séléné aurait juré avoir vu Karl esquisser un petit sourire en coin.

Il ouvrit sa portière, sauta de son siège et interpella la femme d'une voix presque mielleuse :

« Tu es là, toi ?

— J'ai entendu le moteur de ta camionnette, je suis sortie voir ce que tu me voulais à cette heure. »

Karl se gratta la tête, visiblement contrarié dans ses plans.

« Justement, je voulais venir te voir. »

Séléné tendit l'oreille : elle ne comprenait pas pourquoi cet homme prétendait avoir eu l'intention de s'arrêter là, alors qu'il ne décélérait pas sur le chemin. Au contraire.

Où voulait-il les conduire ?

« Y a quatre jeunes, des Français, ils ont eu un problème de voiture. Je me suis dit que tu pourrais les héberger, le temps qu'ils puissent repartir. »

D'où elle était, Séléné ne distinguait pas vraiment la femme, hors de portée des phares, mais elle l'entendit répondre :

« Oui. Remonte dans ta camionnette. On se retrouve à la maison. »

Karl opina de la tête, se racla la gorge, et s'exécuta.

Après avoir légèrement reculé, il prit un chemin sur la droite, jusqu'à un portail en fer forgé qui s'élevait sur trois bons mètres. Les barreaux de la grille, droits sur toute leur longueur, se terminaient aux deux extrémités par des volutes. Séléné ne put s'empêcher de penser aux superbes photos qu'elle prendrait dès le lendemain et partagerait sur les réseaux.

Karl redescendit de la camionnette, cracha par terre – ce qui ressemblait à une habitude – et alla ouvrir le portail : dans les phares jaunes apparut un chemin bordé d'arbres deux à trois fois plus hauts que la grille, si grands qu'on ne pouvait en distinguer la cime.

Puis le van s'engagea sur cette allée. Le lieu imposait le silence de la beauté : malgré les ténèbres qui dissimulaient les alentours, le spectacle offert à la faveur des phares était grandiose, presque féérique. L'allée semblait d'un autre temps, d'une autre époque. La couleur des feuilles se mélangeait au jaune des phares.

« Tu vois ces arbres, Séléné ? chuchota Irina. Ce sont des tilleuls. Le santon que je t'ai montré cet après-midi est fait du même bois. Vu leur taille, ils ont dû être plantés il y a quelques siècles. Imagine ce qu'ils ont connu, les histoires qu'ils portent en eux. J'irai les voir demain matin. »

Une bâtisse sombre émergea des feuilles. La nuit mangeait le haut de la maison, mais Séléné put distinguer une forme de toit assez alambiquée, avec des parties plus sombres, probablement des petites fenêtres, et, sur un des deux côtés, une forme plus grande et ronde : sans doute une tourelle. L'obscurité l'empêchait de voir distinctement, mais cela donnait l'impression d'une construction biscornue, pleine de recoins, de cachettes.

Ses yeux descendirent vers le bas de la maison où quelques lumières scintillaient, enchanteresses. De loin, Séléné crut à des milliers de lucioles qui bougeaient tout autour, avant de comprendre qu'il s'agissait de guirlandes accrochées qui s'agitaient sous le vent de cette nuit d'été. En haut des marches du perron, une silhouette se détacha, les bras croisés : la sœur de Karl.

Le van passa derrière la bâtisse, une face encore plus sombre émergea. Karl gara son véhicule en contrebas, un peu en retrait. Il ouvrit la porte arrière et tendit une main vers Irina.

« C'est le bazar ici, ne vous prenez pas les pieds dans les sacs. »

Celle-ci le fixa sans bouger.

« Je peux me débrouiller toute seule. »

C'était la seconde fois qu'Irina répondait sèchement à Karl, elle devait être fatiguée aussi. Puis, sans un sourire pour leur chauffeur, elle partit en direction de la maison d'un pas assuré, comme si elle connaissait déjà le chemin. Antoine et Daria lui emboîtèrent le pas.

Karl déposa au sol tout un attirail sorti du coffre : des malles rondes, d'autres aux formes plus énigmatiques. Séléné qui passait à côté en prit deux au passage et demanda à Karl où elle devait les mettre. Ce dernier la regarda et siffla en retour :

« Tu devrais poser ça, c'est tellement lourd que je ne comprends même pas que tu puisses les soulever. »

Séléné haussa les épaules et gagna à son tour la maison, une valise dans chaque main.

Malgré la nuit et l'heure avancée, le jardin avait gardé ses parfums capiteux ; une odeur caractéristique, assez sucrée, sur laquelle elle n'arriva pas à mettre de nom, surprit Séléné. Où l'avait-elle déjà sentie ?

Karl ferma son van, puis l'interpella en lui emboîtant le pas :

« Tu étais déjà venue en Slovénie ? »

Malgré elle, Séléné frissonna. Les coups de fusil résonnaient toujours dans sa tête. Elle prit une grande inspiration et répondit :

« Non, jamais. C'est même la première fois que j'entends le nom de Ljubljana.

— Tout de même ! C'est la capitale ! »

Séléné fouilla dans sa mémoire. Via les réseaux, elle avait l'impression de connaître pas mal de pays : elle connaissait par cœur la côte Est des États-Unis, les balades démentielles en traîneau tiré par des chiens au Canada, les verts des fjords nordiques, et surtout l'Australie, ses plages de sable fin, le dépaysement sur chaque photo.

« En tout cas, c'est très vert par ici. Quand j'ai entendu le nom de Ljubljana tout à l'heure dans la voiture, je l'ai trouvé marrant. Il m'a fait penser à une libellule qui aurait fumé de la marijuana. »

Karl éclata de ce même rire rendu gras par l'abus de cigarettes et monta les marches du perron, croisant Irina qui en redescendait. Il y avait chez cette fille un côté aérien, presque somnambule dans certains gestes. Elle dévisagea Karl sans rien dire, puis détourna le regard.

« Nous sommes arrivés dans une région incroyable ! lança-t-elle, ayant retrouvé sa volubilité. Tu te rends compte : nous sommes sur un terrain sismique ! »

Mais comment savait-elle tout ça ?

Irina poursuivit :

« Il y a déjà eu plusieurs tremblements de terre ici, dont un très fort en 1895. La terre va avoir des choses à nous dire. Ce n'est pas un hasard, si nous sommes ici ! »

La jeune fille faisait de grands moulinets avec ses bras et ressemblait décidément à une héroïne de manga. La même candeur, le même enthousiasme.

Mais ce qu'elle disait était complètement absurde.

« Le hasard n'existe pas plus que la prédestination, Irina. Nous sommes seulement tombés sur des policiers qui nous ont laissés en plan, sans se soucier de notre sort. On aurait pu rester la nuit là-bas. Si on avait pris une autre route, tout ça ne nous serait jamais arrivé.

— Mais, si, rappelle-toi ! On a pris cette route parce que ma sœur a suivi le GPS. Non, vraiment, quelque chose ici nous appelle.

— Si quelque chose doit être là, c'est bien le wifi ! » s'écria soudain Séléné avec une lueur d'espoir.

Irina fixa quelques instants Séléné, qui en profita pour illustrer ses propos en brandissant son téléphone éteint dans une main, le visage illuminé d'un grand sourire.

Au même instant, la silhouette de tout à l'heure s'incarna : c'était une femme sans âge. Elle s'exclama :

« Et toi, tu dois être Séléné ! »

Des cheveux au carré, d'un blond presque blanc, retenus par un serre-tête, un visage doux, mais un regard d'acier qui contrastait avec sa tenue décontractée : un foulard d'un rouge défraîchi par les ans autour du cou, un T-shirt blanc sous une veste en grosse laine, un pantalon plutôt large en jean.

« Bonsoir madame, c'est gentil de nous accueillir.

— Tu peux m'appeler Milena, si tu veux. Mon nom de famille serait trop compliqué à retenir. Tu peux me tutoyer, le vouvoiement me fatigue. Dans la maison, quelques pièces sont encore en travaux, mais vos chambres sont confortables. Séléné et Irina, vous dormirez ensemble, au premier étage, première porte à gauche. Déposez-y vos affaires, puis rejoignez-nous pour le dîner. »

Elle se tourna vers son frère :

« Bonsoir, Karl. Tu as bien fait de les amener ici. »

Les paroles de cette femme réconfortèrent Séléné, épuisée par les péripéties de la journée.

Toutefois, quelque chose l'intrigua : avant que Milena n'entre dans sa maison, au moment où elle passait à côté de son frère, leurs mains se frôlèrent. Entre les mains de Milena, Séléné distingua une sorte de paquet de papiers repliés sur eux-mêmes.

Des billets ?

Elle n'en avait jamais vu autant. Karl referma rapidement sa main sur le paquet, tout en faisant un mouvement circulaire, vers la maison, comme pour s'assurer que personne n'avait entrevu leur manège. Quand il tomba sur le visage de Séléné qui le fixait, il eut un mouvement de bouche, imperceptible. Presque un rictus.

Puis, en quelques secondes, son expression inquiète se métamorphosa en sourire de façade. Il en profita pour glisser le paquet dans sa poche arrière.

« Bon, tu te dépêches, je ne vais pas t'attendre toute la nuit ! »

Séléné suivit Irina jusqu'à la camionnette et en sortit son sac. Elle lui avait peu parlé depuis ce matin, mais le silence était trop pesant pour ne pas être brisé :

« Tu le trouves comment, Karl ?

— Notre sauveur ? Je ne sais pas trop, je m'en méfie. Il fait faux, avec ses grands sourires et son enthousiasme forcé. Mais ce soir je suis trop fatiguée pour y penser. »

Les deux jeunes filles continuèrent de remonter l'allée en silence.

La porte d'entrée était restée ouverte. Ce fut d'abord l'odeur qui surprit Séléné, une odeur très forte d'encens, comme dans les églises.

Comme si elle lisait dans ses pensées, Irina embraya :

« Ça sent bon ! J'adore, j'ai l'impression qu'une forêt a grandi à l'intérieur de la maison. Sais-tu que ce sont des résidus de sève transformée en résine ? Un jour, j'ai essayé d'en fabriquer. Comme je voulais faire les choses bien, j'ai décidé d'utiliser du salpêtre dans la préparation, même si mieux vaut éviter d'en manipuler, car c'est toxique. Malheureusement, ça a déclenché chez moi une allergie respiratoire. J'ai cru que j'allais y passer : je suffoquais toute seule dans ma chambre, sans pouvoir prévenir qui que ce soit. Dans l'urgence, j'ai même appelé ma sœur au téléphone, mais ça n'a servi à rien, puisque je ne pouvais pas lui parler. Elle a entendu des bruits bizarres et a pensé que je lui faisais une blague. Puis, voyant que j'étouffais vraiment, j'ai eu l'idée de génie d'ouvrir la fenêtre de ma chambre en grand, et…

— Irina, c'est sans doute hyper intéressant, mais comme tu le disais tout à l'heure, on tombe de sommeil. On peut remettre ça à demain ? »

Séléné partit devant.

Le hall était assez sombre, mais laissait deviner une décoration raffinée, d'une autre époque. Des bibelots partout, sur des étagères, des tables : des chevaux en bois, des bustes en marbre, d'autres en bronze, de vieilles cartes accrochées aux murs, une grande bibliothèque débordant de livres au dos rouge sang. Quelques animaux empaillés et pleins de poussière, des corneilles aux yeux sombres, des papillons épinglés, des méduses figées dans du verre soufflé, et plein de bocaux de toutes sortes. Sur les murs, de vieux tableaux, dont l'un assez grand avec deux personnages qui paraissaient courir après quelque chose. Sur le cadre, Séléné lut : *Chasse au lynx*. La jeune fille ne se doutait pas que ce genre de pratique ait pu exister un jour. Elle s'en approcha : dans le mur, sous le cadre, il lui sembla apercevoir une anomalie, une ligne droite qui descendait jusqu'à la plinthe et ressemblait à une fissure. Un bruit lui fit tourner la tête : une porte claquait à l'étage. Elle écouta pour en déterminer la provenance, mais ne perçut plus rien. Elle poursuivit sa découverte du hall : elle avait face à elle un véritable cabinet de curiosités.

Séléné passa en revue toutes les stories qu'elle pourrait faire rien que dans cette entrée : #cabinetdecuriosités. Elle y éprouvait des émotions diverses, entre la répulsion exercée par ces animaux morts, ces pratiques d'un autre temps, et la beauté des objets anciens.

Sur la gauche, un large escalier menait au premier étage. Au pied de celui-ci, un énorme bouquet dont les lourdes fleurs courbaient la tête. Irina, la tête penchée vers l'une d'elles, fermait les yeux.

« J'aurais préféré qu'on ne dorme pas ensemble, dit-elle, j'ai souvent le sommeil agité. Mais bon, c'est pour un ou deux jours, on devrait pouvoir se supporter.

— Si tu le dis… »

Une porte à double battant s'ouvrait sur une grande chambre dans les tons blanc et sépia. Sur les deux lits d'une personne avaient été déposés plusieurs oreillers. Certains étaient en velours, d'autres semblaient de soie. Le couvre-lit s'accordait aux doubles-rideaux, et quelques sculptures étaient posées çà et là. Une salle de bains attenante avait été refaite à neuf.

Cette maison regorgeait de photos parfaites pour les réseaux : harmonie des couleurs, pièces avec une identité forte. Tandis qu'Irina s'était déjà allongée sur un des deux lits, Séléné furetait derrière les rideaux, le corps courbé en deux. Elle poussa soudain un cri de joie, se précipita vers son sac et en sortit son téléphone, qu'elle brandit comme un trophée. Puis elle s'empressa de le brancher derrière une petite table ronde en marbre.

« Voilà ! Là, je suis heureuse ! »

Elle s'assit par terre, les yeux sur l'écran. Une petite musique retentit dans la chambre. Des teintes violettes et vertes zébrèrent son visage.

« Les filles, le dîner est prêt ! cria Daria d'en bas.

— Zut, pile au mauvais moment, je ne sais toujours pas si mon portable s'est mis à jour. »

Quand elle leva la tête, elle était seule dans sa chambre. Elle soupira, puis courut derrière Irina.

La seconde partie de la soirée promettait d'être plus réussie que la première. Quand les jeunes filles débarquèrent dans la salle à manger, elles poussèrent un même cri de surprise. Elles ne savaient plus où poser les yeux : les plats sur la table, la décoration de la salle, tout ressemblait à un rêve éveillé.

« Comment avez-vous pu préparer autant de plats aussi rapidement ? » interrogea Irina.

Milena eut un geste évasif, puis les invita à s'asseoir.

Sélèné se remémora une vieille légende que sa mère lui avait racontée un soir, sans parvenir à mettre un nom dessus. Elle se rappelait très bien une jeune fille invitée par une femme qu'elle ne connaissait pas mais qui l'accueillait comme une reine. Sur la table, des plats à profusion, des mets plus délicieux les uns que les autres, des montagnes de desserts. Elle l'avait entendue petite, mais les détails ne lui revenaient pas. Pourquoi l'évocation de cette fable lui provoquait-elle des frissons qui remontaient de son dos à la nuque ?

Pour réfléchir, elle porta les yeux vers le plafond et fut estomaquée. En bois sculpté, il était la réplique exacte du plafond de son dortoir à l'orphelinat. Dans ses souvenirs de petite fille, elle le regardait en s'endormant, rêvant à des parents dont elle ne savait rien. Tous les soirs, elle se racontait une nouvelle histoire. Sa préférée était celle où ses parents, frappés d'amnésie à la suite d'un accident, recouvraient la mémoire et venaient la chercher.

Sur ce plafond, la directrice avait eu l'idée de dessiner la constellation de l'hémisphère Nord avec de la peinture phosphorescente. Une façon habile d'éviter aux jeunes enfants d'avoir peur du noir. Quand les lumières de l'orphelinat s'éteignaient, la constellation prenait le relais, et s'illuminait. Elle était les bras des parents disparus.

Or ce soir, plus de douze ans après, Sélèné avait sous les yeux une reproduction de ce qu'elle voyait chaque nuit, mais qu'elle avait oublié avec le temps. Quand elle avait emménagé chez ses nouveaux parents, elle avait mis du temps à retrouver ses marques, à couper un à un les fils de sa première vie pour profiter de celle qu'on lui offrait.

Avant qu'elle ne parte, les éducateurs lui avaient dit qu'elle avait beaucoup de chance d'aller chez de nouveaux parents, qu'elle se devait d'être heureuse, puisqu'elle aurait enfin des bras qui la consoleraient et la protégeraient, que beaucoup d'enfants portaient ce même espoir en eux. Mais, parfois, ce qui est une chance pour les uns ne l'est pas forcément pour les autres.

De cinq à huit ans, elle avait peiné à s'endormir le soir et pleurait souvent. Au début, Carole, sa mère, passait du temps avec elle, lui racontait des histoires, la prenait dans ses bras, la berçait, laissait sa main sur la sienne, mais la petite rouvrait les yeux dès qu'elle s'éloignait ou sortait de la chambre. Les endormissements prenaient chaque soir plus d'une heure et, bien souvent, Séléné se réveillait la nuit en hurlant. Ses parents avaient rappelé l'orphelinat, avaient demandé si Séléné y montrait les mêmes traumatismes, mais les éducateurs étaient formels : ils n'avaient jamais perçu de tels pleurs chez Séléné.

« Pourtant, vous savez, beaucoup d'enfants pleurent ici, mais Séléné, non, on ne l'entendait jamais. »

Démunis, les parents s'étaient tournés vers des médecins, lui avaient fait prendre des infusions de plantes, avaient tenté des séances d'hypnose, mais rien ne s'arrangeait. Antoine ne s'était jamais réveillé la nuit, ils n'avaient jamais eu à traiter un tel problème. Au fil des mois, les nuits devinrent source d'angoisse.

En dernier recours, son père avait alors décidé qu'il fallait laisser pleurer la petite, qu'avec le temps Séléné grandirait et comprendrait que ses pleurs étaient vains.

En quelques semaines, ils cessèrent.

Le père se glorifia d'avoir trouvé la solution, puisque plus personne n'entendait la petite fille. À table, lors de dîners entre amis qui venaient d'avoir un enfant, il conseillait aux jeunes parents de laisser hurler l'enfant, que c'était ça l'apprentissage de la vie.

Mais il se trompait.

Les pleurs de Séléné ne s'étaient jamais vraiment taris, Séléné avait seulement compris qu'il ne servait à rien d'appeler à l'aide, que les adultes ne lui seraient d'aucun secours pour soulager sa douleur. Alors elle plongeait la tête dans son oreiller pour étouffer ses cris. Celui-ci débordait de larmes au petit matin.

Mutique le plus souvent, elle regardait ses parents comme les étrangers qu'ils étaient. Le plafond de sa chambre n'était plus qu'un trou noir qui l'aspirait sans éteindre la nostalgie de celui de l'orphelinat.

Il lui était difficile, dans ce nouvel environnement, de convoquer des souvenirs, de reconstruire de nouvelles racines, quand autour d'elle tout changeait. L'impermanence des objets qui l'entouraient rendait Séléné funambule.

Ce flottement dura deux ans. Deux ans durant lesquels la petite fille s'emmura dans un sentiment d'incompréhension qui en faisait une sauvage aux yeux des autres, tant personne ne savait comment l'apprivoiser.

Puis un déclic survint, sans que quiconque en comprenne la raison ni ne fasse le lien avec un bibelot acheté dans un bazar par Carole, la lumière que cette étoile phosphorescente émettait la nuit.

Séléné s'adoucit : elle commença à jouer avec son frère Antoine, sans se mettre en colère à la première frustration ni tenter de le taper ou de lui arracher les jeux des mains.

La petite s'endormait de nouveau en se racontant des histoires, à la chaleur de ce jaune qui lui servait de guide et contenait toute la magie du monde.

Il est des racines qu'on trouve accrochées dans un ciel étoilé.

Ici, dans le salon de Milena, les étoiles scintillaient, comme douées de vie.

« Regarde, Antoine, le plafond ! »

Mais son frère, tout occupé à choisir entre les nombreux mets proposés, ne l'entendit pas.

« Ma sœur adore cuisiner, grogna Karl de plaisir en avalant une bouchée. Une fois qu'on a goûté à ses plats, on ne peut plus s'en passer. »

La jeune fille cessa d'examiner le plafond, ses yeux croisèrent ceux de Milena qui l'observait. Elle se frotta les paupières et regarda autour d'elle. L'homme venait de prononcer la même phrase que dans ce conte mystérieux dont elle n'avait que de vagues réminiscences.

Elle fixa son attention sur Karl. Si elle avait été quelque peu dégoûtée de le voir cracher dès qu'il descendait de voiture, le voir manger était encore une autre affaire. À son insu, son nez se plissa, sa bouche se tordit.

Il ne dégustait pas, il avalait sans mâcher, engloutissait son verre de vin à grand bruit, s'essuyait la bouche sur le revers de sa manche et se permettait même de roter sans s'excuser. Le genre de rustre qui ne se lave pas les mains après être allé aux toilettes.

Séléné se tourna vers les autres dans le but de capter leur regard, mais eux aussi étaient concentrés sur le contenu de leur assiette. Finalement, elle préféra ignorer Karl et ses manières d'ogre pour s'intéresser à la multitude de plats.

Au centre de la grande table ronde flottaient des fleurs roses aux pétales pointus dans une sorte de bassin miniature en pierre.

« Des nénuphars ?

— Non, pas vraiment, répondit Milena qui, toujours debout, se contentait de regarder ses visiteurs manger. Ce sont des lotus. Ce sont deux plantes assez similaires, mais la seconde a des feuilles surélevées. Celles du nénuphar ne sont pas aériennes. Ljubljana est réputée pour ses marais. Depuis l'Antiquité, les hommes n'ont cessé de vouloir assécher ces terres.

— Des fleurs de lotus comme chez Ulysse, quand ils arrivent chez les lotophages ? C'est génial, ça ! Je n'en avais jamais vu en vrai, s'exclama Irina en se penchant vers une des fleurs.

— Ulysse ? Lotophages ? questionna Séléné qui ne comprenait pas de quoi parlait Irina.

— C'est une histoire dans *L'Odyssée*. Quand Ulysse arrive chez les mangeurs de lotus, ses compagnons oublient leur mission et sont frappés d'amnésie, expliqua la jeune fille en avalant goulûment une bouchée.

— Toi aussi, tu devrais manger», lui conseilla Milena d'un ton à la fois doux et ferme.

Séléné la regarda et se demanda pourquoi leur hôtesse ne s'asseyait pas avec eux, autour de la table.

«Vous ne mangez pas?

— Tu peux me tutoyer. Je te l'ai déjà dit», insista Milena sans répondre à sa question.

Une odeur fleurie monta jusqu'aux narines de Séléné, assez capiteuse pour la détourner de ses questions. Envoûtée, elle tourna la tête vers les plats et ne se préoccupa plus de Milena, ni de rien d'autre. La nourriture agissait sur elle comme un sortilège.

À première vue, les plats étaient très simples : des salades composées de tomates, concombre, féta, un trait d'huile d'olive, des légumes découpés sur leur longueur, des sauces blanches rehaussées d'une touche de safran.

Sur une autre table étaient disposés les desserts : la jeune fille lorgna sur une impressionnante pavlova dont la meringue toute de volutes blanches faisait bien dix centimètres de hauteur. Sur le dessus, les fruits d'un rouge vif brillant formaient une alléchante montagne.

«Tu veux goûter cette recette de champignons? C'est une de mes spécialités», dit Milena en lui tendant une assiette.

Séléné hésita, c'était de loin la préparation la moins appétissante. Elle sourit à leur hôtesse, mais refusa, préférant se servir quelques cuillerées d'un autre plat. Sans doute des légumes grillés au four avec quelques herbes sur le dessus.

Quand Séléné avala la première bouchée, elle eut l'impression qu'elle portait en elle le goût de l'immortalité.

Les inquiétudes de la journée s'effacèrent comme par magie, Antoine avait même oublié d'appeler leurs parents et riait avec Karl, tandis que Daria et Irina devisaient avec Milena.

Séléné sourit à la beauté de cet instant. Ils profitaient enfin de ce début de vacances et semblaient avoir mis de côté leurs tracas du jour, la voiture laissée sur une route de campagne, les prochaines réparations qu'il faudrait effectuer. Ce soir-là, à chacune de leurs bouchées, leur réalité s'évanouissait et tout prenait l'allure d'un rêve.

Séléné passait de plat en plat, de délice en délice, regardait ce plafond qui l'envoûtait tant ; elle eut l'impression d'être revenue à l'orphelinat, à cet âge où les rives du temps sont encore floues, où tout est encore possible. Une époque où les rêves ont la saveur sucrée d'un émerveillement continu.

Passé et présent se mélangèrent, le temps n'était plus une ligne continue mais une boucle où il devenait sériel.

À l'extérieur, de l'autre côté de la vitre, les guirlandes s'agitaient sous le vent et révélaient quelques ombres.

Il était une fois une jeune femme, encore vierge des tracas de la vie, qui rencontra dans la forêt une vieille femme au regard étrange, voilé par une cataracte avancée, souriant d'une bouche édentée. Au creux de son avant-bras, celle-ci tenait un panier rempli de champignons. Elle s'approcha et en tendit un.

« Mange, ils sont inoffensifs. »

La jeune femme s'éloigna, apeurée. Arrivée à une fourche, elle choisit le chemin de droite qui lui semblait bien plus joli que celui de gauche.

Mais à peine eut-elle fait quelques pas que sortirent des fourrés trois hommes. Leur jeunesse n'avait rien à envier à leurs habits, tout aussi magnifiques. Elle leur sourit, mais les trois gaillards, après l'avoir détaillée et s'être concertés, se mirent en travers de sa route. Elle fronça les sourcils, voulut faire demi-tour, mais le chemin qu'elle venait d'emprunter s'était refermé derrière elle.

L'affront devint inévitable. C'est alors qu'ils l'encerclèrent et posèrent les mains sur elle. Elle eut beau se débattre, crier, appeler à l'aide, dans cette forêt aux arbres épais, personne ne vint à son secours. Seules les feuilles bruissèrent d'effroi quand les hommes s'introduisirent de force en elle, la sommant, de leur ire masculine, de devenir, pour le restant de sa vie, une proie hantée par le chagrin et la colère.

Il était une fois une autre version de cette histoire : la jeune femme eut confiance en cette vieille bouche édentée ; malgré les apparences, elle goûta un champignon qu'elle trouva fort bon, et, le ventre rempli de cette nourriture, s'engagea sur le chemin de gauche, d'apparence plus escarpée que celui de droite.

Les difficultés ne l'effrayèrent pas et la jeune femme parvint au village, pleine d'une nouvelle victoire.

Séléné se réveilla sur un cri. Dans le lit voisin, Irina dormait. Les sens encore aux aguets, comme dans son rêve, elle tourna la tête vers un mouvement sur sa droite : la fenêtre était restée entrouverte, et les rideaux bougeaient sous le vent.

Elle repoussa les draps, mit un pied à terre, puis l'autre, et se dirigea vers la fenêtre entrebâillée. Comme à son habitude, le velours de la nuit l'apaisa. Dans cet effacement du monde, la respiration de Séléné devint moins hachée, plus régulière. La jeune fille eut envie de sortir, de s'installer dans un des fauteuils de la pergola ; elle étouffait dans cette chambre.

En descendant les marches, elle repensa à la soirée qu'ils venaient de vivre, à cette nourriture délicieuse, à cette maison tout droit sortie d'un autre temps, aux livres, aux objets de décoration qui venaient d'époques et de lieux différents, formant un ensemble disparate mais harmonieux. Impossible de se souvenir de la façon dont la soirée s'était terminée. Comment était-elle arrivée dans son lit ? Depuis quand dormait-elle ?

La beauté ici venait du farfelu, de l'amoncellement et de l'étrangeté.

Dans l'entrée, une faible lumière, celle d'une lampe que Milena laissait allumée. En pierre rose, elle dégageait une aura réconfortante dans cette nuit sans lune. À côté, en pierre lui aussi, un sphinx regardait Séléné. Combien de pays Milena avait-elle visités ? Il fallait plus d'une vie pour amasser autant d'objets insolites.

« Insomnie ? »

La voix de Milena derrière elle la fit sursauter. Séléné se retourna et découvrit que leur hôtesse avait gardé les mêmes vêtements que la veille. Cette femme ne dormait-elle jamais ? Dans ses mains, elle tenait un bocal qui semblait lourd. Elle intercepta le regard de Séléné sur celui-ci. À l'intérieur flottaient des choses aux formes biscornues.

« J'ai la manie des bocaux. Je fais beaucoup de conserves pour nourrir mes clients avec les produits du jardin.

— Je n'arrivais plus à dormir, j'ai eu envie de profiter de la pergola, de nuit.

— Tu devrais te recoucher. Il est à peine 4 heures du matin. La journée sera longue demain. »

À contre-jour, l'ombre de Milena était immense et léchait les pieds de Séléné.

Ensuite, sans laisser à la jeune femme le temps de répondre, Milena partit dans la cuisine. Depuis l'entrée, Séléné entendit des bruits métalliques, puis des coups plus forts, comme ceux d'une masse en bois. Elle allait sans doute réveiller toute la maison ! Que préparait-elle ?

Séléné s'apprêtait à ouvrir la porte d'entrée, quand la silhouette revint vers elle :

« Si j'étais toi, j'éviterais de sortir en pleine nuit. Il y a des bêtes par ici. Bois cette tisane, dans ta chambre. Tu devrais dormir paisiblement ensuite.

— Elle est rigolote, cette tasse, avec le petit champignon dessus, dit-elle en la prenant.

— Elle est à toi maintenant, tu pourras la garder tout au long de ton séjour. »

Sans trop comprendre ce que disait Milena, elle répondit à son sourire, puis remonta à l'étage.

Assise sur le lit, le dos calé contre ses oreillers, elle ouvrit son carnet à dessins et commença à griffonner son dernier cauchemar.

Entre deux crayonnages, elle trempa ses lèvres dans la grande tasse ; la mixture avait un arrière-goût de champignon, sans être désagréable. Elle la but avidement.

Peu après, elle bâilla, puis s'endormit, son crayon toujours entre les mains. Bientôt, sa respiration se fit plus ample, apaisée, mais sous ses paupières ses yeux bougeaient sans cesse : même lorsque Séléné dormait, il y avait toujours une partie d'elle qui demeurait en éveil, le cœur aux aguets.

Elle fut réveillée le lendemain par un bruit d'eau : Irina prenait sa douche. Un coup d'œil à son portable lui indiqua qu'il était déjà 11 heures. Elle s'étira mollement sous la couette, et un détail attira son regard à l'extérieur.

Derrière la fenêtre, des grappes de glycine violettes dansaient dans le vent du matin. Au-delà de la végétation, et malgré un soleil aux rayons déjà bien hauts et forts dans le ciel, elle aperçut une sphère blafarde qui n'avait pas bougé depuis la veille au soir.

Comment la lune avait-elle pu rester immobile douze heures d'affilée ?

Séléné se gratta la tête face à cette bizarrerie. Sa marque sur le poignet la démangea : elle lui parut plus blanche que d'habitude, ses contours mieux définis. Sans doute la lumière du matin.

La jeune fille posa son téléphone et sortit de la chambre : la veille, en gravissant les marches, elle avait repéré un œil-de-bœuf dans le couloir, juste au-dessus du premier palier. Elle s'engagea dans l'escalier, et monta d'un demi-niveau. Ses pieds s'enfoncèrent dans la moquette aux motifs bigarrés.

Le froid la saisit : à peine quelques mètres plus haut, cet endroit de la maison était pourtant plus sombre, humide presque. Le papier peint se décollait par plaques et était auréolé de taches de moisissure.

Pour se réchauffer, elle frotta ses bras avec vigueur, puis elle se dressa sur la pointe des pieds : le hublot en hauteur ne permettait pas de bien voir l'extérieur, mais d'ici au moins la glycine n'obstruait pas la vitre.

La vue qui s'offrit à elle l'étonna : le ciel était d'un bleu sans nuages. Aucune lune n'apparaissait. Elle remit ses pieds à plat : elle avait dû mal voir, tout à l'heure, dans la chambre.

« Qu'est-ce que tu fais là ? »

La voix trahissait de la colère.

Un peu ahurie, Séléné se retourna et découvrit une Milena différente de la veille, vieillie par une bouche pincée et des yeux noirs dont elle n'arrivait pas, d'où elle se tenait, à discerner la pupille de l'iris. La vision était si effrayante qu'elle ouvrit la bouche sans pouvoir dire quoi que ce soit. Elle était aussi rouge que le foulard que leur hôtesse portait toujours noué autour du cou.

Milena s'en aperçut-elle ? Immédiatement, sa voix se radoucit, et le vilain rictus qui enlaidissait son visage se transforma en sourire éclatant.

« Tu sais bien que tu n'as pas le droit de monter, c'est dangereux, il y a des travaux au grenier. »

Séléné la fixa tout en descendant quelques marches.

« Je ne faisais que regarder le ciel. Je vais chercher Irina, puis on vous rejoint en bas. »

Tout en continuant de descendre, Séléné tenta de se remémorer la soirée de la veille, mais elle ne se souvenait ni du dîner ni des propos échangés.

À quelle heure s'était-elle couchée ? Avait-elle parlé à Irina ? Elle ne se rappelait que les premières bouchées avalées, le reste flottait dans un brouillard épais.

Elle revint dans la chambre, encore dans ses pensées, au moment où Irina sortait tout juste de la douche : son corps avait une odeur herborée. Elle en oublia ses questions.

« Je n'ai jamais senti ce parfum, c'est quoi ton gel douche ?

— Aucune idée. Mais vu la forme irrégulière, je pense que c'est un savon fait maison. Avec du miel et du romarin, je dirais. »

Puis, après avoir regardé Séléné, elle ajouta :

« Je t'attends pendant que tu prends ta douche, puis on descend ? »

En arrivant dans la cuisine, les filles sentirent une odeur de pain chaud flotter dans l'air. Le ventre d'Irina en gargouilla de plaisir.

Selon toute apparence, Milena passait beaucoup de temps derrière les fourneaux, elle s'affairait dans la cuisine, au milieu de bocaux plus étranges les uns que les autres. Elle avait troqué sa veste de la veille contre un débardeur kaki et s'était attaché les cheveux avec un élastique. Sans son foulard, qui était posé sur une chaise dans l'entrée, son cou nu apparaissait barré d'une longue cicatrice qui partait de la racine de ses cheveux. Encore rouge par endroits, la balafre n'était pas jolie à voir. Malgré tout, son visage semblait avoir rajeuni depuis leur rencontre à l'étage. Lorsqu'elle leur sourit, elle paraissait même avoir oublié sa colère envers Séléné.

Celle-ci fronça les sourcils, mais fut rattrapée l'instant d'après par une odeur qui lui rappela instantanément l'orphelinat : du pain perdu. Le déjeuner du jour où tout, ou presque, était permis. Les jeux, surtout. Elle en eut l'eau à la bouche.

Dans la pièce voisine, un miaulement se fit entendre. Séléné pencha la tête : un chat noir dormait en boule, posé sur un gros livre à la reliure dorée, au milieu de statuettes et d'objets de décoration.

«Je l'ai récupéré un matin, quand il était tout petit. Il miaulait dans mon jardin, sans doute abandonné. Je lui ai donné à manger, et depuis, il ne m'a plus quittée. Il est toujours sur ce meuble, ne bouge pratiquement jamais, à cause de son âge. Il est même aveugle depuis quelques années. Mais ne vous fiez pas à son allure angélique, c'est un vrai démon. »

Séléné entra dans le salon et s'approcha du chat.

« Comment s'appelle-t-il ?

— Loki.

— Quelle idée aussi de l'appeler Loki ! Le dieu de la discorde ! C'est normal qu'il soit un démon ! Il aurait fallu lui donner le nom d'Odin, clama Irina qui avait l'air de bien s'y connaître aussi en mythologie.

— C'était l'année des L…

— C'est sûr qu'entre Loki et Lucifer, le choix était rude », s'esclaffa Irina.

Sans prêter attention aux conseils donnés par Milena, Séléné commença à caresser la boule de poils. Le chat planta aussitôt ses griffes sur son poignet, et chercha à la mordre. La jeune fille retint un cri, et regarda le sang couler en fines zébrures sur sa peau : l'animal avait tracé trois traînées au-dessus de sa marque en forme de croissant de lune.

« La vache, il ne t'a pas ratée ! fit remarquer Irina.

— Je t'avais prévenue, Séléné, ajouta Milena sans prendre la peine de se retourner.

— Tiens, mets ça sur ta blessure », suggéra Irina en lui tendant une petite fiole en verre marron.

Séléné en déchiffra l'étiquette, puis elle la déboucha et plissa le nez :

« Ciste la-da-ni-fè-re. Tu veux m'empoisonner ? Ça sent fort, ton truc !

— Quelques gouttes suffiront à refermer la plaie. »

Séléné restait dubitative devant le flacon.

« Venez manger, je vous ai préparé un petit déjeuner vitaminé pour affronter cette journée. Tout ou presque vient du jardin. Confiture maison, œufs des poules, pain perdu tout chaud, et quelques autres épices dont j'ai le secret.

— Je vais peut-être attendre mon frère », répondit Séléné.

Milena releva la tête, se servit un café, but une gorgée comme pour retarder l'annonce, puis dit d'une voix monocorde, sans regarder Séléné :

« Il est parti avec Daria, tôt ce matin. Karl voulait récupérer la voiture au plus vite, et quand il a une idée en tête, c'est difficile de s'opposer à lui. Je peux vous le garantir. »

Séléné n'en revenait pas. Son frère était parti sans le lui dire. Cela ne lui ressemblait pas. Quand il était plus jeune, il prévenait toujours lorsqu'il quittait la maison. Même si c'était seulement pour aller acheter du pain.

Une boule grossit dans sa gorge : elle connaissait bien cette émotion qu'elle n'arrivait pas à contrôler. Elle l'éprouvait toujours dans les moments de tristesse ou d'angoisse.

« Ne t'inquiète pas, Séléné, ils reviendront très vite. Prends plutôt du gâteau au pavot. Je l'ai fait ce matin. »

Avec un sourire las, elle s'assit à table et commença à manger.

Au fil des bouchées, de façon surprenante, la boule dans sa gorge s'évanouissait.

« Au fait, tu as des codes wifi ?

— Hum. Je vais te les donner, mais il ne faut pas t'attendre à des miracles. Ici, ça n'a jamais fonctionné.

Le technicien me dit que ça vient d'une antenne relais qui serait trop loin. Il paraît que je suis en fin de ligne, que c'est la maison du bout du monde. Et comme ça ne m'intéresse pas vraiment, je laisse traîner. Mais peut-être que tu y arriveras mieux que moi. »

Séléné reposa sa tartine. Sans qu'elle comprenne pourquoi, les larmes lui montèrent aux yeux. Elle tenta de les refréner, voulut partir dans sa chambre, mais n'y parvint pas. Habituée à gérer sa tristesse seule, elle baissa la tête.

Pourquoi était-elle si inquiète de l'absence de son frère ? Qu'est-ce que cela réveillait chez elle ?

Au loin, le tonnerre gronda : Séléné leva la tête en direction des fenêtres du salon et contempla les éclairs qui zébraient le ciel. Son visage révélait une colère intérieure que la lumière mettait au jour de façon intermittente.

Puis elle porta son regard ailleurs, vers les rives de son enfance où les mots « abandon » et « solitude » résonnaient un peu trop souvent.

Du temps avait dû passer : quand elle sortit de ses pensées, le plan de travail de la cuisine était recouvert de farine, et dans le four gonflait un gâteau dont les effluves épicés de cannelle, de girofle et de gingembre arrivaient jusqu'à elle. Son ventre gargouilla.

Ne venait-elle pas de déjeuner ? Son appétit se décuplait-il, ici ?

Son attention fut attirée par la conversation entre Irina et Milena. Le chat dormait toujours en boule, sur sa commode. Cette fois-ci, Séléné ne se risqua pas à approcher la main.

La discussion était animée, comme si toutes les deux se connaissaient depuis longtemps.

« Et tu as beaucoup voyagé ? Tout le rez-de-chaussée de ta maison est rempli d'objets d'art...

— Fut un temps, oui. Mais maintenant, la maison occupe toutes mes journées.

— Je comprends, j'ai été impressionnée hier soir, quand j'ai découvert l'allée qui menait ici. »

Milena fit une moue étrange et poursuivit :

« Tu as failli ne pas la voir, Karl voulait abattre tous les arbres de cette allée. Je m'y suis opposée, mais il ne voulait rien entendre. Heureusement, la mairie m'a donné raison. Les arbres sont vieux, donc précieux, ne serait-ce que pour la nidification de certaines espèces d'oiseaux. Sans parler du paysage. Tu imagines le trou dans la vallée !

— C'est fou, tout de même, d'être prêt à sacrifier ainsi des arbres centenaires, sans se soucier des conséquences ! »

Milena cessa d'éplucher sa pomme et fixa Irina.

« C'est dommage que vous repartiez bientôt, sinon je t'aurais emmenée dans un endroit incroyable, à une heure d'ici. Le coin s'appelle Kočevski Rog. Il faut t'imaginer un massif de près de sept cents kilomètres carrés, recouvert à plus de 90 % de forêts ! C'est un terrain vierge. Là-bas, l'étreinte des arbres surprend les gens : sous la canopée, le vitrail de leurs différentes nuances de vert impose le respect, comme un sanctuaire. »

Milena se tut quelques instants, le regard perdu dans le vide, comme si elle était retournée dans cette forêt. Par mimétisme, leur couleur marron se teinta de vert.

Elle reprit, un peu plus bas :

« Mon pays est une terre meurtrie par diverses guerres. Ici, il y a eu des exils forcés et des frontières qui ont bougé. Il y a soixante ans, la région est même devenue italienne ! La terre est à l'image de ses habitants : pleine de cicatrices. Avant, au début du siècle, quelques fermiers y vivaient. Puis l'attrait de la ville, qui permettait d'avoir un travail plus stable, les a fait partir. À cela s'est ajoutée la Seconde Guerre mondiale : les nazis ont déporté une grande partie des habitants, encore sur place, pour les envoyer en Allemagne, dans ses camps. Une fois la guerre terminée, ils sont revenus chez eux et ont retrouvé leurs maisons en ruine. Ils sont repartis. Depuis, personne n'est revenu. À quoi bon vivre sur un territoire maudit par les hommes ? Notre patrie a toujours été un couloir de passage, une charnière entre les différentes cultures des gens qui l'ont traversée. Celtes, Slaves, Romains : ici, nous sommes sur des routes où des carrefours invisibles de vies et d'histoires convergent. Le lieu des morts et des renaissances. »

Milena lâcha de nouveau la pomme qu'elle pelait, fixa une nouvelle fois Irina et lui demanda :

« Tu sais ce qu'il s'est passé ensuite ? »

Les coudes posés sur le plan de travail, Irina n'osa parler et fit signe à Milena de continuer. Séléné se tenait toujours à l'écart et regardait les gestes précis de leur hôtesse qui épluchait ses pommes en un long ruban.

« Il y a deux sortes de temps possibles. Tu vois cette épluchure, Irina ? Elle est jolie car elle est longue, sans rupture. La nature est à son image. Si on lui laisse le temps de pousser, elle aura les plus beaux atours et saura montrer toutes ses richesses. Au contraire, si on ne lui laisse pas le temps de les déployer, elle se recroquevillera en attendant des jours meilleurs. La nature sait attendre, le temps lui importe peu. »

Irina hocha la tête et prit machinalement un des quartiers de pomme pour le glisser dans sa bouche. Milena continua :

« C'est ce qu'a fait la nature dans cette région. Après avoir été exploitée de nombreuses années par les fermiers qui l'ont d'abord métamorphosée pour ensuite l'abandonner, la nature a repris ses droits, elle est redevenue elle-même. »

Milena calcula combien de fruits elle devrait découper pour sa tarte. Le temps de réfléchir, elle joua avec quelques rubans en les enroulant autour de ses doigts, puis poursuivit :

« J'y emmène souvent mes clients pour qu'ils se rendent compte de cette richesse. De façon paradoxale, les catastrophes humaines sont bonnes pour la nature. Ours, lynx, loups ou encore bouquetins vivent ici sous une canopée d'arbres haute et fournie. Nos forêts sont remplies d'ours, plus que dans n'importe quel autre pays ! Généralement, on part trois jours pleins là-bas, à la recherche de leurs empreintes, mais je pourrais t'y emmener une journée. Histoire de te donner le goût de revenir. C'est une forêt primitive de hêtres, tu adorerais. »

Soudain pensive, Milena s'arrêta de parler. Elle détourna le regard vers le four. Le gâteau gonflait et prenait des reflets bruns. Elle ouvrit la porte pour plonger un couteau dans la pâte. Immédiatement, la cuisine s'emplit d'une odeur suave. Attirée par cette odeur, Irina se leva du tabouret, se mit tout à côté de Milena, ferma les yeux et resta ainsi sans bouger.

« Si mon jardin pouvait être aussi bien protégé que cette forêt, je serais la plus heureuse des femmes. »

Séléné n'entendit pas la suite de la conversation. Cette histoire de lune dans le ciel, puis son frère absent, ou ce pain perdu qui lui rappelait l'orphelinat et embrouillait son esprit : il y avait, dans cette maison si éloignée de chez elle, des choses qui la ramenaient sans cesse à son enfance. Dessiner lui ferait du bien, en lui permettant de s'évader. Elle décida de remonter, elle avait un peu de temps devant elle pour découvrir la maison.

C'était une bâtisse sur plusieurs niveaux. Le hall d'entrée, immense, desservait une cuisine, une salle à manger et un salon ; la répartition des pièces au rez-de-chaussée était simple et peu originale. Mais la décoration était tellement chargée que Séléné avait l'impression de se trouver dans plusieurs pays, voire continents, à la fois. Une statue en marbre blanc côtoyait un masque africain aux couleurs bigarrées sous lequel le tableau d'une nature morte avait été accroché. Aucune harmonie visuelle ne se dégageait ; nul espace de respiration pour le regard.

Quand Séléné gagna le premier étage, elle fut surprise de découvrir une enfilade de portes dans un couloir tellement sombre qu'elle n'en distinguait pas la fin. Si la chambre qu'elle partageait avec Irina était la première sur la gauche en arrivant en haut de l'escalier, elle eut l'envie irrépressible de savoir ce qu'il y avait tout au bout, voire d'entrer dans une des pièces qui s'offraient à elle.

À l'étage, peu d'objets de décoration, mais l'œil était tout de même attiré par une tapisserie chargée, dans des tons verdâtres et agrémentée de fleurs blanches tentaculaires.

La jeune fille passa les doigts sur le velours du papier peint et eut l'impression d'être transportée dans un autre monde, où la végétation aurait été plus florissante, presque gigantesque, ou bien elle-même plus petite.

Malheureusement, son investigation se solda par un échec : les premières portes étaient toutes fermées à clé et sur les autres avaient été tendus de grands draps blancs. À leur mouvement, elle comprit que les fenêtres devaient être ouvertes de l'autre côté, car le souffle du vent passait au travers. Un frisson remonta jusque dans son cou. Elle tressaillit.

Au sol, de la poussière avait recouvert de gris le bout de ses baskets. Elle buta contre quelques outils laissés en plan par les ouvriers, attendant que ceux-ci reviennent. Séléné n'en avait pourtant encore croisé aucun. Le reste de la maison était en travaux et inaccessible, avait dit Milena. Séléné resta quelques instants encore devant ces portes revêtues d'un blanc fantomatique. Puis elle tourna les talons vers sa chambre, en se faisant la promesse d'accéder à ces autres pièces. Sa curiosité n'avait pas été comblée.

Elle s'allongea sur son lit et ouvrit son carnet de croquis.

Elle venait à peine de s'installer que la lumière de la chambre s'assombrit d'un seul coup, comme si quelque chose était passé devant la fenêtre.

Séléné se leva et regarda dehors, intriguée.

En bas s'agitait une silhouette.

Sa première idée fut de penser qu'Antoine était déjà de retour, mais son frère ne portait jamais de casquette : ce n'était pas lui. D'en haut, la personne semblait bouger très rapidement, comme ces libellules au-dessus d'un étang : en zigzaguant. Elle entrebâilla la fenêtre. La silhouette était déjà loin ; Séléné l'interpella, sans succès, elle venait de disparaître derrière un arbre, sans même se retourner.

Sur le rebord de la fenêtre, ses yeux furent attirés par un morceau de tissu noir déchiré.

Quelqu'un était monté jusqu'ici et était redescendu rapidement.

Dans quel but ?

Séléné frissonna, regarda les griffures et la marque sur son poignet dont les contours tiraient vers le rouge. Elle fronça les sourcils, descendit quatre à quatre les marches avant de s'arrêter, subjuguée par un tableau immense, accroché dans l'escalier, qu'elle n'avait jamais vu auparavant : des femmes aux membres terminés par des arcs, épées ou couteaux, des bras armés sur lesquels avaient été tracées des volutes noires et rouges. Les dessins remontaient jusque dans leur cou et se mêlaient à la racine de leurs cheveux. On ne savait si elles étaient des femmes ou des chimères, créatures faites pour le combat.

Face à elles, des guerriers. Torse nu, hache à la main, certains n'avaient pourtant ni la force ni l'âge de se trouver là. Dans leurs yeux, on lisait une certaine crainte.

Ils se faisaient face : la peinture disait l'effroi, la perte, la mort prochaine; mais plus que tout elle racontait la témérité de ces femmes, animées par le désir profond de protéger leur terre qu'on devinait à peine, derrière une auréole de brume.

Sans qu'elle s'en aperçoive, la marque rouge sur le poignet de Séléné s'auréola de noir, de cette même colère qui animait les femmes qu'elle contemplait.

PAYS DES BRUMES

Elles n'avaient pas eu le choix, le vieux les avait réunies dans la tente des conseils. Le visage grave et la mine défaite par une nuit sans sommeil, il les regardait avec la douceur d'un père. Père, il ne l'avait jamais été, et pourtant, c'étaient bien ses filles, choisies et élevées dès leur plus jeune âge pour leur ire guerrière. Les recluses, celles que les autres villageois regardaient d'un œil suspicieux et sur le passage desquelles ils murmuraient à l'intention des enfants : « Ce sont les guerrières, baissez les yeux, ne vous laissez pas contaminer par leur violence. »

Les petits détournaient les yeux.

Pourtant ce seraient ces femmes soldats qui sauveraient la cité, un jour. Le vieux l'avait prédit.

Et ce jour était arrivé. Cela avait été un matin comme les autres, mais aux couleurs rougeoyantes du ciel, les guerrières avaient su que le temps de se battre était advenu.

Le vieux n'avait rien eu à dire, il les avait simplement regardées et, à la faveur d'un chant, il leur avait donné la puissance dont elles auraient bientôt besoin.

Elles sortirent de la tente le regard mêlé de crainte et de détermination. Elles avaient été programmées pour cette unique journée, s'étaient entraînées à la hache et à l'arc du matin au soir.

Quand elles quittèrent la cité, pas une ne se retourna vers les visages inquiets des villageois.

Combien d'entre elles reviendraient ?

Au loin, protégé à l'arrière, le peuple les entendit débuter le combat. Elles cueillirent l'ennemi à l'orée du bois, quand le dernier chant du rossignol cessa.

Au premier coup de hache qui coupa un bras répondit celui d'un arc qui scinda le corps de flèches ; aux cris gutturaux répondirent les sifflements des frondes. Bientôt, ils ne furent plus qu'un : femme et homme mêlés dans une masse guerrière rougeoyante. À ces guerrières se joignirent bientôt les esprits de la forêt. Les villageois les virent d'où ils étaient : d'abord fines lumières virevoltantes, ils auréolèrent les guerrières, décuplant leur force et leur bravoure. Mi-femme, mi-créature de la forêt, leur corps paraissait invincible.

Sur leur visage, pourtant, quelques larmes apparaissaient, coulant le long de leurs joues. Ce combat était un saut vers l'âge adulte, celui dont on ne revient jamais vraiment.

Mais, puisque la révolte était le seul moyen de survivre, de garder leur cité immortelle, elles lutteraient jusqu'au bout, et de leur sacrifice naîtrait l'aveu d'un espoir.

« Tu n'aurais pas vu quelqu'un courir vers les bois ? »

Irina était assise en tailleur, face aux tilleuls qui bordaient l'allée. Sous elle, une sorte de gros coussin rond et dur la préservait de la fraîcheur du sol. Tête levée vers la cime, elle avait la mine concentrée. Elle leva un sourcil interrogateur.

« Mhhh ? Non. Je ferme les yeux, pour profiter du lieu. Le jardin est super agréable, il ne fait pas trop chaud encore. Et tu entends ce silence ? »

Séléné chercha du coin de l'œil la silhouette qu'elle venait d'apercevoir d'en haut, mais ne vit rien. Elle se baissa dans les fourrés et écarta des branches. En vain.

Irina restait aussi droite que les arbres qui l'entouraient, la lumière rose du matin donnait des reflets irisés à ses cheveux clairs.

Immobile, elle ne semblait pas atteinte par les récents événements. Elle profitait de l'instant présent, comme elle disait.

« Que vas-tu faire ensuite ? interrogea Séléné.

— Milena a proposé une visite du jardin, ça me plaît bien. Et tout à l'heure, j'ai papoté, enfin papoté est un grand mot, avec un voisin qui traversait la propriété de Milena à cheval. J'ai réussi à lui faire comprendre mon envie de monter à cheval. J'irai dans la journée. »

Elle prit une grande respiration, sa poitrine se souleva lentement, elle la bloqua quelques instants, puis, au moment de souffler, elle ajouta :

« Ce séjour forcé en Slovénie a du bon ! Ça fait bien trois mois que je n'ai pas pu monter à cheval, ça me manque ! Tu pourras venir, si tu veux. »

La jeune fille ferma de nouveau les paupières et conclut :

« Je te sens bien stressée, tu devrais profiter de l'imprévu, c'est pas mal aussi. »

Séléné voulut répliquer, mais admit silencieusement qu'Irina n'avait pas tort. Elle le sentait aux tensions dans son cou et ses épaules.

Ressentir les émotions du présent, ne pas se focaliser sur les peurs du futur.

Depuis la veille, même si ses repères étaient perturbés, qu'elle avait mal dormi et trouvait Milena bien mystérieuse, quelque chose ici faisait qu'elle se sentait à sa place, plongée dans ses souvenirs d'enfance. Il y avait longtemps qu'elle n'avait pas autant pensé à la marque sur son poignet.

Elle n'osa pas en parler à Irina.

Celle-ci enchaîna :

« Je vois bien que tu es sur la retenue, avec moi. Nous nous connaissons à peine, c'est vrai, mais je sens quelque chose entre nous. Les cartes aussi le disent. Avant de venir dans le jardin, j'ai tiré la carte des Gémeaux. »

Séléné voulut réagir, lui dire qu'elle était dans l'erreur, qu'elles étaient diamétralement opposées, mais Irina se leva et se tourna vers elle. À contre-jour, la lumière blanche semblait passer à travers elle.

« Quand tu prends des photos, que tu les postes sur tes réseaux, que fais-tu ? Tu mets en avant l'instant, l'éphémère, la grâce de quelques secondes. Tu fixes une belle lumière, tu recadres, tu enjolives sans doute avec des filtres. »

Même si Séléné écoutait Irina, elle perçut aussi derrière sa voix le réveil des oiseaux, comme s'ils l'accompagnaient. D'abord lointains, ils donnaient l'impression de se rapprocher.

« Je fais la même chose, je fixe la beauté du monde. Mais contrairement à toi, je ne me sers pas de mes yeux. Je les laisse fermés pour mieux voir, pour mieux sentir. À ce moment-là, l'air sur ma peau devient plus vif, la lumière me réchauffe davantage. »

Depuis qu'Irina parlait, Séléné entendait la musique qui s'échappait des arbres.

« J'aurais pu me lamenter, me dire que je n'allais pas revoir mon frère tout de suite, voir ça comme un champ de défaites. Mais il y a toujours quelque chose à vivre, à faire, à écouter, à sentir. »

Tandis qu'elle parlait, Irina avait posé quatre santons au sol de manière aléatoire. Sans regarder ses mains, elle traça sur la terre argileuse une ligne qui rejoignait chaque santon, de façon à former un cercle. Par hasard, au moment où elle finissait de former cet anneau, un petit lézard s'était approché sans qu'elle le voie, jusqu'à entrer dans ce qu'elle avait tracé au sol.

Quand elle se leva, la bête, apeurée, tenta de s'échapper, mais se trouva bloquée par les santons. Irina s'en aperçut, fronça les sourcils, et ramassa une à une ses figurines. Le lézard fila sans demander son reste dans un fourré.

Irina rangea ses santons dans un sac qui ne la quittait jamais, puis fit un bref signe de la main en direction de Séléné.

Celle-ci, qui n'avait rien suivi de la scène et souriait aux dernières paroles d'Irina, s'assit puis ferma les paupières pour se laisser envahir par les sons qui l'environnaient. Les oiseaux laissèrent leur place à la fraîcheur de l'herbe qui remontait de ses fesses à sa nuque. La jeune fille frissonna, mais resta par terre sans bouger. L'envie de caresser les herbes sous ses doigts grandit en elle.

Au loin, un clocher sonna.

Elle leva les yeux vers le soleil. Éblouie, elle mit ses mains en visière sur son front. Elle aurait juré voir la lune de nouveau dans le ciel, à la même place qu'hier soir, mais un bruit dans les fourrés l'interpella.

Elle s'en approcha. Aucun mouvement de ce côté, seulement deux papillons orange et noir qui dansaient. Elle ne connaissait pas encore cette partie du jardin, cachée de l'allée. Une odeur l'attira. Elle écarta les feuilles : un frisson parcourut son échine, l'ombre des arbres rendait cet endroit plus froid.

Des branches mortes craquèrent sous ses pas, un oiseau noir s'envola, juste à côté d'elle. Elle sursauta et s'arrêta, levant la tête vers les cimes : les arbres par ici étaient immenses. Le bruit entendu quelques minutes auparavant recommença, bien plus près. Séléné continua d'avancer, sans jeter un regard en arrière. Un autre oiseau s'envola, la frôlant au passage. Elle fit un pas de côté et enfonça son pied dans quelque chose de dur, qui résista sous sa semelle.

Elle releva le pied et vit apparaître un morceau ocre et plat, en forme d'hexagone. Intriguée, elle le ramassa, et découvrit des inscriptions plus sombres, d'un rouge sang, de formes bizarres, comme des dessins d'enfant. Elle le glissa dans sa poche.

Il faisait vraiment froid, il était temps de retourner dans la maison.

Quand elle sortit des fourrés, elle crut entendre Irina, ou peut-être quelqu'un d'autre, une voix féminine en tout cas, chuchoter aussi doucement que le vent : « Les Japonais ont un nom pour chaque chose. Ils appellent cette interaction entre la lumière et les feuilles : *komorebi.* »

Pourtant, dans l'allée, elle était seule.

En remontant vers la maison, Séléné pensa aux dragons sur le pont, à l'entrée de la ville, les mêmes que ceux de ses cauchemars. Elle eut soudain envie de revoir la sculpture, de percer le mystère de cette coïncidence.

La veille, quand elle était descendue de la camionnette de Karl, elle avait aperçu deux vélos contre un des murs de la maison.

Les bicyclettes n'étaient pas de première jeunesse, mais elles feraient bien l'affaire, Ljubljana n'était pas loin. Le trajet prendrait moins d'une heure. Même à pied, elle y serait allée. Quelque chose l'appelait sur ce pont, une sensation qu'elle n'avait jamais ressentie auparavant.

Du bout des doigts, Séléné tâta les pneus, puis enfourcha celui qui était en meilleur état. C'était un vélo d'homme, avec la barre au milieu : un peu trop grand et rouillé, guère facile à manœuvrer, mais après quelques coups de pédale laborieux, Séléné s'engagea sur l'allée de tilleuls à un bon rythme.

Le vent sur son visage lui fit du bien, lui donnant une impression de liberté, d'aller vers quelque chose qu'elle connaissait depuis toujours sans jamais avoir mis le doigt dessus. La respiration de Séléné se fit plus ample, et elle accueillit avec bonheur le soleil qui lui réchauffait les épaules. Elle fredonna une chanson dont elle ne connaissait ni les paroles ni l'air, venue comme par magie entre ses lèvres.

Bientôt, entre deux trous dans le sol à éviter, elle distingua les grilles du portail. Elle accéléra un peu, intriguée par un détail. À l'inverse de la veille, les grilles étaient closes. Elle s'avança un peu plus encore et découvrit ce qu'elle craignait : une grosse chaîne fermée par un cadenas en condamnait l'ouverture.

Elle descendit du vélo, le cala contre un des arbres et prit la chaîne entre ses doigts : brillante, elle était toute neuve.

Pourquoi ? Quel intérêt de verrouiller ainsi le portail ? La veille au soir, les grilles étaient simplement tirées : Karl avait pu les ouvrir sans peine.

Séléné s'assit par terre. Une sombre intuition lui traversa l'esprit, son cœur s'accéléra, battant à tout rompre dans sa poitrine. Elle appuya la main dessus, pour tenter de le calmer. Que lui avait dit Irina, déjà ? De regarder la nature ? Elle examina l'allée, mais les branches des arbres lui parurent tout à coup hostiles, et ses battements de cœur redoublèrent.

Des questions lui envahirent la tête : Antoine avait-il laissé un message ? Milena avait dit qu'il était parti sans avoir le temps d'en écrire un, mais ce n'était pas dans ses habitudes. Antoine adorait coller des Post-it à la maison pour tout et n'importe quoi. Était-il vraiment possible qu'il soit parti sans un mot pour sa sœur ? Et que penser de Milena ? Pourquoi était-elle debout cette nuit ? Pourquoi était-elle remontée de la cave ? Et d'où venaient ces bruits que Séléné avait entendus ? Et Karl ? Ne pouvait-il pas être de mèche avec sa sœur ? N'était-ce pas lui qui les avait conduits jusqu'ici ? Et si Milena et son frère séquestraient Daria et Antoine ? Et pourquoi ce portail était-il verrouillé ? Était-elle, elle aussi, prisonnière ?

Le ciel s'assombrit d'épais nuages, au loin un éclair illumina la vallée quelques secondes. La respiration de Séléné s'accéléra un peu plus encore. Elle remonta sur le vélo et pédala aussi vite qu'elle le pouvait. Au bout de l'allée, elle tomba nez à nez avec Irina et manqua de la renverser.

« Mais qu'est-ce qui t'arrive, Séléné ? On dirait que tu as vu un fantôme ! »

La jeune fille regardait Irina. Pouvait-elle se confier ?

« Tu es déjà allée dans la cave de Milena ? Elle t'a fait visiter la maison, non ?

— Non, je ne l'ai pas vue : ni la cave ni le grenier. Elle m'a dit qu'ils étaient en travaux, que c'était dangereux d'y aller. Surtout qu'il n'y avait rien d'intéressant.

— J'en étais sûre !

— Mais de quoi parles-tu ?

— Et si ta sœur et mon frère n'étaient jamais partis d'ici ? Si Milena les avait enfermés dans la cave ? »

Irina éclata de rire avant de s'apercevoir que Séléné était sérieuse.

« Qu'est-ce que tu racontes ? T'es malade ? »

Séléné baissa la tête. La première journée de leur voyage avait été catastrophique, et voilà que la deuxième partait mal elle aussi. Elle tenta de refouler ses larmes, son cœur battait à tout rompre. Elle ne savait pas très bien si c'était de la tristesse ou de la colère qui montait.

Irina posa sa main sur celle de Séléné. Sa paume était chaude.

« Tu te fais des idées : Milena est une personne généreuse. Regarde comme elle nous a accueillis, comment elle nous fait à manger, elle fait tout pour qu'on se sente à l'aise chez elle. »

Dans la tête de Séléné, les questions s'entrechoquaient et ne faisaient que s'amplifier, comme lorsqu'elle se réveillait de ses cauchemars. Un brouillard s'épaississait dans son esprit.

« Tu as consulté tes cartes ? Que disent-elles ? »

Une nouvelle fois, Irina éclata de rire :

« Hier tu n'y croyais pas, et aujourd'hui tu te mettrais soudainement à leur accorder du crédit ? »

Dans ce lieu, Séléné bouleversait toutes ses habitudes, ses croyances, elle ne savait plus rien et tentait de se raccrocher à ce qu'elle pouvait. Irina ajouta :

« Je vais te rassurer : je n'ai rien vu ni dans les cartes ni dans le ciel. Il n'y a pas de mauvaises cartes concernant Milena. »

Irina continuait de passer son index d'un geste rassurant sur la main de Séléné, son pouce se glissa sous son poignet et elle le retourna. Elle poussa un cri de surprise :

« Je n'avais jamais fait attention à cette marque : elle est magnifique. C'est fou, quand on connaît ton prénom. Tiens, d'ailleurs, j'ai fait ça pour toi. »

Elle fouilla dans sa poche, en sortit un petit santon qu'elle déposa dans la paume ouverte de Séléné.

«Je l'ai sculpté dans une branche de bouleau en pensant à ton frère. C'est un arbre qui a le don d'accélérer la cicatrisation.»

Séléné remercia Irina d'un sourire. C'était la première fois que quelqu'un connaissait la signification de son prénom. Elle fit rouler le santon dans sa main : la chaleur du bois était consolatrice.

« Tu veux bien m'accompagner à la cave ? »

Sans faire de bruit, elles ouvrirent la porte qui menait à la cave. En bois brun, elle se dérobait aux premiers regards, seule la poignée argentée brillait dans le hall sombre.

Cette partie de la maison n'avait pas encore été rénovée, l'électricité n'était pas aux normes : une lampe pendait au plafond de l'escalier au bout d'un fil en coton torsadé. Elle éclairait si peu qu'on distinguait à peine les dernières marches, au-delà desquelles l'obscurité régnait. Les filles se regardèrent, Séléné descendit la première.

En bas, le sol était recouvert de sable, une odeur d'humidité stagnait. Irina chercha à tâtons un interrupteur. Un petit *clic* suivi d'une lumière faiblarde leur permit de découvrir que la pièce était séparée au milieu par une tranchée d'une dizaine de centimètres de large et profonde d'autant; de l'eau y coulait en continu : la fraîcheur venait de là.

À cause du peu de hauteur, les filles tenaient à peine debout et avançaient courbées. Il y avait des centaines de bocaux dans lesquels flottaient des fruits ou des légumes.

Sur les étiquettes figuraient différentes années, certaines étaient tellement vieilles que l'encre s'était effacée. Rien de suspect à déclarer ici.

« Tu vois, Séléné, tout va bien, aucune trace de Daria ou d'Antoine. On peut remonter ? »

Mais la jeune fille continua d'inspecter la cave sans répondre. Pour garder l'équilibre, elle suivait le mur avec sa main. Après quelques pas, elle sentit un courant froid venir d'en face. Sous ses doigts elle percevait à présent une matière plus tendre et moins froide que la pierre : du bois. Elle poussa sur la porte, qui s'ouvrit dans un grincement sur une odeur de soufre.

Séléné avança de quelques pas, mais sans lumière il était impossible de progresser. Elle appela Irina, qui ne répondit pas. Dans ses oreilles, son sang battait à tout rompre, mais ce n'était plus de la peur, plutôt une sorte de curiosité, d'appel.

Sur les murs, quelques ombres bougeaient, et elle crut entendre comme des chuchotis à sa droite. Sa respiration s'accéléra, elle recula mais se tordit le pied dans la tranchée au milieu de la pièce. Du froid remonta de la plante de son pied jusqu'à sa nuque, un tremblement incontrôlé la prit. Mais en elle, une fascination grandissait, il lui semblait qu'elle touchait du doigt quelque chose qu'elle avait toujours cherché, qu'elle avait tenté d'enfouir, mais qui ressurgissait, là, dans le noir, sans qu'elle le veuille.

Un bruit de pas la sortit de cette excitation soudaine, une lumière blanche l'aveugla. Pour se protéger, elle mit ses mains devant son visage. Ce fut comme un réflexe : sans y penser, elle plia les jambes, enfonçant ses pieds dans le sol. Du sable roula sous sa semelle. Elle venait de refermer ses poings, s'apprêtant à livrer un combat avec ce qui venait face à elle. Séléné n'avait jamais ressenti une telle énergie la parcourir, elle animait tous ses membres, de la racine de ses cheveux à la pointe de ses pieds, il y avait là une force inconnue, nouvelle, galvanisante.

« Tiens, Séléné, ça sera plus facile de voir quelque chose avec la torche du portable. »

Elle rouvrit les mains, déplia ses jambes et sourit. La force guerrière la quitta instantanément.

À la faveur du faisceau, la pièce dévoila ses trésors : de nombreux objets entassés pêle-mêle, quelques poteries, les mêmes que dans les musées. Elle approcha le portable de l'une d'elles. C'était une sorte d'amphore sur laquelle figurait en noir et rouge une scène de combat. Les personnages se tenaient dans la même position que Séléné, quelques minutes auparavant : jambes pliées, corps en avant, poings ramassés. Leur regard ne laissait aucun doute sur leur intention guerrière : leur détermination était belle, forte, irrépressible.

Il manquait plusieurs morceaux, mais l'état de conservation était admirable.

« Comment elle peut avoir ça dans sa cave ?

— Aucune idée. »

Séléné continua d'inventorier la pièce. Un objet en métal, peut-être en or, attira son attention.

« Regarde, Irina, on dirait une boule de Noël. »

Séléné faisait tournoyer la lourde sphère dont l'éclat jaillissait par paillettes dorées sur son visage.

Quand elle reposa la boule, elle découvrit d'autres objets encore. En métal, dont les reflets tiraient sur le vert : du bronze sans doute. En se rapprochant un peu plus, elle vit plusieurs statuettes, des femmes nues, les bras en l'air, certaines pliaient une jambe, d'autres la levaient. Elles dansaient. Derrière elle, Irina éleva la voix :

« Elles sont magnifiques, très réalistes. J'ai même du mal à savoir à quelle époque elles ont pu être créées. Elles peuvent aussi bien être antiques que modernes.

— Ce sont des objets de décoration ?

— Je ne pense pas, non. Si on se base sur les amphores, je dirais que ce sont des statuettes pour honorer un dieu ou une déesse. Mais elles sont bizarres.

— En quoi ? »

Irina poursuivit plus bas, comme si la cave était devenue un sanctuaire :

« On dirait une danse sacrée. Un rite. Pour qui ou quoi dansent-elles ? Mystère… Mais elles s'éloignent de ce que j'ai déjà pu voir dans les musées : regarde leurs pieds. »

Séléné s'aperçut alors que leurs jambes longilignes se terminaient sur un sabot.

« Elles sont mi-humaines, mi-animales », chuchota Irina.

Dans la tête de Séléné, d'autres images surgirent, celles de ses nuits, de ses angoisses. Pourtant, ici, dans cette cave humide, elle ne ressentait aucune crainte. La fascination continuait à monter en elle, battait contre ses tempes, ne demandait qu'à sortir, à trouver ce qu'elle avait toujours cherché, mais qu'elle n'avait jamais osé exprimer.

Elle avait la douce impression que deux mondes se rejoignaient, celui de ses rêves et celui de la réalité. Et loin d'être effrayant, c'était excitant.

Séléné caressa les statuettes, sentit sous ses doigts le métal froid devenir chaud, presque vivant. Elle les déposa à regret et poursuivit son exploration.

Elle était venue chercher son frère dans cette cave ; ce n'était pas lui qu'elle venait de trouver, pourtant, ce qu'elle mettait au jour lui ressemblait, comme une famille qu'elle n'avait jamais connue.

D'autres figurines apparurent, toujours en bronze, mais plus petites.

« Tu as vu ça, on dirait tes santons ! »

Mais Irina, déjà occupée à observer un nouvel objet, n'entendit pas Séléné.

En dépit de l'humidité de la cave, la jeune femme eut soudain chaud. Tout tourna autour d'elle, le cerf de ses rêves, les danseuses aux pieds de bouc, les santons de métal.

« Alors ça, c'est encore plus incroyable ! »

Irina soulevait une espèce de collier au-dessus de sa tête, et le brandissait comme un trophée. Malgré son trouble, Séléné s'approcha. Irina continua :

« Tu sais ce que c'est ? C'est un torque. Un collier que les Celtes portaient, mais là encore, les inscriptions ne ressemblent pas à ce qu'on devrait voir. Regarde ça, on dirait des dessins d'enfant. »

Incrustées dans de l'or, des lettres étranges dansaient devant les yeux de Séléné. N'étaient-ce pas les mêmes que celles du morceau trouvé un peu plus tôt dans les fourrés ? Séléné mit la main dans sa poche, mais n'y trouva rien. L'éclat avait dû tomber.

« Tu devrais reposer ce collier, Irina. Il est sacré. »

Irina la regarda, interdite.

« Pourquoi tu dis ça ?

— Je ne sais pas, j'ai l'impression de reconnaître ces inscriptions. »

Irina haussa les épaules et reprit son investigation.

« Regarde aussi ces petites broches, dit-elle, il y a encore de la terre incrustée entre les pierres. Et toujours ces drôles d'inscriptions dessus. Je n'ai jamais vu ces cercles concentriques et ces sortes de branches immenses. »

Irina releva le visage, perplexe.

« Mais d'où peuvent provenir de tels objets ? Tu crois que Milena pourrait être une trafiquante d'art ? Que son frère serait de mèche avec elle ? »

La bouche de Séléné s'ouvrit en grand :

« Mais c'est ça ! Tu te souviens, les policiers cherchaient des trafiquants de drogue et d'art. Si ça se trouve, on est directement tombés dans la gueule du loup ! Quand on est arrivés, j'ai vu Irina remettre à Karl une liasse de billets roulés.

— Mais dans quel intérêt Karl nous aurait aidés ?

— Notre voiture.

— Comment ça, je ne comprends pas ?

— La vieille voiture de ta mère est assez passe-partout. Une fois réparée, nous serions repartis avec. Karl aurait pu y cacher certains objets sans qu'on le sache, afin qu'ils soient récupérés par un complice une fois la frontière passée.

— Astucieux ! »

Séléné continua de parcourir la pièce de son faisceau de lumière.

« Ne bouge plus le portable, éclaire ça ! »

La voix d'Irina se faisait pressante.

Elle désignait de la main d'autres poteries dont les bases étaient plus rondes. De couleur blanche, elles étaient fermées par un bouchon sculpté en forme de maison ou de tête. Sur l'une, les yeux de la statue semblaient suivre la lumière.

« C'est quoi ?

— Des urnes funéraires. »

De surprise, son portable glissa entre les doigts de sa main moite. Elle le serra un peu plus fort.

Irina continuait de regarder les poteries, sans rien dire. Son visage, devenu livide, se décomposait et ses yeux allaient des urnes au visage de son amie. Enfin, elle tourna la tête vers la droite :

« C'est pas bon signe d'en voir autant, et ce dessin là-dessus ne me dit rien de bon non plus. »

Elle pointa l'index sur une chouette au visage de femme.

« Cette année, en cours de latin, le prof nous a fait bosser sur les rites funéraires. »

Séléné eut une moue étonnée.

« Cherche pas, il était bizarre. Bref, il nous racontait qu'on retrouvait la chouette sur les urnes funéraires car c'était un oiseau de mauvais augure. Un animal annonciateur de troubles, de guerres, voire de mort. »

Séléné se rapprocha des urnes, les cendres avaient la même senteur que la tisane à l'odeur de champignon qu'elle avait avalée la veille.

Irina poursuivit :

« Le prof nous avait montré une femme-chouette qui n'est pas la même que celle sur cette urne : elle ne ressemble pas du tout à ce que j'ai pu voir en classe. Regarde ses yeux, ils sont crevés, leurs orbites sont vides. »

Séléné approcha son visage du corps ailé.

« Et tu crois que ces urnes peuvent avoir un rapport avec la disparition de Daria et d'Antoine ? »

Séléné repensait à la nuit précédente, à Milena qui ne dormait pas à 4 heures du matin, aux coups qui l'avaient sans doute réveillée. Des gouttes d'effroi coulèrent le long de sa tempe.

À ce moment, son téléphone vibra, elle le lâcha. Il tomba au sol dans une gerbe de poussière. Les mains tremblantes, Séléné le ramassa et le regarda :

« 10 % de batterie. Pourtant, je l'avais rechargé cette nuit.

— Ça aussi, c'est mauvais signe, c'est comme si la batterie avait été vidée par quelque chose d'invisible, une grande force. »

L'inquiétude d'Irina ne faisait qu'augmenter, elle d'habitude si assurée. Ses yeux, agrandis par la stupeur, étaient très sombres, presque noirs, dans la lumière de la cave. Séléné ne l'avait jamais vue ainsi.

Elles perçurent une voix de femme étouffée. Était-ce Daria ? Séléné promena son faisceau dans la pièce, mais il n'y avait personne. La voix venait du haut de l'escalier.

Irina mit son index sur les lèvres de Séléné. Elles écoutèrent toutes les deux le silence.

Puis un bruit de pas leur parvint. C'était étrange, car on entendait deux sons distincts, comme si la personne qui arrivait avait deux jambes différentes. C'est alors qu'elles la virent : la silhouette de Milena dans la pièce voisine. Elle n'était qu'une ombre à contre-jour, mais se tenait dans l'embrasure de la porte et les cherchait des yeux. Elle avançait en claudiquant dans leur direction, une canne dans la main gauche.

« Je n'avais jamais remarqué que Milena boitait.

— Non, moi non plus », chuchotèrent les deux filles qui se contentèrent de la regarder arriver sans pouvoir bouger.

Séléné chercha du regard un objet pour se défendre. Des images de guerre d'une autre époque défilèrent devant ses yeux.

« Mais qu'est-ce que vous faites là ? Je ne crois pas vous avoir autorisées à descendre ? »

La voix de Milena, plus grave que d'habitude, résonnait dans la cave. Elle pointait de sa béquille les deux jeunes femmes. Séléné se mit de nouveau en position de guerrière, les pieds ancrés au sol, le buste penché en avant.

Les trois femmes se dévisageaient, sans un mot. Puis, après un temps, Milena reprit la parole :

« Vous auriez pu vous faire mal en descendant dans la cave, l'électricité n'est pas aux normes et l'escalier est traître. Allez, remontez, maintenant. »

Et elle ajouta d'une voix plus douce, presque mielleuse :

« J'ai reçu un message de ton frère, Séléné. »

« Je n'avais pas remarqué que tu avais besoin d'une canne pour te déplacer, s'étonna Irina en remontant les marches.

— Pas toujours. Cela dépend de la météo, l'air doit être chargé en humidité. Moins je la prends, mieux je me porte ! »

Séléné les suivait, elle avait presque oublié son frère, avec toutes ces histoires, mais était impatiente d'en savoir plus sur son départ.

« Et ce message ? Que dit mon frère ?

— Avec l'aide de Karl, Antoine et Daria ont pu remorquer la voiture puis la déposer au garage, mais le gars leur a dit que les policiers avaient cassé une pièce et qu'il devait la commander, que ça prendrait moins de temps s'ils allaient la chercher eux-mêmes en Italie, car il avait des problèmes de livraison en été. Plutôt que d'attendre une semaine, ils vont partir en Italie dans la journée.

— Quand appellera-t-il ?

— Il ne le précise pas, sans doute quand il sera en Italie. »

Elle se retourna sur un sourire que les filles n'arrivèrent pas à déchiffrer :

« Je vous garde un peu avec moi ! »

Puis elle continua de remonter, en traînant sa jambe droite.

« Dans la cave, tout à l'heure, nous avons découvert des objets déroutants. Que font-ils là ? »

Milena prit le temps d'aller chercher un verre dans un placard, de le remplir d'eau du robinet, de le boire tout en regardant les deux jeunes filles, puis de reposer son verre. À présent, son visage portait le poids des âges, et des plis des deux côtés de sa bouche tombaient de façon disgracieuse. Elle regarda par la fenêtre et suggéra :

« Et si je vous proposais une visite du jardin, avant de déjeuner ?

— Tu ne réponds pas à ma question.

— En un sens, si. Vous verrez. La réponse se trouve dans le jardin. Vous comprendrez pourquoi j'entrepose ça dans ma cave, à l'abri des curieux.

— Des curieux ? Nous, donc ! »

Milena reprit un verre d'eau. De la fenêtre arriva une nouvelle lumière, le ciel se découvrait, les sillons qui creusaient le visage de leur hôtesse parurent s'effacer.

« Concernant les curieux, je vous en aurais peut-être parlé, mais évitez tout de même de fureter dans des pièces non autorisées, à l'avenir. Je n'aime pas ça.

— Est-ce pour cette raison que vous fermez le portail avec une grosse chaîne ?

— Je vois, Séléné, que tu es une fine observatrice. Mais pas pour tout. Venez avec moi. Je vous jure que je n'ai pas envie de vous enfermer dans une cabane au fond du jardin ! » ajouta-t-elle.

Mais ni Irina ni Séléné n'éclatèrent de rire en la suivant dehors.

« Depuis quand habitez-vous ici ? »

Séléné continuait son interrogatoire.

Une part d'elle voulait croire Milena, mais elle ne pouvait s'empêcher de percevoir sa trop grande gentillesse comme de l'hypocrisie ou du mensonge. Si jamais Milena mentait, elle se trahirait forcément, une de ses réponses ne collerait pas avec le reste.

La vérité se niche toujours dans de minuscules détails.

« Cela fera bientôt neuf ans. Avant j'habitais en ville, à Ljubljana. Mes parents ont acheté cette maison quand nous étions déjà adultes, Karl et moi. À la mort de mon père, Karl voulait la vendre, mais au moment de vider la maison, je suis tombée amoureuse de cet endroit, de son jardin atypique. J'ai donc dit à mon frère que je voulais garder la maison.

— Je me suis un peu baladée ce matin, mais j'ai eu du mal à savoir où s'arrêtait le jardin.

— C'est tout à fait normal, acquiesça leur hôtesse. La propriété doit faire quarante-deux hectares.

— C'est immense !

— Parfois, moi-même j'ai du mal à savoir où se situent exactement les limites. À vrai dire, je m'en fiche un peu. Du moment qu'on me laisse tranquille. D'ailleurs, je ne me considère pas comme l'unique habitante : je suis en colocation avec les milliers d'autres espèces qui vivent sur ce terrain.

— C'était comme ça, quand vous êtes arrivée ?

— À peu près, oui. J'ai seulement défriché dans le but d'installer des ruches. J'ai beaucoup appris de la nature, notamment que les réponses ne se résument pas toujours à "oui" ou "non", mais qu'il existe des nuances, des zones de gris. Ainsi, ce qui est vrai une année ne l'est pas pour la suivante, c'est à moi de m'adapter. En fait, j'ai surtout appris l'humilité en m'installant ici. »

Elle désigna un vieux tronc sec, et toutes les trois s'assirent dessus.

« Vous voyez ce tronc ? Son apparence est trompeuse. On pourrait croire qu'il ne sert plus à rien, puisqu'il pourrit au sol.

— Ou qu'il ne pourrait pas faire une belle photo sur les réseaux », ajouta Irina en faisant un clin d'œil à Séléné.

En retour, la jeune fille regarda Irina sans sourciller : elle n'avait même pas pris son téléphone. Elle avait dû le laisser sur la table de la cuisine. Sans réseau ni forfait, avait-il encore une utilité ?

« En réalité, un vieux tronc reste précieux. Comme il est creux, il constitue un refuge pour de nombreux animaux. L'être humain voudrait toujours trouver des réponses fixes et immuables, souvent binaires : j'aime, je n'aime pas ; je vis, je meurs ; je sais, je ne sais pas. La nature nous apprend la nuance : le creux d'un arbre mort est synonyme de vie. Notre réalité devrait être la même : multiple. »

Milena gratta le tronc du bout des ongles, comme pour enlever une tache invisible, puis leva la tête :

« On continue la visite ? »

Elle était très forte pour ne pas répondre aux questions des filles, et détourner leur attention. Il y avait chez elle un jeu permanent. Séléné ne savait plus trop à quoi se fier.

Derrière un bosquet, les deux jeunes filles découvrirent des dizaines de ruches multicolores.

« J'en ai une centaine en tout. Le miel est ma principale source de revenus avec les chambres que je loue. Ici, en Slovénie, les abeilles sont reines, elles sont dix fois plus nombreuses qu'en France. C'est un peu notre trésor national.

— Tu nous avais promis que tu nous dirais pourquoi tu avais des urnes dans ta cave, je doute que ce soient les abeilles qui les produisent. »

Séléné insistait, poussait Milena dans ses retranchements, la forçait à leur révéler l'origine de ces objets, comme elle l'avait promis.

La jeune fille s'étonnait elle-même de sa pugnacité, face à une adulte qu'elle connaissait à peine.

Milena soupira, son visage se ferma, puis elle se remit en marche, suivie des deux filles. À présent, sa silhouette était plus grande, plus élancée, son dos moins courbé par le temps, les herbes semblaient se coucher à son passage.

Elles quittèrent le champ des ruches pour en découvrir un autre.

La propriété était gigantesque, on pouvait facilement s'y perdre : les bordures des champs n'étaient pas vraiment définies, des bosquets avaient poussé ici et là, des dômes de terre bouchaient l'horizon. Leur végétation empêchait de monter dessus. Par endroits, les herbes étaient hautes, sur d'autres parcelles des fleurs sauvages dansaient au gré des vents. Ici, la main de l'homme était absente, seule la nature imposait son existence.

Plus loin, trois montagnes s'élevaient : hautes, fières et imposantes, elles paraissaient définir les lisières du monde.

« Je n'ai jamais réussi à gravir la plus haute. La cime est bien trop difficile d'accès », dit Milena en regardant les trois têtes se découper sur le ciel.

Elle poursuivit sa route.

Comme par magie, entre deux arbustes, une barrière apparut : le bois, vert de mousse, s'harmonisait parfaitement avec le reste du paysage.

Milena l'entrouvrit et laissa passer les filles.

Le bourdonnement ailé des ruches laissa la place à un bruit plus métallique, mais lui aussi continu. Deux notes qui se répétaient à l'envi.

« Ce sont mes brebis, elles me permettent d'entretenir mon terrain de façon naturelle. Elles broutent à volonté, et moi je suis tranquille, l'entretien est facile. Nous ne les verrons pas, vu le temps, elles préfèrent se mettre de l'autre côté du champ, à l'ombre.

— Il y a d'autres animaux par ici ?

— Il paraît qu'il y a quelque temps, des cerfs se baladaient sur la propriété, mais je n'en ai jamais vu. Quelque chose doit leur faire peur.

— Et tu as des chevaux aussi ? J'ai vu que ton voisin en avait. C'est ma passion, j'adore les monter, me balader en forêt. »

Leur hôtesse cessa d'avancer et se retourna vers la jeune femme avec un sourire triste.

« Non, je n'en ai plus. J'en ai acheté un, quand je suis arrivée ici. Un rêve d'enfant. Mais ce fut ma plus grosse bêtise : je ne savais pas bien m'en occuper. Au bout d'un an, il est tombé malade, sans que je m'en aperçoive. Il a été nerveux quelques jours dans son enclos, apeuré par quelque chose, je pensais qu'il était stressé, rien de plus. Mais il hennissait la nuit, le matin quand je le sortais de son box il devenait comme fou et se mettait à courir dans tout le champ. Et puis, un jour, je l'ai trouvé bien silencieux. Avant d'ouvrir la porte de l'écurie, je me souviens même avoir été soulagée, en pensant qu'il s'était enfin calmé, mais… quand je l'ai vu couché dans son box, le souffle court, j'ai su immédiatement qu'il était au plus mal. »

Séléné baissa la tête, repensant aux pleurs qu'elle tentait d'étouffer quand elle était petite, mais elle parvint à murmurer :

« Le silence se révèle souvent être pire que n'importe quoi d'autre : il signifie qu'on a laissé tomber, qu'on a renoncé. »

Milena fixa l'adolescente puis reprit, un peu plus bas :

« J'étais seule, je ne savais pas vers qui me tourner, je suis allée chez le fermier le plus proche, à quelques kilomètres d'ici. Il est rentré chez lui et en est ressorti avec un fusil. Le bruit de la détonation résonne toujours en moi, quand je passe près de son box. Jamais je n'en reprendrai un. Même si aujourd'hui, je ne ferais plus les mêmes erreurs, j'ai appris. »

Malgré la chaleur du mois de juillet, Irina serra ses bras contre elle, et continua d'avancer, mutique.

C'est en silence que la visite de la propriété se poursuivit. Cette partie était plus dense, plus touffue. Les filles devaient écarter des branches, se baisser pour en éviter d'autres qui se mettaient en travers de leur chemin. Il faisait aussi plus frais dans cette partie du jardin. Les arbres plus grands et plantés plus serré cachaient le soleil. Au sol, les herbes hautes chatouillaient les mollets des adolescentes.

« Je comprends pourquoi il fallait enfiler des chaussures hautes », murmura Séléné.

Avant de partir découvrir le jardin, Milena lui avait conseillé de mettre autre chose que des sandales, mais la jeune fille n'avait rien pris d'autre dans sa valise. Par chance, Milena avait trouvé dans son grenier une paire de chaussures de la pointure de Séléné. Elle n'avait rien dit à Irina, mais Séléné avait tout de même trouvé ça louche que cette femme ait une paire en 36 chez elle, alors qu'à vue de nez elle faisait plutôt du 41.

Soudain, au détour de ce tunnel de nature, une femme de pierres surgit. Les dominant de six, peut-être sept mètres, elle restait pourtant cachée aux regards, car elle avait été érigée en contrebas. La sculpture était d'un genre hybride : de style classique en haut avec un visage aux traits nobles, encadré par des cheveux savamment tressés.

Du coude, Séléné interpella Irina et lui montra du doigt un animal sur l'épaule gauche de la statue : une chouette au visage de femme les regardait. Ses orbites étaient pleines cette fois.

Le bas était lui aussi pour le moins étrange, avec cette pierre sculptée pour rendre ses jambes écailleuses.

En son centre, un trou, bouche béante devant laquelle se tenait Milena.

« Mais qu'est-ce que c'est que ça ? interrogea Séléné. C'est à la fois fascinant et monstrueux !

— On dirait une sirène, mais à deux queues ! Je n'ai jamais vu ça ! renchérit Irina.

— Vous avez raison, les filles, c'est à la fois fascinant et monstrueux, puisque c'est une femme-monstre. Mais ce n'est pas une sirène ! N'allez pas la vexer ! Vous avez déjà vu une sirène à queue bifide ? Je vous présente Echidna, mi-femme, mi-serpent. »

Milena se tenait devant ce qui ressemblait à une entrée. Quelle chose étrange : une entrée dans une sculpture. Séléné fronça les sourcils. De loin, personne ne l'avait vue, et pourtant en s'approchant, on ne voyait qu'elle, même si des lianes emmêlées sur la paroi rocheuse la masquaient en partie.

Milena joua avec les lianes, puis se retourna :

« Imaginez ma stupeur quand j'ai découvert cette femme sculptée dans la roche ! Mais je n'étais pas au bout de mes surprises. Le plus intéressant n'est pas cette femme, mais bien ce qu'il y a à l'intérieur d'elle, dans ce que j'appelle "ma caverne". C'est ici que j'ai découvert ce que vous avez vu dans ma cave. Cela fait trois ans que j'ai commencé les fouilles. Depuis, c'est un peu comme avec les ruches : dès que je peux, je continue de ratisser le sol. J'ai une certaine fascination pour ce sol et ses habitants ; la Slovénie est une terre riche : ce que vous avez vu dans la cave est mon butin. Ce sont des amphores grecques, romaines ou étrusques, d'autres encore que je n'ai pas réussi à dater tant leurs dessins diffèrent. Mais je ne suis pas une spécialiste de l'Antiquité.

— Ce sont des découvertes incroyables ! Elles auraient leur place dans un musée. Mais c'est pas interdit de garder ce genre de découvertes pour soi ? »

Milena regarda ailleurs et commença une tresse avec des lianes.

« J'en ai bien conscience. Mais pour le moment, je fais l'autruche, je ne dis rien. J'aurais du mal à voir mon terrain transformé en chantier. »

Elle expliqua, tout en continuant de nouer ses étranges liens :

« J'ai envie de garder ce trésor un peu pour moi avant de le partager. Si vous n'aviez pas découvert la cave, je ne vous en aurais sans doute pas parlé. Mais puisque vous semblez curieuses d'en savoir plus, voire très indiscrètes, ajouta-t-elle avec un regard vers Séléné, je me suis dit qu'il fallait vous montrer le reste. Personne ou presque n'est au courant. J'entrepose, je me documente, je fais aussi très attention de ne rien abîmer, et je suis certaine qu'un jour je... »

Milena n'eut pas le temps de terminer sa phrase : Séléné venait de s'écrouler de toute sa hauteur contre un rocher.

PAYS DES BRUMES

La voici face au pont. Un dragon de pierre la regarde, du haut de son piédestal. L'émeraude de ses yeux brille dans le noir et adoucit la cruauté de sa mâchoire qui s'ouvre sur des dents longues et pointues. Ses larges ailes sont repliées contre son corps, mais les griffes de ses pattes le montrent prêt à bondir sur une proie.

La juge-t-il ?

Sur le pont, elle hésite encore à faire demi-tour, à retourner d'où elle vient, mais le vent la pousse, elle se sent légère, prête : il est temps maintenant d'avancer.

Le premier pas est le plus dur. Le deuxième vient tout seul. Au troisième, elle n'y pense déjà plus. En alerte, ses sens sont décuplés : est-ce un chant qu'elle perçoit, de l'autre côté ?

Elle s'arrête au milieu du pont sous lequel brillent des milliers de lucioles, puis reprend sa route.

C'est alors que tout bascule, que des griffes la retiennent et la happent en arrière. La jeune femme crie, mais qui l'entend ici ? Elle est seule et cela ne sert à rien qu'elle se débatte. Dans son dos, des ailes, celles du dragon, bien déployées.

Le dragon la kidnappe et l'emporte dans les airs. Lui parviennent encore quelques notes du chant céleste, au loin, puis seulement le souffle du vent dans les ailes du dragon. Bientôt le chant n'est plus et les lucioles se sont éteintes.

Pourtant, il existe une issue, la fatalité peut être réduite à néant elle aussi. Il suffirait qu'elle se retourne et regarde son monstre dans les yeux.

La jeune fille porte cette force en elle, mais pourra-t-elle la faire éclore ?

Ce ne fut d'abord qu'un chatouillis sur son visage qui la fit éternuer. Elle ouvrit les yeux tout contre un animal dont la gueule n'avait pas d'yeux. Séléné cessa de respirer, s'habitua à l'obscurité de la pièce et comprit que c'était Loki. Ils restèrent ainsi quelques minutes sans bouger.

La bête qui la reniflait l'instant d'avant se recula d'un bond, puis sauta sur sa commode. Le chat prit la position d'un sphinx et continua de regarder dans sa direction. Derrière les paupières fermées, la jeune fille devinait des orbites vides. Elle détourna le regard et fut surprise de découvrir que son pied droit n'avait plus de chaussure.

Toujours sur le haut du meuble, et avec une grâce toute féline, Loki commença sa toilette, le museau tourné vers elle. Il passa une langue rugueuse sur sa patte gauche qu'il glissa ensuite derrière son oreille. Il répéta ce geste plusieurs fois, une sorte de rituel qui aurait pu durer des heures. Quand il lécha ses griffes une à une, elle pensa à un boucher qui affûte ses couteaux avant de planter l'acier dans les carcasses.

D'instinct, la jeune femme replia ses orteils.

Après quelques minutes de cette douce torture, le chat cessa de fixer Séléné comme une proie, et s'enroula en boule sur lui-même, lui tournant même le dos.

Séléné avait appris la leçon. Elle ne s'approcha pas de lui pour le caresser, même si, dans cette position, il paraissait inoffensif : la bête en lui veillait.

Le reste de la pièce était plongé dans une pénombre qui rendait les meubles du salon plus grands qu'ils n'étaient. Seuls les rideaux tirés laissaient passer une lumière chaude et rougeoyante : l'heure dorée.

Était-ce déjà le soir ? Comment Séléné était-elle arrivée ici ? Elle se souvenait d'une statue de femme gigantesque, d'une entrée en son milieu, de Milena qui montrait sa trouvaille, puis plus rien.

La jeune femme tourna les yeux vers le plafond dont la constellation la fascinait toujours autant. Du canapé, on distinguait deux couleurs, un bois clair pour les reliefs, et plus foncé pour l'arrière-plan. Séléné fixa certains points, des formes émergèrent, floues au départ, puis les points se relièrent un à un, dessinant des silhouettes bien connues de la jeune femme : celles de ses cauchemars. Tout le reste autour d'elle : le canapé, les rideaux, la lumière rougeoyante, disparut.

Il n'y avait plus qu'elle et ses visions nocturnes qui s'animaient sous ses yeux.

L'ombre d'un dragon surgit sur la droite, le monstre déploya ses ailes, ouvrit sa gueule pour cracher un feu clair qui embrasa le bois d'une lueur orangée. Les points continuèrent à s'animer. À l'extrémité gauche du plafond, un éclair métallique, sans doute une épée, une silhouette plus frêle, de longs cheveux que le vent faisait bouger : le corps d'une jeune femme, les deux pieds plantés dans le sol, la tête droite, qui ne cillait pas face au monstre ailé.

Soudain les points se changèrent en milliers de grains de sable désordonnés, le dragon et la femme furent engloutis dans les lames d'une vague immense.

Le chat feula, puis tout reprit sa place et se figea. La magie s'était-elle évanouie, ou bien Séléné avait-elle rêvé ?

Sur le canapé, dos rond, gueule ouverte et poils dressés, Loki fixait un point de l'autre côté du salon. Séléné suivit son regard, essaya de s'accoutumer aux ténèbres mais ne vit rien.

L'or du soir était tombé et avait laissé place aux ombres de la nuit.

Loki émit un miaulement rauque vers un ennemi invisible avant de partir se réfugier sous une des armoires, à l'autre bout du salon. La jeune fille se redressa pour s'adosser contre un des coussins du canapé. Un bruit sourd au sol, quelque chose venait de tomber de son épaule. Intriguée, Séléné saisit l'objet, avant de le relâcher, surprise par le froid : c'était une poche de glace.

La jeune femme souffla puis reprit sa position allongée ; une décharge d'électricité déchira son épaule et lui arracha un cri.

« Tu es réveillée ? »

Milena venait de surgir sans faire de bruit et se tenait à côté d'elle. Vue d'en dessous, la femme semblait immense.

« Que m'est-il arrivé ?

— Tu t'es évanouie, quand on visitait le jardin. Tu nous as fait une sacrée peur. Tu ne te réveillais pas, mais tu respirais calmement, comme endormie. Au bout de quelques minutes, Irina a eu l'idée de mettre une couverture dans la brouette et de te porter dedans. On t'a fait rouler jusqu'ici, tu ne t'es toujours pas réveillée. Ça t'arrive souvent ? »

Séléné laissa errer ses regards dans les ombres du salon.

« C'est la première fois. Mais je suis très fatiguée en ce moment. Et la nuit dernière, j'ai mal dormi. Pourquoi je n'ai plus qu'une chaussure ? Où est l'autre ?

— Elle a dû tomber quand on t'a hissée dans la brouette, j'irai la chercher demain, quand il fera jour. »

Puis, juste avant de quitter la pièce :

« J'ai appelé un médecin afin qu'il examine ton épaule, j'ai l'impression qu'il va falloir la remettre en place. »

Séléné voulut se redresser, mais fut arrêtée par la même douleur vive.

« Tu es une tête de mule ! »

À ce moment-là, le carillon de la porte d'entrée retentit dans toute la maison.

« *Zdravo Milena, si v redu ? Kje je bolnik ?* »

Milena se retourna et cria du salon :

« *V dnevni sobi je. Pridi.* »

Un homme entra dans la pièce, et se dirigea vers le canapé. Une barbe rousse lui mangeait le visage. Milena avait allumé quelques lampes, le salon se faisait plus accueillant, presque douillet. Séléné jeta un coup d'œil au plafond dont la constellation était figée à présent.

Milena et le médecin échangèrent encore quelques paroles en slovène, puis il examina la blessée : les mains froides du docteur surprirent Séléné quand il l'ausculta.

Il observa ses pupilles, testa ses réflexes. À intervalles réguliers, il hochait la tête, faisait quelques commentaires que Séléné ne comprenait pas, souriant d'un air contrit à l'adolescente.

Milena traduisit :

« Pas d'hématomes, pas de problèmes neurologiques. Le médecin dit que tu as un corps étonnamment robuste : vu la chute que tu as faite, tu aurais pu avoir des fractures. Tu t'es tout de même déboîté l'humérus. Il va te le remettre en place. Ensuite, il t'immobilisera l'épaule. »

Séléné n'entendit pas la fin des explications de Milena, elle s'était arrêtée à : « Il va te le remettre en place. »

Milena vint s'asseoir par terre en face d'elle et lui prit les deux mains. Elle regardait la jeune fille droit dans les yeux, tout en lui caressant les pouces.

« Tu vas te concentrer sur ma voix, Séléné, nous allons discuter ensemble, tu veux bien ? Tout ce que tu as à faire, c'est suivre les intonations de ma voix et te laisser porter. »

Déjà subjuguée par le timbre doux, Séléné acquiesça d'un hochement de tête sans dire un mot.

« C'est bientôt l'heure de dîner et tu n'as pas déjeuné ce midi, tu dois avoir très faim. Concentre-toi sur ton ventre, que te raconte-t-il ? Grogne-t-il ? Sens-tu un creux qu'il faut remplir ? Et de quoi voudrais-tu le remplir ? »

La voix de Milena s'était faite plus douce que d'habitude, plus grave aussi, presque une mélodie enchanteresse.

Sans que Séléné le décide vraiment, des images surgirent dans son esprit : celles du repas de la veille, quand son frère et Daria étaient encore là. Ces plats simples dont chaque bouchée était un délice.

« Avec du concombre. »

Milena laissa s'écouler un peu de temps, elle continuait de caresser les mains de Séléné, en passant plus lentement encore sur la marque en forme de croissant de lune de son poignet, puis elle se mit à chanter :

« Ce fut un voyage sans encombre, combre, combre, ce fut un voyage sans pépin, pin, pin, à bord d'un énorme concombre, combre, combre, parmi les lapins, pins, pins. »

Elle répéta ces paroles, puis lui demanda de quelle forme étaient ces concombres, quelle sauce accompagnait les crudités, avant de lui parler de nouveau de sa respiration, de son ventre :

« N'oublie pas de bien respirer calmement, gonfle ton ventre au maximum, comme si tu voulais t'envoler, puis relâche doucement quand tu es à fond. »

Séléné aurait bien voulu dire que c'était n'importe quoi, mais elle en était incapable, tout son être complètement envahi par la voix chaude et vibrante.

« Voilà, c'est fini, Séléné. Ton épaule est remise. »

La jeune fille sortit subitement de sa léthargie, releva la tête et fixa Milena. Un petit sourire se dessinait sur son visage. À côté d'elle se tenait Irina, qui caressait un santon.

« Je n'ai rien senti ! » s'étonna Séléné.

Ensuite, tout se passa très vite, le médecin mit une attelle autour de son épaule, puis se tourna vers Milena et lui dit quelques mots en slovène, avant de partir. Milena l'accompagna jusqu'à la porte. L'instant d'après, les deux filles se retrouvèrent seules dans le salon. Séléné n'avait plus du tout mal à l'épaule. Milena avait été d'une efficacité saisissante.

Les filles l'entendirent parler. Sa voix venait de la cuisine. D'où elles étaient, elles ne distinguaient que l'ombre de sa silhouette, courbée vers le sol, comme si elle s'adressait à quelqu'un de minuscule. Leur hôtesse parlait en français, mais à qui ?

« Oui, Karl revient bientôt... Non, elle est tombée, mais ça va. Son corps est robuste, a dit le médecin... Je ne sais pas. Je verrai bien... Tout a déjà commencé. »

Que racontait-elle ?

La voix s'était tue ; les filles n'entendirent plus qu'un faible miaulement.

Dans un geste d'impuissance, Irina haussa les épaules, puis se pencha vers Séléné.

« C'est tout de même étrange que tu sois tombée pile devant cette caverne. Quand tu dormais, je suis montée dans la chambre, pour me concentrer, puis j'ai tiré des cartes. » Elle en sortit trois de sa poche : le temps avait jauni les illustrations, faites à la main, et elles étaient cornées à force d'avoir été utilisées.

Dans la voiture, Irina avait expliqué à Séléné que c'était un jeu de tarots que la jeune femme avait créé toute seule. Elle venait tout juste d'arriver en France et, un soir, avait eu l'envie soudaine et irrépressible de découper des cartes dans du carton, d'illustrer chaque rectangle par des dessins qui lui vinrent spontanément.

À la fin de la soirée, elle en avait vingt-deux : elle les avait regardées, satisfaite de cette entreprise, puis avait disposé le jeu face à elle, côté verso. Ensuite, sans rien connaître aux tirages, elle avait pour la première fois retourné trois cartes. Cette pratique, dont elle apprendrait quelques semaines plus tard les arcanes, ne l'avait plus jamais quittée. Comme ce jeu qu'elle avait toujours sur elle.

La première carte qu'elle tendit à Séléné représentait un œil immense dont l'iris ressemblait à une terre : à l'intérieur, des arbres verts côtoyaient des montagnes brunes entourées d'une mer turquoise.

« L'œil monde, celui de la vérité, qui éclaire le chemin. Symbole du renouveau. Une très bonne carte, annonciatrice de changement.

— Je n'ai jamais vu ce genre de cartes.

— Normal, elles sortent tout droit de ma tête, répondit Irina en riant. Je les ai faites sans même connaître le principe du tarot. C'était en moi, c'est tout. »

Son sourire s'éteignit quand elle lui montra la deuxième carte : une roue, entraînée par de l'eau qui arrivait par un seul chemin, mais qui, au sortir de la roue, se séparait en deux bras bien distincts.

« Celle-ci, c'est la carte des croisements. Avant la roue, cela représente le chemin d'où l'on vient, on passe cette roue, le symbole d'épreuves à venir, pour ensuite choisir notre voie. »

Elle poursuivit un peu plus bas :

« Ce que la carte ne montre pas, c'est qu'un chemin conduit à la mort, l'autre à la vie. »

La lumière agrandissait les ombres sous les mains d'Irina, matérialisant les deux routes possibles.

Au moment de retourner la troisième carte, Irina émit un cri de surprise :

« Regarde, la marque sur ton poignet est devenue très sombre, presque rouge sang ! »

Séléné fronça les sourcils, et passa la main sur les contours du croissant de lune. C'était la première fois que cela lui arrivait. Mais, loin de s'en étonner, elle le trouva plus beau qu'avant, comme si cette tache de naissance se montrait davantage, qu'il était temps de revendiquer sa place sur ce corps.

Elle sourit.

Son passé sans réponses qu'elle avait enfoui durant des années lui semblait revenir à grandes enjambées. Une sorte de pressentiment lui disait qu'il était temps de ne plus se cacher, d'avancer, tête haute et fière, vers ce qu'elle avait toujours voulu savoir.

Longtemps, Séléné avait cru qu'elle n'apprendrait jamais rien sur ses origines, et elle s'en était accommodée, les engloutissant sous une montagne de prétextes qui avaient pour noms principaux « raison », « difficultés », « impossibilité ». Des mots barrières pour faire écran.

Ici, plusieurs choses s'étaient produites, à commencer par ce plafond étoilé. Et puis Irina, qui ne cessait de pointer sa marque du doigt.

De façon ironique, c'était en s'éloignant de chez elle que la question des origines était revenue.

D'une voix posée, plus grave que d'habitude, Séléné affirma :

« Je ne sais pas quelle est la troisième carte, mais je suis intimement convaincue qu'elle représente la force, celle qui conduit vers le bon chemin. »

D'un doigt ferme, elle pointa sur la carte la rive de gauche, celle qui était plus fine, plus escarpée.

« Celui-ci. »

Dans la cuisine, elles entendirent Milena préparer à manger.

Irina rangea la troisième carte, un petit sourire au coin des lèvres, puis suivit Séléné qui venait de quitter la pièce. Dans l'encadrement de la porte, leurs deux silhouettes à contre-jour étaient nimbées d'une lumière très claire, presque blanche.

Pourtant, le soir était déjà tombé.

« J'ai fait du potica, c'est un dessert typique de notre pays. Je doute que vous connaissiez. »

Milena se tourna vers Irina :

« Peut-être en Roumanie ?

— Hmm, ça ne me dit rien, c'est quoi ?

— Normalement, c'est un dessert de fêtes de fin d'année. Il m'en restait un bocal à la cave. »

Les regards des deux jeunes femmes se croisèrent un instant, Milena continua sans s'en apercevoir :

« On y met une herbe très particulière : de l'estragon. C'est même une sorte d'emblème chez nous. Vous savez pourquoi ? Parce que c'est l'herbe du dragon. »

Séléné laissa échapper le verre qu'elle essuyait, Loki feula et fila se cacher sous un meuble. Interdite, le souffle court, la jeune femme regardait Milena sans pouvoir bouger.

« Tu ne te sens pas bien, tu as de nouveau des vertiges ? »

Incapable de formuler une réponse audible, Séléné baissa les yeux sur les morceaux de verre au sol qui brillaient avec le même éclat que des yeux de dragon. Dans le haut de son dos, de minuscules épines s'insinuèrent sous sa peau.

Pourquoi Milena avait-elle parlé de dragon ? Lisait-elle dans ses rêves ? Pour se donner une contenance, elle balaya le verre brisé. En quelques minutes, ce fut comme si rien ne s'était passé.

« À table ! Le repas est prêt. »

Dans le salon, seules les bougies avaient été allumées, la pièce plongée dans une douce pénombre et le vacillement des flammes donnaient aux objets des formes et des tailles tour à tour différentes, agrandissant certains côtés, diminuant certains angles. Une ambiance propice aux histoires.

Malgré tout, le début du dîner se déroula sans un mot. Séléné ne semblait pas vraiment présente, ses yeux cernés regardaient souvent le plafond, à la recherche de cette magie qu'elle avait cru déceler. Ils portaient une tristesse aux contours impalpables, comme quelque chose d'ancien qui ne s'éteindrait jamais.

Après des dizaines de minutes lourdes de silence, Milena parla de la région avec Irina, des balades qu'elles feraient sans doute toutes les trois, mais aussi du chantier de fouilles.

Quand Milena apporta le dessert, les yeux de Séléné cessèrent de fixer le néant, elle sortit de son apathie.

« Po-ti-ca : ça me fait penser au mot "potion", tu es certaine de ne pas vouloir nous empoisonner avec ton herbe du dragon ? » demanda-t-elle d'un ton dur.

Le coup d'œil que lui lança leur hôtesse avait la même froideur que dans la cave. Puis, de façon étonnante, le rire de Milena envahit la pièce.

« C'est une herbe inoffensive, on la trouvait même dans les jardins des moines ! »

Elle ajouta, un peu plus bas :

« Sais-tu quel est le point commun entre mon plafond, l'estragon et le dragon ? »

Séléné fixa Milena en levant un sourcil, la pressant du regard de continuer.

« Durant l'Antiquité, Ljubljana s'appelait Emona. Lorsque les Romains ont envahi la région et ont peu à peu remplacé les Celtes…

— Les Celtes ? Ici ? Mais je pensais qu'ils vivaient plutôt dans le nord, vers les îles Britanniques ou en Bretagne ? s'étonna Irina.

— On les connaît surtout pour avoir habité au nord, mais ils ont aussi peuplé notre région. Mais revenons à notre estragon. Quel rapport, me direz-vous, entre un dragon et un estragon ? Regardez cette herbe, que vous rappelle-t-elle ?

— Ses feuilles vont dans tous les sens, comme un serpent.

— Ou des flammes de dragon », ajouta Séléné d'une voix éraillée.

La jeune fille avait devant les yeux non pas le gâteau roulé aux noix, mais des images du dernier cauchemar qui ne cessait de la hanter, depuis le pont quand elle était arrivée à Ljubljana jusqu'à ce dragon aperçu sur le plafond du salon. Avec ses deux index, elle massa ses paupières et souffla. Il faudrait qu'elle trouve un moyen de s'y rendre dès le lendemain.

Milena poursuivit son explication :

« C'est exactement ça, les filles ! Parce que c'est une herbe qui fait penser aux serpents, ou aux dragons ! Mais quel rapport avec notre ville ?

— Un dragon menaçait de la détruire ? suggéra Irina en écarquillant ses yeux dans lesquels une étincelle brillait.

— Tu brûles ! Il faut remonter à des temps très anciens. Une époque où un héros appelé Jason est parti conquérir la Toison d'or avec les Argonautes. Vous connaissez ? »

Leur hôtesse les fixait intensément.

« C'est une longue histoire. Je vous sers du gâteau. »

Les deux jeunes filles tendirent leur assiette en même temps.

« Petit, Jason a été confié à Chiron, un centaure, mi-homme, mi-cheval, car son père venait de se faire détrôner par son frère, et sa mère craignait que l'oncle s'en prenne aussi à son fils. Une histoire banale de pouvoir. Une fois grand, il est revenu réclamer le trône. Son oncle, un homme perfide et lâche, lui a alors demandé de lui rapporter la Toison d'or, une peau qui permettait de devenir immortel. Comme c'était une tâche difficile, le roi pensait ne jamais revoir son neveu, et donc conserver le trône, car pour s'emparer de cette toison, il fallait d'abord tuer un dragon ! »

Irina se servit une nouvelle part de gâteau.

« La légende raconte que Jason arriva à Emona, qui à l'époque était une terre de marais, une région hostile envahie d'insectes. »

Dans le salon, les bougies vacillèrent et crépitèrent un peu, elles étaient presque entièrement consumées. Entre deux bouchées, Séléné leva la tête vers le plafond, s'attendant à retrouver le dragon, mais le bois sculpté ne délivra aucun secret cette fois-ci.

Elle observa la tache, restée sombre, ancrée dans sa peau comme un tatouage, puis s'amusa à passer son doigt sur les contours.

Toujours sur son meuble, Loki les fixait de son regard absent. Il bougeait à peine et faisait penser aux statues de jais posées sur les étagères de l'entrée. Seule sa queue remuait lentement. Séléné eut soudain envie de dessiner ce chat au caractère étrange. Il aurait toute sa place parmi les chimères de son carnet. Un détail sur le mur attira son attention : son ombre. Les bougies la déformaient et donnaient à ses oreilles une taille démesurée, ses poils aussi semblaient plus denses, comme ceux d'un lion ou d'un lynx.

Séléné frissonna.

À côté d'elle, Milena finissait de raconter son histoire :

« Et donc, Jason a été coincé dans ces marais et a dû démonter son bateau pour rejoindre la mer.

— Un bateau en pièces détachées ! C'est pas commun », s'exclama Irina, tout en prenant une troisième part de dessert.

Séléné releva la tête, intriguée. Dans sa main, la cuillère tremblait et cognait sur le bord de l'assiette.

« Un peu comme nous, en fait ?

— C'est-à-dire ?

— Juste avant qu'on arrive à Ljubljana, la police a démonté notre moteur. »

Irina leva les sourcils et s'arrêta de manger.

« C'est vrai, ça ! Tu as entièrement raison ! »

Séléné plissa les yeux et se tourna vers Milena :

« Et y a-t-il d'autres histoires à connaître sur cette ville et ce dragon ? »

Après tout, Milena lui en apprendrait peut-être un peu plus sur les figures qui abritaient ses cauchemars ?

« Malheureusement, pas plus que ça. Seulement que le dragon est le protecteur de notre ville, que l'estragon est l'herbe du dragon. C'est tout.

— Mais vous parliez aussi de votre plafond.

— Ah oui, c'est autre chose encore. »

Les bougies s'éteignirent à cet instant-là. Séléné retint son souffle. Milena pesta, puis se leva. Dans le noir, elle se dirigea avec aisance vers une des deux grandes armoires et en revint aussi facilement qu'elle était partie.

« Le plafond au-dessus de vos têtes est particulier, on en voit peu en bois sculpté de la sorte. Quand mes parents ont acheté cette maison, les propriétaires leur ont raconté que les deux arceaux qui le soutiennent à chaque extrémité de la pièce sont en réalité faits du même bois que l'*Argo*, le bateau de Jason.

— Mais ce serait juste démentiel, mythique même ! s'écria Irina avec l'envie d'y croire tout de même.

— En effet. Le propriétaire y tenait vraiment. Mes parents m'ont même dit qu'il voulait partir avec le plafond, quand il a vendu la maison. Selon eux, il était déjà un peu sénile et perdait la tête.

— En tout cas, la constellation creusée dans le bois est tout simplement magnifique », s'extasia Irina.

Séléné dévisagea Milena : celle-ci ne disait rien de l'impression vivante du plafond, de la constellation qui semblait évoluer au fil des jours.

Le silence revint. La magie des mythes éternels flottait dans le salon, elle tissait des ponts invisibles entre les époques, les âges et les gens.

« Mais j'y pense, Séléné. Je viens de me souvenir de quelque chose. Quand Jason est revenu dans sa ville natale, il est passé par des marais, et il y a perdu une chaussure, lui aussi. »

Séléné regarda ses pieds.

« Il suffit de regarder cette montagne pour comprendre la cohérence de ce monde. »

Le petit leva les yeux vers le pic que léchaient des nuages blancs.

« Comment ça, grand-père ? »

Celui-ci caressa les herbes hautes du plat de la main, enfonça ses doigts dans la terre argileuse qu'il effrita ensuite. Une coccinelle se posa sur son index, mais, mécontente sans doute de ne trouver aucun puceron, s'envola immédiatement.

« Là-haut, nous sommes tous égaux, personne ne peut exercer son pouvoir, chacun s'adapte et fait comme il peut.

— C'est-à-dire ? »

Décidément, son grand-père parlait de façon sibylline aujourd'hui.

« La montagne n'épargne personne, tu peux posséder toutes les richesses du monde, elles ne te serviront pas sur ce sommet. Il faudra te débrouiller autrement.

— Et pourquoi parles-tu de la cohérence du monde ?

— Parce que la montagne est rude pour tout le monde. »

Le vieil homme caressa sa barbe avant de poursuivre :

« Les animaux subissent le même traitement que l'être humain. Regarde le bouc de la dernière fois, malgré ses quatre pattes, il avait les mêmes difficultés que nous à monter. »

Le petit hocha la tête, certain du savoir absolu de son grand-père. Mais, malicieux comme le sont les enfants à son âge, il fit remarquer :

« Mais, grand-père, et les plantes alors ? Elles font aussi partie de ce monde, non ? »

Le vieil homme ébouriffa les cheveux de son petit-fils.

« T'es pas bête, toi. Oui, tu as raison. Mais as-tu vu beaucoup de plantes sur ce glacier ? Ne sommes-nous pas tous, hommes, animaux et plantes, égaux devant cette montagne ? »

Le petit porta une nouvelle fois son regard sur la dualité du monde : la montagne, Terre promise pour celui qui atteindra son sommet, et celle par qui des périls adviennent.

« Tu n'arrives pas à dormir ? » demanda Irina.

Séléné hésitait à se confier. Elle ouvrit la bouche, puis se lança :

« Milena porte toujours son foulard autour du cou, sauf quand elle cuisine. Elle le dépose sur une chaise, dans l'entrée. Par jeu, j'ai voulu le mettre autour du cou d'une statue, mais après l'avoir enroulé, j'ai entendu du bruit et l'ai ôté trop rapidement : il s'est accroché à un doigt en marbre et s'est déchiré. »

Irina ouvrit de grands yeux, Séléné fit la moue.

« Alors je l'ai caché dans une des malles de l'entrée.

— Ce matin, au moment où elle l'a dénoué, elle m'a expliqué pourquoi elle y tenait. Elle jouait avec quand Loki était petit. Ça lui rappelait quand il voyait encore.

— Tu ne lui diras rien ?

— Non, t'inquiète. »

Séléné continuait de se retourner dans son lit.

« Ça ne va toujours pas ?

— Je pense à demain. À la grotte, au fait que je me suis évanouie devant.

— Oui, à cause de ta fatigue.

— Peut-être, oui, mais pas seulement. Je ne sais pas encore comment l'exprimer car je ne comprends pas vraiment ce qui m'arrive.

— Ne t'en fais pas ! T'es une fille forte ! J'ai bien l'impression que tu peux tout supporter. Tiens, regarde : tu tombes, tu te démets l'épaule, mais tu te relèves, et tu n'en as pas reparlé depuis. Tu m'épates. Tu me fais penser à une montagne que rien ne peut ébranler. »

Le velours de la nuit engendrait les confidences. Séléné releva la tête, eut un sourire triste.

« Ça, c'est ce que je veux bien montrer aux autres.

— Oui, bien sûr, comme tout le monde, mais je vois que certaines personnes portent en elles une tristesse indéfinissable. Une sorte de mélancolie. Toi, tu as un côté solaire, une force de vie indéniable, ou du moins quelque chose qui te place au-dessus de tout ça.

— C'est adorable, mais c'est tellement loin de la réalité, de ce que je ressens. »

Séléné se tordit les mains, laissant apparaître des jointures blanchies par la crispation. Perdue dans ses pensées, elle se souvint de ses années à l'orphelinat, à ne rien montrer de sa tristesse, de toutes ses questions restées sans réponses. Avec le temps, elle avait appris à ne pas parler de son histoire, ne serait-ce que pour éviter le regard de pitié que les gens lui portaient, quand ils apprenaient d'où elle venait.

Alors, elle avait tout enfoui. À force de mettre des couches par-dessus ses interrogations, elle ne savait plus qui elle était en réalité. Était-elle la jeune fille modèle, celle que ses parents avaient voulu qu'elle soit ? Était-elle forte car elle avait su se relever de la blessure originelle de l'abandon ?

Séléné parla sans se cacher à Irina. Pour la première fois, elle se confia.

« Toi, j'ai l'impression que tu sais très bien qui tu es, ce que tu veux, où tu souhaites aller. Tu arrives toujours à faire voir, à voir. Moi, c'est différent, je compose, je fais en fonction des autres, je me plie pour leur convenir. Sans connaître mes origines, c'est difficile d'aller de l'avant. Ma force n'est qu'une apparence. Le soir, je sais que je vais devoir affronter encore une fois ce dragon : j'enfouis mon visage dans l'oreiller, en espérant ne pas revenir vers lui, mais chaque nuit, je me réveille avec la sensation de ses griffes dans mon dos. »

Dans la chambre flotta une tension, à la seule évocation de ses souvenirs. Irina n'osa pas la questionner davantage.

Séléné souffla, puis reprit :

« Et le pire, dans tout ça, c'est que je l'affronte seule, car j'ai quasiment toujours eu à être ainsi dans la vie. On me définit par cet abandon, par cette solitude, c'est dans cette case qu'on m'a fait grandir. Voilà pourquoi j'ai une incapacité à croire en l'autre, en ses paroles, je sais toujours qu'à un moment donné, l'autre en face de moi me trahira, me tournera le dos, comme ma mère l'a fait quand j'étais bébé. Si elle a pu m'abandonner à un âge où j'étais le plus vulnérable, on peut de nouveau me délaisser. Il y a une forme de permission à refaire ce que l'autre a déjà subi. Alors voilà comment je me définis : je suis une fille en points de suspension. Je n'attends qu'une chose : le point qui me servira d'ancre. »

Loin de s'apitoyer, Irina ne disait rien. Malgré la pénombre, Séléné sentait son regard sur elle, l'esprit sur les berges de sa propre enfance.

« Je te comprends », finit par murmurer sa confidente.

Séléné tourna la tête vers Irina, interpellée par ses dernières paroles.

« C'est vrai que tu ne m'as rien dit sur toi. En fait, tu es comme moi. Tiens, par exemple, pourquoi as-tu un jour dessiné un jeu de tarots pour y lire l'avenir ? »

À son tour, Séléné repoussa la couette sur ses pieds, et releva ses jambes sous son menton, l'air interrogateur.

Un silence s'installa entre les deux jeunes femmes, chacune dans ses souvenirs. Leur esprit était dans deux pays différents, aux frontières distinctes, mais qui ce soir se rejoignaient.

Le départ précipité de Roumanie avait marqué le commencement pour Irina, le moment où quelqu'un se crée, se métamorphose, agit. Au moment où la vie nous met à terre, nous confronte à un changement, c'est à ce moment-là que l'être, pour éviter de sombrer ou de mettre le pied dans l'abîme qui ne ferait que l'engloutir, se transforme, pour aller vers lui-même, vers ce qu'il est vraiment.

« Je quittais un pays, ma famille se morcelait, mon père n'était plus celui que je connaissais, je laissais un frère, une langue, un pays lui aussi fatigué de ne pas pouvoir se reposer. Alors j'ai cherché des réponses où je pouvais les trouver. À cette époque, ma mère n'avait pas le temps pour mes questions existentielles, elle devait trouver un travail pour qu'on puisse, Daria et moi, manger à notre faim, ne pas être de petites immigrées qui quémandent. Dans la situation de ma mère, on se fiche de ce qu'on a quitté, on n'y pense même pas : la nostalgie est faite pour les riches, quand on a le temps de penser. Pas quand on cherche à survivre. Alors j'ai cessé d'embêter ma mère. »

Irina reprit sa respiration, elle non plus ne se livrait pas facilement.

« Et puis, la suite tu la connais : le bout de carton dans lequel je découpe des cartes, mes dessins venus d'on ne sait où… »

La nuit passait, au rythme des confidences et des silences chargés de libération.

Séléné ouvrit la bouche une première fois, elle cherchait ses mots, puis elle se lança. La jeune femme semblait déjà plus légère, ses épaules, légèrement voûtées, se redressèrent, quand elle regarda Irina dans les yeux, sans ciller :

« À mon tour de te comprendre. Quand tu parles de dessins qui sont sortis de toi, sans que tu les cherches vraiment, je vois très bien ce que tu veux dire. »

De nouveau, elle chercha ses mots.

« Depuis que je suis ici, je ne cesse de penser à mes origines. Je n'arrive pas à l'expliquer, c'est comme une force en moi qui me pousserait vers quelque chose d'inconnu.

— Alors, s'il y a bien un conseil que je peux te donner, c'est d'écouter ces voix qui s'expriment en toi. »

Toutes deux étaient à présent face à face, sans rien se dire : certains instants n'ont guère besoin de mots.

De l'autre côté de la fenêtre ouverte, parmi des dizaines de lucioles qui peuplaient les feuilles, une ombre observait la scène, fascinée par ce que les jeunes filles dégageaient.

Et puis, en quelques secondes, le vent se mit à souffler. Les lucioles s'enfuirent en même temps que la silhouette. Les grappes de glycine s'agitèrent.

Irina tourna la tête et grimaça :

« Un orage approche. »

À peine eut-elle prononcé cette phrase qu'un éclair zébra le ciel.

« Je déteste ça. Quand nous avons quitté notre maison, c'était une nuit comme celle-ci. Depuis, j'ai la foudre en horreur, j'ai l'impression qu'elle va me tomber dessus à chaque fois. »

Sans un mot, Séléné se leva et rapprocha les deux lits. Surprise, Irina ne dit rien ; elle suivait des yeux Séléné qui arpentait la pièce, à la recherche de quelque chose, et finit par revenir avec un grand drap. Elle disposa quatre chaises en carré autour des deux lits, examina comment fixer le tissu, puis le lança au-dessus de son assemblage de meubles. Le drap se déplia, se suspendit un court temps en l'air, puis retomba mollement, tendu entre les quatre chaises. Un rire cristallin, presque enfantin, sortit de dessous.

« Tadaaa ! Et voilà, Irina, votre refuge de princesse. Là-dessous, rien ne pourra vous arriver. Restez-y surtout, dehors le dragon se déchaîne sur le village, mais bientôt un preux chevalier viendra l'occire ! »

Irina éclata franchement de rire.

«Je ne connaissais pas tes talents de conteuse et de magicienne ! »

Séléné se glissa sous le drap : de là, la cabane paraissait plus grande, prête à accueillir plus de deux personnes. Occultés par le drap, les éclairs n'étaient plus qu'une lumière intermittente, et la voix de Séléné couvrait les détonations.

«Justement, voici une histoire. Il faut t'imaginer une autre époque, une végétation assez démentielle, des arbres partout sur lesquels tombaient des lianes, au bout desquelles poussaient des fleurs. À cette flore démesurée répondaient des insectes gigantesques. Approchons-nous un peu plus près, et écoutons ces ailes qui arrivent à notre droite. Fermons les yeux. »

Le bruit du tonnerre vibra jusqu'à elles, mais à présent, il n'était plus foudre, mais bien bruissement d'ailes, quelque chose qui arrivait sur leur droite, si proche que les cheveux des deux jeunes filles bougèrent de façon imperceptible. Irina mit la main sur celle de Séléné, qui prit ce geste pour une invitation à poursuivre son histoire.

« De loin, on ne fait que les entendre, mais quand elles arrivent, leurs ailes translucides laissent transparaître une lumière irisée, toujours changeante, jamais la même, des éclats verts se mêlent à des nuances de rose. Un corps fin, allongé, très sombre, les soutient, dont l'extrémité se termine par deux grands yeux si noirs qu'ils en deviendraient presque bleus. »

Sous les paupières fermées d'Irina, ses yeux bougeaient, semblant suivre le mouvement saccadé des insectes.

« Ce vol majestueux, nous le connaissons bien : c'est celui des libellules, mais à cette époque, leur corps est de la taille d'un faucon, et leurs vrombissements à la hauteur de leur envergure. Nous sommes dans des temps reculés, ceux d'avant les oiseaux et les dinosaures, et ces libellules sont les reines du ciel. Soixante-dix centimètres d'envergure avec lesquels aucun autre insecte ne pouvait rivaliser.

— Mais c'est *Jurassic Park*, ton histoire ! Tu devrais vendre les droits à un producteur.

— Ce n'est pas une histoire, mais la réalité… »

Le ciel bleu peuplé de ces immenses ailes irisées avait définitivement remplacé la foudre. Les jeunes femmes n'étaient plus dans leur chambre, sous cette cabane de fortune, mais dans un monde inconnu que Séléné dévoilait.

« D'où tiens-tu tout ça ? »

Séléné, qui mimait jusqu'à présent le vol de ces libellules démentielles, baissa les bras et interrompit son récit.

« J'en ai aucune idée, c'est venu comme ça.

— Pourtant tu étais bien sûre de toi quand tu m'as dit que ces insectes avaient existé. »

La jeune femme se gratta la tête, cherchant à savoir où elle avait bien pu glaner cette information.

« Je ne m'en souviens plus.

— Ces libellules aussi grosses que des faucons m'en rappellent d'autres. Des histoires d'animaux aujourd'hui disparus. Comme quoi, tout est voué à mourir un jour. Du moins physiquement. Mais ce soir, en évoquant ces libellules, tu les fais un peu renaître. »

Séléné fixa le toit de la cabane de fortune, l'esprit sur les rives de cet autre monde qu'elle venait d'inventer mais qui semblait bien réel.

« Je te raconte la suite ? »

Mais à ses côtés, le souffle d'Irina était désormais lent et profond : elle s'était endormie. En l'espace de quelques secondes, son corps avait lâché prise sans demander son reste.

Séléné remonta le drap jusqu'à ses épaules et poursuivit son histoire différemment : en ouvrant son carnet de croquis. Elle commença par dessiner le tronc d'une libellule, au stylo bleu, appuyant à certains endroits, allant même jusqu'à enfoncer le papier. Puis elle entreprit de s'attaquer aux ailes. Translucides, elles contrastaient avec celles du dragon, du côté gauche du carnet.

Elle n'eut pas le temps de terminer la première aile : elle s'endormit entre deux éclairs, le front sur la page, son stylo à la main.

Cette nuit-là, le mot « abandon » changea de sens pour Séléné, et n'eut plus cet arrière-goût négatif. Au contraire, au creux de leurs souffles, il y avait l'abandon de soi, le plus inestimable des dons, dans la confiance qu'on remet à l'autre, comme le trésor le plus précieux.

≙…□∡∪∩≮:⌊□

C’est là, ça grouille, des myriades d’ailes, de pattes, d’abdomens veloutés, l’essaim d’abeilles n’a ni début ni fin, c’est un groupe, un ensemble, une collectivité qui ne vit que pour elle, la reine, protégée au milieu des autres.

L’abeille isolée n’est rien. Elle dépérit, n’a aucune existence. Sa vie n’a de poids que dans le rapport qu’elle entretient avec ses semblables.

Il règne chez elles deux maîtres mots : cohésion, solidarité.

L’essaim est un tout indivisible, il suffit de tenter de séparer les abeilles pour comprendre qu’elles resteront unies, en groupe. L’essaim tiraille d’un côté, perd de sa force ? Chaque abeille compensera en mettant son poids, sa force et son énergie à l’endroit de la faille, comblant ainsi la faiblesse de ses sœurs. La force puissance de cette chaîne ailée est répartie entre les maillons. Seule, l’abeille ne sera rien ; avec ses sœurs, ses compagnes, ses amies, l’essaim restera ce tout qui, en son centre, protège la reine, celle sans laquelle elles ne sont rien.

Les abeilles évoluent ainsi, ne ménagent pas les efforts coûteux pour elles, dans l'intérêt de l'ensemble de la communauté.

L'altruisme est leur pierre angulaire, ce pour quoi elles sont programmées.

Séléné s'était réveillée seule, la marque du stylo sur la joue, puis Irina était revenue dans la chambre : les cheveux en bataille, elle rentrait d'une balade à cheval.

Les confidences de la veille avaient donné d'autres couleurs au matin, une proximité impalpable, faite de silences souriants et sereins.

Ensuite, accompagnées de Milena, elles avaient quitté la maison alors que le brouillard nimbait encore le sol.

Séléné avançait sans voir où elle marchait. Elle distinguait à peine ses pieds. Seules les cloches du troupeau dans le champ d'à côté emplissaient ce matin brumeux. L'adolescente s'arrêta quelques minutes, l'esprit ailleurs. Elle se demandait quel type de son pourrait représenter le vide, et à écouter celui des cloches qui sonnaient au cou des brebis, elle se disait que c'était peut-être cela, le bruit de l'absence et de l'abandon : des cloches à deux temps qui font partie du paysage sonore, auxquelles personne ne prête attention, et auxquelles nul ne peut répondre.

Derrière les deux autres, Séléné fermait la marche, et entendait les craquements des branches sous leurs pas.

Les champs se changèrent en bois, puis en forêt. De nouveau, il fallut écarter les branches, se baisser quand elles étaient trop nombreuses, éviter de se prendre les pieds dans une racine. Le paysage changea encore : tout autour d'elles, ce n'étaient qu'orties et ronces qui les dépassaient presque.

Comme si elle lisait dans leurs pensées, Milena rompit le silence :

« La terre est très riche, par ici, les arbres sont gigantesques et les plantes poussent à une vitesse vertigineuse.

— Du moment que les animaux ne sont pas disproportionnés, ça devrait aller », répondit Séléné en repensant à son histoire de la veille.

Au sol, de nombreuses branches recouvertes de lichen pourrissaient sans que la main de l'homme intervienne. La nature se régulait d'elle-même, dans un cycle éternel de mort et de vie.

« Il n'y en a plus depuis longtemps par ici, mais autrefois les bisons étaient gourmands des écorces d'arbres en hiver. Je les laisse là, je me dis que si elles étaient indispensables aux bisons, elles le seront pour d'autres animaux. »

Dans la tête de Séléné, des images prenaient forme. Son regard se promena aux alentours et elle imagina un troupeau de ces bêtes au corps charnu et massif.

« Les Européens vivaient dans nos forêts primaires il y a encore une petite centaine d'années. »

Quand Séléné avait visité le jardin la première fois, elle n'avait pas remarqué la magie du lieu. Ce matin, ce n'était plus un jardin, c'était autre chose. Elle ne devait pas être très bien réveillée, tout lui paraissait démesuré, comme dans un rêve. Elle glissa la main dans sa poche et en sortit le petit morceau d'étoffe qu'elle avait récupéré sur le rebord de la fenêtre de sa chambre : à qui pouvait-il bien appartenir ?

Elle remit le bout de tissu en place tout en continuant de marcher. Les idées se bousculaient dans son esprit. Elle pensa à Irina : depuis le petit déjeuner, celle-ci n'avait pas décroché un mot, elle avançait tête basse. Elle tenait dans le creux de sa paume un nouveau santon qu'elle avait sculpté juste avant leur départ, sous l'auvent de la maison. Son mutisme l'interpellait, ce n'était pas dans ses habitudes, surtout après leurs confidences de la veille.

Et puis, pourquoi ce nouveau santon ? Pourquoi Irina avait-elle eu besoin d'en créer un autre ? Qui représentait-il ? Pourquoi Irina ne lui en avait-elle pas parlé, ne le lui avait-elle pas tout simplement montré ?

Séléné accéléra le pas, arriva derrière Irina et, d'une main sur son épaule, arrêta son amie. Milena continua d'avancer, disparaissant derrière d'épineux buissons.

« Tu vas bien, Irina ? »

La jeune fille ralentit, l'esprit toujours préoccupé, puis se retourna vers Séléné :

« Je ne voulais pas t'inquiéter, tu as déjà fait un malaise hier, et parfois mes intuitions sont erronées. Mais ce matin, j'ai interrogé les cartes. C'était un jour important, ces fouilles. »

La voix de Milena les appela quelques mètres plus loin.

« On arrive ! »

Irina avança de nouveau, tout en prenant bien soin de retenir les branches. Entre le brouillard et les ronces, elles progressaient difficilement.

« Et ce santon, c'est celui que tu as fait ce matin ?

— Oui, c'est Karl. L'avoir entre mes doigts, le posséder d'une certaine façon, me permet de le mettre à distance. Je n'ai pas envie de le revoir. Et puis, j'ai tiré une carte, une seule. Elle devait représenter notre journée. Ça a été une pierre. Au tarot, on l'appelle "la pierre de la manifestation", elle promet une journée assez extraordinaire, qui permettra de nous aligner avec ce que nous sommes, et qui nous sommes.

— Comme l'alignement des planètes ?

— C'est exactement ça. Tirer cette carte n'est pas anodin. Quelque chose se passera aujourd'hui, mais je ne sais pas encore si ce sera en bien ou en mal. C'est pour ça que je suis sur mes gardes : j'écoute tout ce qui m'entoure, au cas où. »

Elles continuèrent d'avancer dans cette ambiance irréelle, les cheveux défaits par la course matinale. La brume s'épaississait encore et le vent leur couvrait le visage de fines caresses.

Les nuages, anormalement bas, s'accrochaient aux bosquets, formant des boules d'un blanc cotonneux évanescent.

Soudain, les branches se firent moins denses, les ronces moins volumineuses, et la haute statue de pierres émergea. Elle paraissait flotter au milieu des nuages. Milena les attendait devant, un objet dans sa main droite.

« J'ai retrouvé ta chaussure, Séléné ! »

La jeune fille la remercia, puis regarda devant elle : autour de la queue bifide de la statue montaient des fumerolles, comme si la terre respirait.

Le brouillard effaçait les contours des arbres, leur donnant un aspect différent. La brume dessinait un autre paysage au cœur duquel surgissait une liberté nouvelle. Séléné redressa la tête et elle eut l'impression que tout son corps était lui aussi fait de brume et de fumerolles.

Malgré l'étrangeté du lieu, elle était sereine, il y avait dans cette brume une liberté qu'elle n'avait jamais ressentie auparavant.

Un rayon de soleil se lova sur son visage : le disque pâle du matin la réchauffait à peine. Un peu plus loin, derrière les futaies de pins, la lumière agrandissait le tunnel de branches qu'elle venait de traverser pour arriver devant la caverne.

« Tu viens ? »

La voix étouffée d'Irina sortait de la grotte. Séléné lui fit un petit signe puis leva la tête vers la sculpture, un air de défi dans les yeux.

« À nous deux ! » murmura-t-elle.

La crainte de la veille s'était évanouie, tout comme sa fatigue et ses vertiges. Aucune douleur non plus du côté de son épaule. D'ailleurs, elle avait même oublié de remettre l'attelle après sa douche.

Elle caressa les contours du croissant de lune sur son poignet. Derrière elle, le soleil perça la cime des arbres et dessina un chemin jusqu'à la caverne. Le mélange de brume et de soleil apportait une lumière inédite.

Séléné s'apprêtait à creuser la terre, à remuer le passé, et par ce geste, elle avait la certitude qu'elle se retrouverait enfin.

Il lui semblait que la souffrance tapie en elle depuis trop longtemps en rencontrait d'autres, encore plus grandes que la sienne; loin de s'opposer, elles se répondaient, voyaient du sens dans cette réciprocité, s'illuminaient presque, et trouvaient leurs réponses en chacune des autres, comme les maillons d'une même chaîne.

Ce sont ces liens imputrescibles qui font accepter la condition humaine.

Auréolée d'une nouvelle force, Séléné entrouvrit les lianes et passa de l'autre côté.

Des images surgirent.

PAYS DES BRUMES

Les guerrières étaient revenues au village, mais pas toutes. Certaines étaient restées sur le champ de bataille, le corps tailladé et vaincu.

Les autres villageois les avaient accueillies avec respect, en baissant la tête. Le silence les avait davantage entourées que des paroles vides de sens.

Le vieil homme avait réuni tout le monde, enfants, femmes et hommes, au centre du village : le temps pressait. Les ennemis seraient bientôt là, il l'avait lu dans les astres. Leur fin était proche.

La victoire des guerrières et leur sacrifice avaient permis de retarder celui qui les écraserait, mais il reviendrait, plus fort encore. Il fallait faire vite.

Alors tous, unis comme une seule et même personne, surent ce qu'il fallait faire.

Les villageois firent tourner les forges et les fours, modelèrent entre leurs doigts ce qui serait leur salut. Aucun d'entre eux n'avait jamais su se battre, hormis les guerrières, et aucun ne le saurait jamais.

En revanche, ils connaissaient la ruse.

Ils avaient épié leurs ennemis, leurs habitudes et leurs coutumes : le clan adverse aimait garder une trace de son histoire sur des tablettes. Les villageois les imitèrent et en créèrent, en tous points semblables à celles de leurs adversaires.

Puis ils en firent quelques autres, plus petites. Avec la patience donnée aux belles âmes, ils tracèrent sur celles-ci leur propre histoire, dans une langue connue d'eux seuls. Les illustrations fleurirent, ils représentèrent ce qu'ils avaient de plus précieux : des soleils, des arbres, le blé qui germe et ploie sous le vent, les animaux qui leur étaient si proches, les esprits de la forêt qu'ils vénéraient, et le dôme de leurs maisons.

Quoique faites d'un matériau plus solide, ces tablettes étaient très légères. Ils les insérèrent dans les premières grâce à un système d'emboîtement ingénieux. Ensuite, ils n'eurent plus qu'à modeler un peu d'argile pour colmater l'interstice par lequel ils les avaient introduites. Quand leurs meilleurs artisans en eurent terminé, nul n'aurait pu se douter que certaines des grandes tablettes en renfermaient d'autres.

Bientôt voué à disparaître, leur monde trouva ainsi un refuge, dissimulé sous l'apparence de l'ennemi. Leurs enseignements dormiraient le temps qu'il faudrait, ils n'œuvraient pas pour eux ni même pour leurs enfants, mais bien pour cet autre monde, à une époque encore si lointaine, qui aurait besoin d'eux le moment venu.

Tout s'en allait en ruine, mais ce n'était pas grave tant qu'il y avait ces hommes, femmes et enfants, des poètes, pour mettre par écrit les fondements de leurs pensées.

Ils savaient que, le moment venu, lorsqu'on aurait besoin de leur sagesse, les petites tablettes feraient de nouveau surface.

À chaque période de déséquilibre succédait une période d'équilibre.

Une certaine moiteur régnait dans la caverne : il y faisait encore plus frais qu'à l'extérieur, l'air était lourd, vicié.

Milena tendit à Séléné un casque jaune à la lumière frontale vacillante.

«Je suis tombée par hasard sur cette grotte. Après avoir acheté la maison, je suis passée de nombreuses fois devant la statue, sans jamais me douter qu'il y avait une entrée ! C'est très astucieux, de dissimuler une entrée entre les jambes d'une statue. Ce n'est pas à cet endroit qu'on chercherait un accès. Les lianes derrière lesquelles vous êtes passées sont une espèce très particulière qui normalement ne pousse qu'en Inde. Je me demande encore comment elles ont pu atterrir ici ! Comme elles en camouflaient l'accès, ça faisait longtemps que cette grotte gardait ses mystères. Même durant la guerre, personne n'y avait mis les pieds.»

Milena se tourna vers un premier tunnel, fit signe aux filles de la suivre, puis continua :

« Si des gens ont découvert la caverne, ils ont seulement dû s'y abriter sans chercher plus loin, je n'ai trouvé d'anciennes traces de feu de camp qu'au bord ; en tout cas ils n'ont jamais découvert ce qui était caché plus profondément.

— Les objets de ta cave viennent de là ?

— Tous. J'essaie de les nettoyer comme je peux, j'ai regardé pas mal de documentaires sur l'archéologie, lu des manuels, mais je reste une néophyte. Je sais bien qu'à un moment donné, il faudra que je fasse appel à des professionnels, mais pour le moment je n'ai pas envie de partager cette découverte. Quelque chose me retient. »

Elle passa la main sur la paroi rocheuse, sondant la pierre et ses secrets. Puis elle ajouta, un peu plus bas comme si elle avait peur d'être écoutée :

« Vous m'avez un peu poussée, toutes les deux, à vous montrer cette caverne. Mais en un sens, ça tombe bien, les hasards n'existent pas.

— Tu les as découverts où, ces objets ? »

La voix de Séléné restait imperturbable.

« Par ici, venez, vous allez voir. Faites attention, baissez bien la tête. Certains endroits sont difficiles d'accès. »

En file indienne, les deux jeunes femmes suivirent Milena. Sans qu'elle en saisisse la raison, le cœur de Séléné battait à tout rompre, dans sa tête résonnaient des mots prononcés d'une voix ancienne, à la langue aux accents inconnus : une voix oubliée.

Son regard fut attiré par la marque immuable sur son poignet. Sans doute était-il temps d'accepter certaines évidences : elle n'était plus tout à fait la Séléné d'avant, pas encore celle qu'elle s'apprêtait à devenir.

Elle n'avait pas à être figée comme cette marque sur son poignet, mais pareille à la lune qui changeait de forme dans le ciel, du premier croissant à la sphère pleine et ronde.

« À quoi servait cette caverne ?

— Aucune idée. Peut-être un lieu pour stocker ?

— Les objets n'ont pas été abîmés par le temps ?

— Généralement, je les découvre sous une couche de tourbe sur une base d'argile, ça les a protégés, et puis la caverne les abritait déjà de l'air et de la lumière. »

La lampe du casque de Milena émit des signes de faiblesse. Elle tapota dessus.

« C'est étrange, non, comme chantier ? Il y a plein de creux et de renfoncements, on a l'impression que c'est un lieu infini, poursuivit Irina.

— J'ai même dû ajouter quelques tasseaux de bois par endroits, car la grotte menaçait de s'effondrer.

— Tu as fait ça toute seule ?

— Non, deux personnes m'aident. Je vous en parlerai plus tard. Nous sommes presque arrivées, encore un dernier tunnel, venez !

— Mais il y a combien de galeries, en tout ? interrogea Irina.

— Je ne sais pas vraiment. Pour le moment, j'en ai compté quatre principales, mais je n'ai toujours pas visité l'ensemble de la grotte : c'est comme si cette cavité était sans fin.

— C'est génial comme lieu ! Y a d'autres entrées que la nôtre ?

— Je ne sais pas. Si elles existent, je n'en ai pas encore trouvé. Il y a pas mal de tunnels en Slovénie. »

Son visage s'assombrit.

« Du temps où le pays s'appelait encore Yougoslavie, il y a même eu des combats sanglants dans toutes les galeries situées autour de Ljubljana. »

Dans cette partie, le boyau devenait très bas et étroit, les faisceaux tremblotants de lumière jetaient des éclats jaunes sur les murs irréguliers. Milena se faufila de côté, tout en continuant de parler :

« Mon frère y a pris part. Il est bourré de défauts, mais sans doute a-t-il des raisons d'être ce qu'il est aujourd'hui. »

Elle s'immobilisa, chercha ses mots :

« Jeune soldat au début de la guerre, il s'est métamorphosé en quelques mois : épuisé, forcé de combattre ceux qui avaient été ses voisins, ou même ses amis, il a brutalement quitté l'enfance. À compter du moment où il a dû passer ses journées à pointer des armes sur d'autres, il est devenu une machine à tuer. »

Irina enchaîna :

« Je l'imagine dans ces tunnels : noir de poussière ou couvert de boue.

— Oui, mais pas seulement, c'est comme si cette crasse sur son visage avait aussi changé son âme. Un jeune traumatisé par son passé. »

Séléné sentit un frisson dans son dos. Elle non plus n'avait pas de passé, cela signifiait-il qu'elle n'aurait pas d'avenir ? Pourrait-elle devenir une personne sans authenticité ? Devenir plus tard comme Karl ?

Combien d'hommes rompus, combien d'hommes obligés de taire ce qu'ils avaient de plus beau : une amitié ; un amour ; une patrie. La guerre ne les avait pas seulement amputés de leurs bras ou de leurs jambes, elle avait brisé leur esprit.

La jeune fille les imagina dans cette grotte aux multiples galeries. Il y avait là tout un réseau caché, mais bien réel. Où conduisaient tous ces chemins ?

Milena s'arrêta quelques instants : l'air se faisait plus rare, il fallait s'économiser, mais le besoin d'aller au bout de son récit était plus fort que tout.

« La métamorphose est allée plus loin encore. Ces tunnels ont un passé et ils ont irrémédiablement changé Karl. Quand il en est sorti, il n'est plus jamais redevenu celui qu'il était. »

Milena eut un sourire triste, les deux jeunes femmes retenaient leur souffle.

« Une fois, il s'est caché dans un tunnel : c'était la seule façon de se reposer, à l'abri des regards et des tirs. Durant la guerre, le seul luxe est de pouvoir dormir toute une nuit. »

Milena se racla la gorge.

« Toutefois, Karl a payé cher ce répit. Dans ce tunnel-ci, il n'y a qu'une issue : c'était la même chose dans celui que mon frère occupait. Or, une nuit, à la recherche d'un refuge, mon frère a entendu des pas, un peu plus loin dans le boyau. Un homme du clan ennemi qui devait chercher la même chose que mon frère : un endroit où dormir. C'étaient toujours des hommes après tout. Alors l'inévitable est arrivé. Chacun a tiré de son côté, a sauvé sa peau, yeux ouverts mais aveugles dans le noir, ils ont hurlé leur peur en déchargeant leurs fusils, puis se sont écroulés au sol, vaincus par ce qu'ils venaient de faire. Pour savoir s'il était encore en vie, Karl s'est touché les bras, les jambes, le visage. Autour de lui, plus aucun bruit, seulement sa respiration. Karl est resté sans bouger, puis a osé : il a rallumé sa torche… Encore aujourd'hui, quand il en parle, il affirme toujours que c'est le petit *clic* qui a précédé la lumière… et l'atrocité. Le bruit qui a fait basculer son existence. »

Milena baissa les yeux et fit signe aux filles d'avancer. Elle se tut, le temps de chercher ses mots, de sonder l'abomination. Toutes trois venaient d'arriver dans un tunnel plus large et pouvaient se tenir éloignées les unes des autres, pourtant Irina avait pris la main de Séléné, et elles avançaient serrées l'une contre l'autre. Dans son autre main, elle caressait un santon, tandis que Séléné regardait tout autour d'elle, la tête pleine des atrocités commises, dont des tunnels semblables à ceux-ci avaient été les témoins silencieux.

« C'est comme ça dans toutes les guerres, poursuivit Milena. Ce que découvrent ces hommes, je ne le souhaite pas à mon pire ennemi. Sur les parois de la grotte, Karl voit toujours le sang couler, son odeur chaude et âcre, métallique, lui emplit encore les poumons, s'immisce dans ses pores. Voici ce qu'il a vu alors : l'homme à terre qu'il avait pris pour un ennemi était son ami d'enfance, avec qui il avait partagé ses premières années, ses premiers pas. »

Dans la caverne, un bruit sec fit sursauter Séléné. Encore dans l'histoire racontée par Milena, elle imagina que c'était un coup de fusil, que la guerre était de nouveau là, mais ce n'était qu'Irina qui, d'effroi, venait de lâcher son santon pour porter la main à sa bouche.

Milena reprit sa respiration.

« Je n'ai jamais retrouvé le frère de mon enfance, quelque chose s'est définitivement brisé en lui. »

Irina et Séléné regardèrent autour d'elles, fascinées par ces grottes emplies de trésors et de souvenirs. De mystères aussi.

Dans le silence des âmes tombées qui ne sont plus, Séléné entendit comme des battements de cœur. Elle eut peur qu'un nouveau vertige la prenne, ici, dans la grotte, mais en tendant l'oreille, elle perçut des chuchotis. À peine audibles, derrière elle, ils semblaient l'appeler, l'inciter à emprunter le tunnel de gauche.

« Vous entendez ?

— Entendre quoi ? Il n'y a que nous ici », répondit Milena encore émue par son incursion dans le passé.

Séléné se tourna vers Irina, qui se contenta de hausser les épaules, toujours sous le choc de l'histoire de Karl.

Les chuchotis redoublèrent, Séléné resserra la bride de son casque et annonça :

« Je vais me poser un peu ici, je vous rejoindrai ensuite. »

Irina fronça les sourcils, mais son amie semblait sûre d'elle.

« Entendu. Tu n'auras qu'à suivre nos voix, nous ne serons pas loin, la pièce que je veux vous montrer est tout près d'ici », répondit Milena en tendant la main en direction d'un tunnel.

Les faisceaux d'Irina et de Milena éclairèrent encore un temps la grotte, puis leurs voix devinrent plus faibles, s'effaçant derrière les chuchotements de plus en plus distincts qui emplissaient progressivement la cavité.

Les voix venaient de toutes parts. Sans réel point de départ, plutôt comme un cercle de douceur. Une berceuse oubliée, dans une langue inconnue et pourtant familière.

Sans une pensée pour Irina et Milena qui poursuivaient leur route, Séléné fit machine arrière, bifurqua dans un autre tunnel, plus haut : les chuchotis l'incitaient à emprunter ce passage en particulier.

Elle se souvint des paroles de Milena : il n'y avait qu'une sortie, et quelques galeries, le reste de la grotte était constitué de petits boyaux qui ne menaient nulle part.

Fermant les yeux pour mieux se concentrer sur ces paroles inconnues, elle glissa les mains dans ses poches. Ses doigts rencontrèrent quelque chose de lisse : le santon qu'Irina lui avait donné deux jours plus tôt. Le bois la rasséréna.

À ce moment-là, quelque chose frôla ses cheveux. Surprise, elle poussa un cri et s'accroupit par réflexe, la tête entre les mains. Au sol, il faisait encore plus frais. Un courant d'air passa le long de ses bras. De nouveau, quelque chose toucha ses cheveux. Puis encore. Rien qu'un souffle, comme un bruissement d'ailes. La jeune femme braqua le faisceau de sa frontale en direction du plafond et plissa le nez de dégoût.

Des centaines d'yeux la regardaient, tête en bas, ailes repliées : des chauves-souris. Par réflexe, Séléné rentra son cou entre ses épaules et retint sa respiration. Si elle ne bougeait pas, peut-être resteraient-elles tranquilles ? Toujours accroupie, elle recula, mais se cogna le pied contre une pierre et tomba à la renverse, la lampe braquée sur des iris noirs. Elle s'assit de nouveau, en époussetant comme elle le pouvait la terre qui recouvrait ses vêtements.

C'est alors qu'elle les entendit de façon plus distincte : des murmures juste derrière elle. Ce n'étaient pas des battements d'ailes de chauves-souris, mais autre chose. Des voix humaines, plus distinctes. Dans un premier temps, elle pensa à Irina qui la cherchait peut-être, mais les mots s'empilaient les uns sur les autres, formant une nouvelle langue, et se répétant comme une prière.

Elle repensa à l'histoire de Milena, aux soldats cachés en temps de guerre. Pouvait-il y avoir des hommes ici ? Mais ce qu'elle entendait ne ressemblait pas à la langue slovène, c'était plus guttural, prononcé sur un ton monocorde.

Tout à coup l'évidence la frappa : c'étaient les voix de ses cauchemars.

Elle se pinça la joue pour être certaine d'être bien éveillée, puis se remit debout, décidée à percer le secret de ces voix, à aller vers elles, pour enfin se confronter à ses visions nocturnes.

Le corps en alerte, elle se mit à courir dans tous les sens, passant dans des galeries, bifurquant dans d'autres.

Les voix venaient de partout, elles l'entouraient, entraient en elle, se frayant un chemin sous sa peau. Elle courut de plus belle, sans se préoccuper des aspérités du sol, des chemins étroits ou de l'endroit où elle se trouvait : elle avançait, enivrée par les voix, par le désir de découvrir enfin ce qu'elle avait toujours attendu.

Soudain, elle aperçut de la lumière, les voix étaient derrière ce virage. Elle accéléra encore un peu, puis tomba en arrêt devant la personne qui lui faisait face.

« Séléné ! » s'exclama Irina.

En contrebas, une pièce au plafond démesuré, d'au moins cinq mètres de haut, les parois recouvertes de peintures, des lumières disposées aux quatre coins, alimentées par une batterie de voiture, quelque chose d'artisanal. Où étaient passées les voix ?

Séléné s'approcha du rebord : au centre de cette grande pièce, deux hommes leur faisaient signe.

« Qui sont ces gens ? »

Irina se tenait derrière Séléné et tentait de découvrir de qui elle parlait, en se mettant sur la pointe des pieds.

« Philippe et Bostian, répondit Milena. Ils m'ont bien aidée, surtout Philippe, car je n'étais vraiment pas compétente du tout. Ça fait un bail que je le connais, nous nous sommes rencontrés quand j'habitais à Paris pour mes études. Il est français, mais c'est un véritable couteau suisse, il a suivi des archéologues dans sa jeunesse. »

De loin, Philippe n'était qu'une grosse barbe blanche. Très grand, large d'épaules, un chapeau sur la tête, de petites lunettes rondes sur le nez, il portait un large manteau marron qui ressemblait à du cuir. Les deux hommes s'étaient interrompus dans leur tâche pour regarder dans leur direction.

« Vous venez ? » ajouta Milena sur la première marche d'un escalier en bois.

Séléné se retourna en direction du tunnel : elle n'entendait plus rien. Elle regarda Irina, puis suivit à contrecœur Milena, tout en se faisant une promesse.

Elle reviendrait ici, chercherait ces voix oubliées et percerait leurs mystères. Elle en saurait enfin davantage sur ses cauchemars.

« C'est vous aussi qui l'avez construit ? demanda Irina en touchant la rambarde brinquebalante avec un regard inquiet vers les marches étroites.

— C'est Bostian. Il n'y avait rien ici. La première fois que je suis arrivée dans cette salle, je me suis retrouvée bloquée, incapable d'aller plus loin. J'ai appelé Philippe, qui m'a montré comment descendre en rappel avec une corde ; je ne faisais vraiment pas la fière. Mais ne t'inquiète pas, l'escalier supporte le poids de Philippe, et tu es bien plus légère ! »

Séléné observa la haute silhouette du Français : de haut, dans cette semi-obscurité, il ressemblait à un géant. Prise de vertige, elle s'arrêta aux premières marches : le sol était vraiment très loin.

À côté de l'homme se tenait un garçon plus frêle : Bostian. Des cheveux bruns en bataille, un T-shirt large, un short et des baskets. Il avait certainement le même âge qu'elle. Il portait un objet, lourd vu sa démarche, vers une grande planche de bois sur laquelle étaient disposées les dernières découvertes.

Quand Milena arriva près d'eux, Philippe se tourna vers elle et ouvrit grand ses bras. Bostian, lui, se tenait en retrait. Ils restèrent ainsi, formant un petit groupe duquel s'élevèrent bientôt des rires communicatifs. Au milieu d'eux, Milena semblait plus ouverte, encore rajeunie, moins mystérieuse.

Philippe se tourna vers Séléné et Irina :

« Alors c'est vous, les Françaises. Ça fait un bail que je n'en ai pas vu par ici ! D'où venez-vous ? »

La voix était grave, pleine de malice, la fin des mots chantait, roulait presque comme le tonnerre, les jours d'orage.

« D'un village de la vallée du Rhône. Entre Lyon et Valence. »

Philippe fixa Irina, des souvenirs de la vallée du Rhône en tête, puis il se tourna vers Séléné qui gardait ses distances, tête basse, toujours préoccupée par les voix dont les échos emplissaient encore son esprit.

Ses yeux descendirent le long du bras de Séléné pour s'attarder sur la tache en forme de croissant de lune. Il plissa les yeux, ouvrit la bouche, mais aucun son n'en sortit. Séléné, gênée, baissa la manche de son gilet. L'homme s'en aperçut et détourna le regard.

« Salut, Bostian, moi c'est Irina. Ça fait longtemps que tu es là à aider Philippe ? » interrogea Irina en anglais.

Mais le garçon ne réagit même pas à son prénom. Peut-être n'avait-il pas entendu ?

Irina essaya dans d'autres langues : en allemand, puis en roumain, mais l'adolescent se bornait à examiner ses ongles noircis par les fouilles.

Si Bostian était plus petit que Philippe, il dépassait les filles d'une tête. Brun, les cheveux bouclés, une frange lui cachait les yeux.

« Ne vous fatiguez pas, il ne parle que slovène, et encore, c'est pas souvent qu'il décroche un mot, intervint Philippe. Milena vous le dira, il a eu une maladie, quand il était petit, qui lui a fait perdre plus de la moitié de l'audition. Mais c'est un gentil gars, vous verrez. »

Il le fixa quelques instants, ébouriffa ses cheveux, se pencha vers lui et glissa quelques mots en slovène à son oreille. Le jeune homme hocha la tête en rougissant puis repartit fouiller un peu plus loin.

Le regard de Séléné, toujours baissé, fut attiré par un détail : le bas de son T-shirt noir était déchiré. La jeune fille déglutit en repensant à la silhouette qui l'avait espionnée la veille. Était-ce Bostian ?

Pour se donner une contenance, elle refit sa queue-de-cheval, tout en continuant de le suivre des yeux. Sur la cheville du jeune homme, elle distingua l'encre d'un tatouage. Une sorte de serpent noir qui s'enroulait autour de sa jambe.

« Milena, on fait un point sur la journée d'hier ?

— On revient, les filles, on n'en a pas pour longtemps. »

Séléné en profita pour s'approcher d'Irina :

« Il se passe de drôles de choses dans cette grotte. Déjà, les voix…

— Quelles voix ?

— Quand je vous ai laissées, tout à l'heure. »

Irina fronça les sourcils.

« Je n'ai rien entendu.

— J'ai couru de tous les côtés pour les chercher, et je suis retombée sur vous par hasard. »

Séléné gratta du pied quelque chose au sol qui dépassait, puis poursuivit à voix basse :

« Et je suppose que Bostian est la silhouette qui me surveillait, quand j'étais dans notre chambre. Son T-shirt est déchiré et il a la même couleur que le bout de tissu que j'ai récupéré près de la fenêtre. »

Irina se mordit la lèvre : les mystères s'accumulaient.

Séléné conclut, la tête tournée vers Milena et Philippe :

« Restons sur nos gardes.

— Tu as raison. »

Dans leur dos, Bostian avait arrêté de nettoyer ses outils et les observait. Il eut un rictus, haussa les épaules, puis gratta le tatouage qu'il portait à la cheville.

Séléné enleva son casque et éteignit la torche. Autour d'elle, les autres s'affairaient : Milena montrait les derniers objets sortis de terre à Irina qui l'interrogeait à propos des morceaux de vases brisés ou d'autres objets en métal. Elle les retournait, les inspectait dans tous les sens, déchiffrait les inscriptions en latin quand il y en avait. Irina pointait du doigt différents outils et Milena mimait les gestes à faire en fonction de chacun.

Un peu plus loin, Bostian était occupé à mettre de l'ordre dans les dernières trouvailles : deux vases dont il manquait plusieurs morceaux, quelques broches encore recouvertes de terre. Concentré sur sa tâche, il ne semblait pas accorder la moindre attention à Séléné, qui tenta de trouver une raison pour laquelle il aurait pu la surveiller, mais n'en voyait aucune. Elle devait se faire des idées.

Elle continua de marcher la tête en l'air : la pièce était plus haute et large que le reste de la grotte, d'où auraient pu venir les voix ? L'oreille tendue, elle déambulait :

les peintures pariétales représentaient non pas des scènes de chasse, comme elle avait déjà pu en voir, mais des gens assis en cercle, tournés vers une silhouette plus haute que les autres, les bras et une jambe en l'air, les yeux exorbités : une sorte de transe furieuse effectuée par un guerrier revêtu d'une peau qui devait être celle d'un ours.

Un peu plus loin, d'autres peintures représentaient des maisons sur lesquelles étaient tracés des ronds évoquant le soleil et sur d'autres une grande branche disproportionnée comme dans les dessins naïfs des enfants.

Séléné cherchait toujours les voix quand Philippe arriva derrière elle :

« Viens, je vais te montrer comment trouver un trésor. »

Séléné sourit et le suivit. Les voix ne semblaient pas décidées à se manifester de nouveau.

Par terre, les dernières découvertes avaient été rangées par matières, tailles et couleurs. Philippe désignait du doigt quelques plaques en bronze, des morceaux de vases, mais pas un seul objet entier qui aurait pu être un indice dans la quête de Séléné.

Il tourna la tête à gauche, puis à droite, souleva quelques bâches, sans doute à la recherche de quelque chose, puis revint vers Séléné.

« Pour Milena, dit-il, cette pièce est un véritable sanctuaire qui n'a pas révélé toutes ses richesses. »

Philippe se caressa la barbe avant d'ajouter :

« On a retrouvé plein d'objets antiques : la région de Ljubljana était sous domination romaine. L'empereur Auguste lui avait même donné le nom d'Emona. Tu veux que je te montre comment on sort les objets de terre ? »

Séléné hocha la tête et prit le premier outil qui lui tomba sous la main.

« La truelle, notre star indispensable ! »

L'homme commença à lui expliquer le rôle des différents outils : les fouilles requéraient patience et douceur. Sa voix grave berçait la jeune fille, lui permettant d'oublier pour un temps ses différentes questions.

Philippe lui répéta autant que nécessaire comment elle devait manier la truelle, puis il s'éloigna, appelé par Bostian.

Après quelques heures infructueuses, Séléné émit un cri de joie : dans ses mains, un morceau d'argile d'environ cinq centimètres de longueur en forme de bois de cerf. Elle le caressa, fière de le montrer à son amie.

À partir de ce moment-là, Irina et Séléné restèrent concentrées sur leur tâche, elles ne levèrent plus la tête une seule fois.

Séléné grattait consciencieusement la terre, enlevait une première puis une deuxième et une troisième couche. Des forces souterraines semblaient avoir pris possession de ses gestes. En remuant cette terre grasse dans laquelle se cachaient des objets vieux de plusieurs millénaires, Séléné était animée par un désir, un besoin urgent de lumière.

Une pureté qui lui noircissait les ongles.

De temps à autre, elle essuyait son visage qui au fil des heures prenait la même teinte que l'argile, sans qu'elle s'en soucie. Être assise, focalisée sur une étroite portion de terre, sur un carré d'un mètre à peine, rendait la tâche amusante.

Séléné repensait aux parties de cache-cache dans l'orphelinat, quand il fallait aller dormir et qu'elle voulait faire durer la journée un peu plus longtemps. Les surveillants mettaient parfois des heures à la retrouver. Ils la tiraient alors par le bras, et, sans dire un mot, la conduisaient jusqu'à son lit. La petite riait d'avoir pu grappiller du temps de jeu.

Ici, c'était comme si elle renouvelait ce plaisir : ce n'était pas elle qui était cachée, mais quelque chose en dessous d'elle, et qui l'attirait sans qu'elle puisse expliquer pourquoi.

Elle oubliait et s'oubliait aussi, mais pour mieux se révéler.

Ou se réinventer.

Là, sous terre, à des kilomètres du lieu qu'elle avait toujours appelé sa « maison », sommeillait une renaissance.

Il y avait quelque chose de grisant à se dire qu'elle pouvait trouver des objets vieux de mille ans, sans doute jamais touchés depuis leur enfouissement. C'était comme une capsule temporelle qu'elle pourrait découvrir, une passerelle vers une autre époque, bien différente de la sienne, qui renfermait peut-être les clés de son passé.

Quand Irina lui tapota l'épaule, elle sursauta.

« Il est plus de 14 heures, Séléné, ça fait six heures qu'on est là ! »

La jeune femme la regarda, un peu hébétée, sans réellement saisir ce que venait de lui dire son amie.

« Oh la vache, mais je te reconnais à peine, ton visage est tout barbouillé ! Tu as trouvé d'autres vestiges que ton morceau de vase ? Moi, rien du tout. On remonte ? »

Bostian et Philippe étaient chacun dans leur coin, l'un à nettoyer ses outils, l'autre à classer les dernières découvertes. Une silhouette attira leur attention : c'était Milena qui remontait l'escalier à une vitesse étonnante, comme si elle avait une urgence à régler. Intriguées, les deux filles eurent envie de la suivre, et, sans plus se préoccuper de Bostian et de Philippe, elles prirent chacune leur sac à dos et se mirent à courir.

Leur hôtesse avait pris de l'avance, elles la perdirent de vue, tournèrent dans un nouveau boyau sans savoir si Milena était passée par là. Elles arrivèrent dans une pièce qu'elles ne connaissaient pas, plus basse de plafond que l'autre. Il n'y avait personne. Dépitées, elles s'apprêtaient à rebrousser chemin quand quelque chose dans le fond attira leur regard : cela brillait à quelques mètres d'elles. Irina s'en approcha la première. Le faisceau de sa torche éclaira un objet d'une cinquantaine de centimètres de hauteur, posé par terre : un chaudron de bronze.

Sur le pourtour étaient martelées des figures de femmes, d'hommes et de créatures mi-humaines, mi-bêtes. Au milieu, un personnage étrange en position assise, jambes repliées, et dont la tête était surmontée de bois de cerf.

La vue de Séléné se brouilla, deux réalités se superposèrent, celle de ses cauchemars et celle qu'elle était en train de vivre.

« Qui est-ce, sur ce chaudron ? murmura-t-elle d'une voix tremblante.

— Avec ses bois de cervidé et son corps d'homme, on dirait Cernunnos, un dieu celte. Il représente la vie et la mort. Mon prof de latin disait en classe qu'il est souvent accompagné d'autres animaux : un lynx, un griffon, un bélier aussi », répondit Irina d'une voix fluette, comme si l'air avait du mal à passer.

Séléné éprouvait de la difficulté à se concentrer sur les paroles d'Irina, un tourbillon l'emportait, constitué de ses visions nocturnes, qui ne s'étaient encore jamais matérialisées. Elle ferma les yeux et respira un grand coup. Pour la première fois de sa vie, elle avait envie d'aller plus loin, de comprendre ces visions qui répondraient à des questions qu'elle ne cessait de se poser sans se l'avouer.

Au même moment, Irina poussa un cri : elle avait fait le tour du chaudron et adressait de grands gestes à Séléné.

« Attends, ne bouge pas, je le tourne ! »

Le métal racla le sol : l'instant devint éternel.

Enfin, une autre figure apparut.

Une femme, représentée de face. À son côté, une seconde silhouette, plus petite, lui peignait les cheveux. La plus grande des deux tendait les mains en avant, paumes ouvertes, ses yeux plantés dans ceux de quiconque admirait le chaudron. Un regard d'une force ahurissante.

Irina revint près de son amie et désigna du doigt une partie précise : sur un des poignets de la femme aux mains tendues, la même marque que sur celui de Séléné. Un petit croissant de lune martelé et plus foncé, qui brillait sous la lumière jaune.

Séléné approcha un index du chaudron et caressa le métal. Elle découvrait là, gravée sur un objet sorti de terre, cette fameuse marque qu'elle avait cherchée toute son enfance en espérant retrouver ainsi sa mère. Elle se laissa tomber dans une gerbe de poussière qui la fit tousser. Elle se frotta les yeux et regarda Irina. Son sang battait dans ses tempes.

« Et là, tu as vu ce que l'autre femme tient dans sa main ? »

Dans la pénombre, Séléné en devinait les contours. Elle murmura :

« Une petite poupée. »

Les deux amies se turent devant l'évidence.

Très agitée, Irina ne cessait de faire le tour du chaudron, l'inspectant avec la joie indéfinissable que l'on éprouve lors des découvertes qui changent une existence.

Sur cette partie, la deuxième jeune femme tenait toujours un santon à la main. Agenouillée, elle semblait déposer la figurine par terre. Face à elle, un animal chimérique, au corps aussi long qu'un serpent, et dans la même position qu'elle, dans l'attente lui aussi. Ils se faisaient face, mais l'un dominait l'autre : l'animal paraissait davantage recroquevillé, presque apeuré devant cette jeune femme. Au sol, tout autour de lui, était dessiné un cercle dans lequel il était emprisonné.

Mutique, le visage tourné vers le chaudron de bronze, Irina y voyait son propre reflet, mais métamorphosé.

Sur le chaudron, la plus petite des femmes avait un arbre martelé sur son cœur qui brillait.

Elles étaient restées quelque temps encore à contempler le chaudron, incapables d'en détourner le regard. Puis, ne sachant quoi faire d'autre, elles étaient reparties.

Cela faisait longtemps qu'elles avançaient sans reconnaître leur chemin, elles avaient dû se perdre dans ce dédale détrempé et ténébreux. Un peu plus tôt, lors d'une ramification du souterrain, elles avaient hésité et engagé finalement quelques pas à gauche, puis à droite, dans un étranglement.

« Il faudrait dessiner un plan, murmura Irina, ça nous permettrait de revenir sans Milena. Et sans nous perdre surtout. »

Le ruissellement des roches accompagnait leurs pas et faisait gémir leurs semelles. Rapidement, le boyau se fit plus étroit, leur laissant à peine la possibilité de passer de face.

« Je vais revenir en arrière et suivre une autre galerie. Attends-moi ici. »

Séléné entendit le pas d'Irina s'éloigner, puis disparaître. Elle voulut se retourner, mais parvint tout juste à faire un quart de tour. Elle était bloquée. Comment Irina avait-elle pu s'extraire aussi facilement du désordre des rocs? La panique s'empara d'elle. Elle ferma les yeux et tenta de se raisonner : Irina n'était pas loin.

Les gouttes d'eau qui tombaient sur le sol emplissaient le silence. Elles étaient le signe par lequel on entendait cette matière muette de la paroi. La jeune fille suivit des yeux leur chemin : du plafond de la grotte vers l'extrémité la plus fine des stalactites, l'eau grossissait avant d'échouer au sol. Sa musique était une berceuse hypnotique, une manière de compter échappant à tout âge.

Séléné s'efforça d'apprivoiser ce nouveau rythme sous terre : ici, le temps s'engageait autrement, à l'image de cette eau qui parcourait des centaines de mètres, goutte après goutte, et qui formait à la fin une herse de pierre, trouvant un aboutissement à cette horloge minérale.

La saveur du temps.

L'absence et la fuite lui avaient toujours caché cette façon de se voir immobile. Il lui sembla que cette eau incarnait une suite évidente, il y avait une goutte pour tous les rythmes de sa vie : ses premiers mots, ses premiers regards, ses premières intuitions, son attention portée sur les choses et les êtres. Mais jamais, auparavant, elle n'avait saisi tout cela.

Un frisson parcourut son dos jusqu'à son cou, il ne lui était jamais apparu que son corps était aussi cette stalactite façonnée par le temps, que chaque jour il se polissait, par un procédé invisible à l'œil nu, mais qu'elle était formée de nombreuses gouttes d'eau, de son passé, de l'écoulement des choses dites et des choses vues. Elle comprenait qu'elle était faite elle aussi de tous ces êtres qu'elle avait croisés, qui avaient glissé sur elle à un moment ou à un autre.

Séléné recommença à avancer, avec l'espoir que l'enchevêtrement des pierres s'élargisse pour qu'elle puisse faire demi-tour, mais au bout de quelques mètres, elle dut se rendre à l'évidence : l'espace demeurait aussi réduit. L'unique solution était de marcher à reculons, au risque de glisser.

« Irina ! ! ! »

L'écho de sa voix résonna quelques secondes, puis plus rien.

Faire marche arrière dans ce boyau étroit se révéla plus compliqué qu'elle ne l'aurait imaginé, ses pieds se dérobaient à cause de la fatigue et de la rondeur des roches détrempées. Elle appuya ses mains sur la paroi humide dont le froid remontait le long de ses bras, puis elle recula.

Seule dans ce tunnel, elle eut envie d'entendre de nouveau les voix, qu'elles l'étonnent et surgissent.

Quand elle sentit un poids soudain sur son épaule, elle se débattit en criant, mais, loin de tomber, la chose se mit à zigzaguer le long de son bras. Ses hurlements redoublèrent. Séléné tourna brusquement la tête vers son épaule, mais son casque heurta violemment la paroi. De dépit, elle ferma les yeux et secoua brutalement le bras.

Sur sa peau, la chose continuait sa progression, déjouant les audaces impulsives et les coups de paroi que Séléné tentait de lui asséner tout en réprimant un haut-le-cœur. Elle ne voyait toujours pas cette chose, mais celle-ci semblait ne pas vouloir renoncer.

Séléné respira un grand coup.

Une ombre passa devant le faisceau de sa torche. La jeune femme eut un vain mouvement de recul.

La chose était hideuse, une scolopendre démesurée aux antennes gigantesques. D'un côté, le corps d'un noir brillant se terminait par deux dards orangés ; de l'autre, les extrémités se hérissaient en volutes. L'horreur de cette tête et de cette queue indistinctes. L'animal faisait bien dix centimètres de longueur et avançait dans une ondulation tremblante. Séléné n'osait plus bouger.

À sa gauche, une autre ombre, plus petite : celle d'une araignée qui avait tissé une toile entre deux stalagtites. Le mille-pattes avisa sa proie, remua une fois, deux fois ses antennes, puis, attiré par ce corps offert, bondit et l'enserra entre les lignes de ses pattes. L'araignée disparut aussitôt dans cette étreinte mortelle.

Séléné plissa son nez et sa bouche d'effroi et s'éloigna à reculons aussi rapidement qu'elle le put. Le temps pressait, elle voulait retrouver Irina, des bruits lui parvenaient depuis l'obscurité, comme un cri étranglé, mais, encore secouée, elle n'arrivait plus à se concentrer suffisamment pour appréhender d'où cela venait.

Brusquement, son pied se déroba dans une dépression de la galerie : elle se rattrapa in extremis. En bas, quelqu'un hurla.

« Je suis tombée ! »

C'était la voix d'Irina.

«Je suis là, en dessous ! La paroi est trop lisse, je n'arrive pas à remonter dans la galerie ! Sors-moi de là ! Tu ne m'as pas entendue crier ? »

Séléné retrouva ses esprits et recula encore jusqu'à ce qu'elle puisse voir Irina qui, tombée dans ce qui semblait être un puits juste assez large pour une personne, s'accrochait à une prise précaire sur la paroi.

Elle évalua la situation, chercha une solution.

«Je ne vais plus pouvoir tenir très longtemps, je vais lâcher ! »

L'image de son amie chutant la terrifia et stimula son instinct : elle courut vers la sortie, comme si la seule envie de sortir Irina de là lui avait donné une adresse telle que les angles vifs de la caverne ne pouvaient ni la retenir ni l'effleurer ; et, preste comme une scolopendre, Séléné finit par apercevoir la lumière en provenance de l'extérieur.

À l'entrée de la grotte, elle avisa les lianes. Le soleil, déjà haut dans le ciel, passait au travers. Séléné tira sur la première venue, qui ne voulut pas céder ; elle redoubla d'efforts. L'image mentale d'Irina suspendue à la seule force de ses mains, bientôt victime de crampes, la galvanisait, il fallait qu'elle la sorte de là au plus vite !

Elle fit peser tout son poids sur la plante, qu'elle finit par arracher. Tombée à la renverse, elle se releva aussitôt, enroula son butin comme un lasso et retourna dans l'obscurité.

«J'arrive, Irina ! »

Sa voix rebondissait sur les cavités.

Séléné ne se perdit pas une seule fois dans ces murs qu'elle avait initialement déchiffrés avec tant de mal :

à présent, elle les devinait très bien à leur fraîcheur, aux reflets, avec une mémoire étonnamment précise des pas qu'il lui fallait effectuer pour parvenir au vide qui menaçait Irina.

Séléné y lança la liane.

« Accroche-toi ! »

Les doigts d'Irina étaient engourdis, mais elle parvint à agripper la corde improvisée et elle s'aida de ses pieds pour remonter.

En un instant, les deux jeunes femmes furent de nouveau réunies.

« Quelle force tu as !

— Tu n'es pas bien lourde, non plus ! »

Soulagées, elles partirent d'un fou rire nerveux.

Séléné fut la première à le réprimer, l'œil aimanté par quelque chose qui étincelait au fond du puits.

Intriguée, elle s'allongea sur le sol froid et éclaira la paroi : quelques insectes grouillèrent devant la lumière de sa torche, avant de fuir et de disparaître dans diverses lézardes.

« Qu'est-ce qu'il y a ? » l'interpella Irina, assise derrière elle et occupée à se remettre de ses émotions.

Pour toute réponse, Séléné se retourna, cherchant du cercle de sa lampe une croupe de roche autour de laquelle nouer sa liane. Elle en vérifia l'attache et la solidité, puis entreprit de descendre à l'endroit même où son amie s'était tenue l'instant d'avant.

« T'es déjà descendue en rappel ?

— Non. Mais j'ai vu quelque chose en bas qui… »

Séléné n'eut pas le temps de terminer sa phrase, son pied venait de glisser contre la paroi, elle dégringola.

Ses genoux ripèrent contre les aspérités rocailleuses. Elle réprima un cri.

« C'est OK, je vais bien ! »

D'où elle était, le faisceau de la torche d'Irina semblait vraiment faible.

«Je me suis brûlé les doigts, mais la liane a tenu ! Je vois le fond à un mètre à peine, juste là, je vais descendre ! »

L'instant d'après, Séléné poussa un nouveau cri, de surprise cette fois. Irina se mit à plat ventre et se pencha au bord du puits.

« Ça va ? J'essaie de t'éclairer le mieux possible. »

Quelques mètres plus bas, la jeune femme avait du mal à croire ce qui s'offrait à son regard. Devant elle, une grosse pierre violette constellée de points blancs s'animait d'une vie lumineuse et féérique. Ce devait être cela qui irisait d'ondulations les yeux des héros, la lueur qui les rappelait à leur origine : une lumière d'histoires, une lumière de livres. Aussi haute que le chaudron trouvé quelques heures plus tôt, cette pierre ne pouvait avoir été créée par une main humaine, mais l'hypothèse d'une réalisation de la nature, à l'œuvre ici depuis des millénaires, était tout aussi invraisemblable : le hasard n'aurait pas pu former ce qui semblait être l'œuvre d'un dieu.

Elle s'avança.

C'était merveilleux.

Séléné promena le faisceau de sa torche alentour : au-dessus d'elle, le puits dans lequel elle venait de glisser. En face, à quelques mètres, elle distinguait un rebord et, derrière, une obscurité sans fin, dont elle s'approcha. Un galet roula sous ses pieds et tomba dans cette obscurité, sans que son parcours ni sa chute ne fissent aucun bruit. À nouveau les voix se firent entendre, elles venaient de là, montant en cadence, répétant les mêmes mots qui formaient comme une litanie.

La jeune fille revint vers la pierre violette. Hypnotisée par le halo qui dessinait sur les parois la surface d'un reflet mouvant comme de l'eau, Séléné s'avança encore. Les voix de son enfance la portaient vers cette découverte : en dehors de la pleine lune, elle n'avait jamais rien vu d'aussi étincelant.

La lumière semblait émaner de l'intérieur de la pierre, comme un esprit entre les os de ce crâne minéral. Elle eut envie de l'ouvrir, d'en savoir davantage, en tâtonna d'un geste méfiant le sommet, à la recherche d'une ouverture providentielle.

Soudain, le haut se scinda et bougea de quelques centimètres sous ses doigts. Séléné retint sa respiration devant cette autre figure du monde qui se révélait à elle. Elle fit basculer le couvercle, sans trop d'efforts, même s'il ne se laissait pas faire. Enfin, la roche dévoila son secret : une enfonçure où chantait une lumière ancienne qui n'avait jamais manqué de souffle ; restée là, qui pourrait dire combien de temps, à faire patiemment le vœu de ses couleurs.

Le cœur battant, Séléné se hissa sur la pointe des pieds et cria :

« Irina ! J'ai trouvé un truc dément, il faut que tu descendes !

— Tu rigoles ? Je viens de remonter !

— Je suis sérieuse, dépêche-toi ! Je vais t'aider. »

Séléné guida Irina, de sa lampe et de sa parole, lui indiquant les prises les mieux assurées.

Une fois au fond, Irina fut ébahie à son tour par la trouvaille :

« Ça ressemble à une améthyste géante, une sorte de géode. »

Elle en caressa les rugosités du bout des doigts, sondant le mystère de cette pierre vivante.

« Je n'ai jamais rien vu de tel. C'est fou !

— Approche-toi encore et attends ! »

Les teintes violettes de la pierre donnaient aux cheveux blond clair d'Irina des nuances irréelles.

Leurs visages, au-dessus de ces clartés, prenaient des traits aussi lointains que le point du temps d'où jaillissaient ces effervescences ; leur front, leurs joues mêmes se lissaient comme le travail de l'eau polie par la pierre, sous cette huile patiente, douce et éternelle.

Elles n'en croyaient pas leurs yeux : dans cette géode fabuleuse avaient été déposées des tablettes en terre cuite ocre sur lesquelles figuraient des inscriptions.

« Il y en a combien en tout ? Un, deux… cinq ! »

Avec précaution, Séléné en sortit une.

« Elles sont dans un tel état de conservation ! Même les cendres de Pompéi n'ont pas mieux protégé ses ruines !

— Tu arrives à déchiffrer ce qui est marqué dessus ?

— C'est du latin. Mon prof serait fou, s'il était là ! Attends… »

Son index suivit la première ligne de lettres, ses lèvres formaient des mots chantants.

Irina fit la moue.

« Celle-ci ne consigne qu'une liste de noms et de lieux. Rien de très intéressant.

— Emportons chacune une tablette : si on les prend toutes, on risque de les abîmer. Là-haut, on pourra les regarder plus attentivement. En revanche, on ne dit rien à Milena ! C'est notre secret ! »

Les iris de Séléné avaient pris la même teinte que la roche. Le même éclat. Dans la pénombre, les contours du croissant de lune sur son poignet scintillaient eux aussi.

Elles enlevèrent leurs sweats et enroulèrent chacune une tablette à l'intérieur, qu'elles glissèrent ensuite soigneusement dans leurs sacs à dos.

Séléné remonta la première, escaladant la paroi avec une facilité déconcertante, puis elle hissa son amie à l'aide de la liane.

Dans leur dos, elles portaient le poids d'un nouveau savoir, d'une aventure dont elles ne soupçonnaient pas encore les contours.

Elles se dirigèrent vers la sortie dans un silence de recueillement, la parole débordée de questionnements intérieurs, comme un corps surpris dans son sommeil par la venue de la clarté.

Dans les iris de Séléné flottait toujours la lumière de l'améthyste et dans sa tête le désir de revenir au plus vite dans cette obscurité où dormaient ses rêves et ses visions.

PAYS DES BRUMES

Ils se tenaient là, en cercle, sans rien dire, le visage baigné par les flammes qu'ils regardaient.

Cela avait commencé au petit matin. Le feu avait pris au même moment dans chacune des maisons. Il avait débuté par le bas, brûlant les herbes qui les entouraient. Puis le brasier avait soudain grandi, léchant les murs, gagnant la toiture de chaume.

Même s'ils y étaient habitués, ils avaient poussé un cri quand la charpente s'était écroulée de tout son poids. Les maisons s'effondraient les unes après les autres, le flamboiement s'étendait à tous les quartiers, les villageois reculaient au fur et à mesure de l'avancée de l'incendie et remontaient la colline.

Le vieux était là aussi. Quand il se retourna vers elle, l'effroi se lisait sur le visage de la jeune fille.

Elle prononça un unique mot :

« Pourquoi ? »

Le vieux prit ses mains dans les siennes, eut un regard circulaire sur ces hommes, femmes et enfants qui pleuraient leurs maisons détruites.

« Parce qu'il nous faut partir, parce que nous ne laissons rien à l'ennemi, rien au vainqueur qui bientôt arrivera sur nos terres. Nos connaissances et notre savoir resteront en nous, nous les porterons avec ce même feu sacré qui détruit nos maisons aujourd'hui. Mais nous n'avons que faire des ruines, les pierres ne sont pas le reflet de ce que nous avons été, nous n'avons pas besoin de laisser de traces, notre richesse est ailleurs. »

Le feu avait fini son œuvre et diminuait à présent.

Alors les villageois grimpèrent en direction de la montagne, sans se retourner une seule fois vers la vallée qu'ils quittaient.

À l'orée du bois, des lumières les accueillirent : les lucioles dansaient pour la fin d'une époque, l'émergence d'un temps nouveau. En leur centre, accompagné de chimères toutes plus énigmatiques les unes que les autres, l'esprit de la forêt souriait.

Quand Séléné et Irina sortirent enfin de la caverne, elles furent accueillies par un tumulte inaccoutumé. Des gyrophares au loin, des voix d'hommes vociférant ordres et mises en garde, des gestes furieux d'uniformes contre la curiosité des badauds.

Méfiantes, elles s'approchèrent.

Un groupe de policiers affairés prenait des mesures, prélevait à l'aide de coton, de pinces et de flacons avec des gestes précis, débattait de cette chose étrange qui avait surgi dans la fange des marais. C'était le voisin de Milena qui l'avait trouvée, au moment de sa balade matinale. Son cheval s'était arrêté et refusait d'aller plus avant, hennissant et se cabrant sous les talons de l'homme, qui était descendu, agacé, cherchant à comprendre ce qui effrayait ainsi la bête.

Il s'était approché de la tourbe, les grenouilles coassaient leurs amours matinales, les libellules chassaient les insectes sous l'éclat des lumières rasantes, et entre les joncs gisait une main qui avait l'apparence du marbre noir et à laquelle il manquait deux doigts.

Le cavalier avait appelé la police sur-le-champ, un périmètre de sécurité avait été rapidement établi.

Attiré par la nouvelle, Karl discutait avec les agents. D'où elle était, Séléné le vit se gratter la nuque, comme par manie, laissant ainsi apparaître une marque sombre à la racine des cheveux : un tatouage aux volutes brunes qui avait le même aspect serpentin que celui de Bostian, la même forme de menace et de tabou. À l'idée de ce que ce symbole terrible pouvait dire de la vie de ces hommes, un frisson parcourut le dos de Séléné.

Irina lui saisit le coude et la sortit de ses pensées : son amie indiquait le sol du regard.

Quelques hommes s'écartèrent et elle put voir le corps qui avait été extrait de la boue et déposé sur un sac mortuaire. Un haut-le-cœur la saisit, elle détourna les yeux.

Irina se pencha vers elle :

« Il est mort étouffé par la tourbe : regarde, sa bouche est pleine de boue et ses yeux sont exorbités. Il a de la mousse tout autour des narines et des lèvres. Et tu vois sa poitrine ? Elle est anormalement gonflée. »

La vision était atroce.

« Je n'aurais pas voulu être à la place de cet homme. La mort l'a conservé, comme les cendres autour des victimes de Pompéi, toutes recroquevillées sur elles-mêmes. Il a dû souffrir terriblement », continua-t-elle.

Le corps ressemblait à une momie noire et luisante à l'aspect lisse aussi parfait que les pierres de la grotte. La boue avait formé autour de lui une enveloppe temporelle, sa conservation était stupéfiante : il donnait le sentiment d'un être endormi, malgré la bouche ouverte à jamais dans un hurlement sourd.

« Tu crois qu'on peut savoir quand il est mort ? demanda Séléné à Irina.

— Dur à dire.

— T'as vu ses habits ?

— Si on se fie à ses vêtements, la mort remonte à au moins cent ans. »

Un haut à manches courtes, une espèce de tunique brune qui lui arrivait au-dessus des genoux.

« Bonjour, les filles. »

Elles sursautèrent. Karl se tenait derrière elle. Avait-il surpris leur conversation ?

Il poursuivit de sa voix gutturale :

« Sale découverte. Mais dans les environs, on a une terre de marais, elle peut faire remonter des corps ou des objets qu'elle gardait au chaud. Un jour, sans qu'on sache pourquoi, elle les rejette, elle n'en veut plus, ou bien elle souhaite au contraire qu'on les voie. Vu les courants, je dirais qu'il venait de pas trop loin, quelques centaines de mètres tout au plus, en amont. »

Il leva la main vers le sud, d'où venaient les filles.

« Ça me rappelle une vieille histoire que racontait mon grand-père, quand nous ne voulions pas dormir. Avec ma sœur, ça faisait nos nuits, ensuite on ne dormait plus du tout, et ma grand-mère l'engueulait. Il racontait qu'un jour toutes les cavernes autour de Ljubljana avaient craché de la boue, un peu comme un volcan qui entre en éruption, sauf que là ce n'était pas de la lave. Y en avait partout, ça s'était éparpillé, ça avait même coupé les routes, plus personne ne pouvait quitter la ville. Puis la boue s'était asséchée, et les existences avaient repris leur cours. Si alors on n'était toujours pas assez effrayés, il ajoutait qu'il y avait des sortes de monstres dans nos grottes et qu'ils sécrétaient occasionnellement des torrents. Avec Milena, ça nous avait tellement fichu la trouille qu'on n'y a jamais mis les pieds, dans ces cavernes, quand on était gosses. »

Il cessa de parler, les yeux dans le vide : un souvenir jaillissait dans sa mémoire. Il secoua la tête, comme pour échapper à ses fantômes, un rictus indéfinissable sur les lèvres.

« Ce sont des histoires, bien sûr, mais Dieu sait ce qui peut arriver à qui osera ne pas les craindre ! »

Karl leur lança un regard mi-amusé, mi-carnassier. Savait-il quelque chose à propos des fouilles menées en secret par sa sœur ?

Il se racla la gorge et cracha par terre. Séléné se recula un peu, tentant, à la faveur d'un mouvement de Karl, d'apercevoir à nouveau la marque sur son cou. Mais le col de la veste avait été relevé, dissimulant la nuque.

Karl tordait sa bouche, frottait ses mains sur son visage avec brusquerie.

« Ça me fait tout drôle de penser à mon grand-père. J'ai toujours eu du mal à savoir si ce n'étaient pas des ragots de village. »

Les policiers avaient éloigné le corps des eaux limoneuses : c'était un homme de petite taille. Karl s'en approcha. Il paraissait chercher quelque chose, posait des questions à la police scientifique.

De l'eau ruisselait et coulait en fines rigoles tout autour du gisant. Les policiers enjambaient allègrement le cadavre, comme s'il s'était agi d'un animal domestique endormi sur leur passage.

Un signe soudainement mis au jour sur le corps bouleversa Séléné : elle eut un mouvement involontaire et se prit le pied dans une racine. Avant qu'Irina ne pût la retenir, elle chuta. Ses yeux fixaient un point que les manipulations des policiers venaient de révéler : une marque qu'elle aurait reconnue entre toutes, un croissant de lune identique à celui tracé dans sa chair.

Que se passait-il ici ? La géode et les tablettes antiques, ce mort en tenue médiévale, sa marque de naissance reproduite sur le corps d'un autre, et surtout ce chaudron qui les représentait toutes les deux, Irina et elle. Le sang battait à ses tempes. Comment déchiffrer ces signes ?

Un coup d'œil vers Irina qui l'aidait à se relever lui fit comprendre que son amie avait vu la même chose. Séléné rassembla ses esprits et tenta de s'approcher du corps, mais un policier lui barra le chemin.

« *Prepovedano !* »

Comment faire ?

Spontanément, sans qu'elles aient eu à se concerter, Irina affirma devant les policiers, dans un anglais impeccable, sûre d'elle-même à en faire peur, au point d'accaparer toute l'attention, qu'elle avait vu un vêtement qui lui paraissait en tous points similaire à celui du mort, plus en amont, et se proposa de les y conduire.

Tous s'en allèrent, enthousiasmés d'obtenir une suite à la fable de Ljubljana. Séléné se pencha sans tarder sur le corps momifié.

Concentrée, elle l'inspecta, sans être rebutée par son apparence, elle passa même la main le long de son bras, puis se pencha vers ses doigts marron et racornis terminés par des ongles jaunes. Sans s'émouvoir, elle glissa ses doigts sous ceux du mort avec douceur, comme si elle craignait de le réveiller, et trouva un objet emprisonné dans sa paume. Sans regarder si on l'avait vue ni de quoi il s'agissait, elle l'escamota dans sa poche et s'éloigna d'un pas innocent.

Elle se plaça à bonne distance et attendit le retour d'Irina. Elle la voyait apparaître de loin en loin, à la tête de la petite troupe qui arpentait les berges du marais, l'observant pointer ceci ou cela avec emphase, se frapper le front de la main, comme quelqu'un qui viendrait d'avoir une révélation ; elle les tenait, les excitait par ses mensonges. Après un bon quart d'heure de ces affabulations, elle revint, s'excusant auprès de tous de n'avoir pu retrouver l'endroit exact, et rejoignit son amie.

Elles firent un bref signe de la main aux policiers et s'éloignèrent sans demander leur reste. Il était temps : l'agent revenait vers le cadavre et son visage était encore plus fermé qu'auparavant. Il se posta devant tel un cerbère et monta de nouveau la garde.

« Alors ?

— J'ai trouvé ça ! »

Les policiers s'activaient à nouveau autour du corps. Séléné se détourna, suivie d'Irina, puis sortit le trésor de sa poche.

C'était une fiole qui semblait ne rien contenir tant elle était légère. Sur le verre dépoli, quelques inscriptions indéchiffrables.

« Ce n'est pas du latin. On dirait plutôt des dessins : regarde, là, on dirait du blé, et là un soleil. »

À son tour, Séléné inspecta sa trouvaille. Des dessins d'enfant : un soleil, une grande branche naïve, de vagues ramures aussi, de celles que l'ennui dessine dans les marges des cahiers d'école. Séléné reconnaissait ces symboles, les mêmes que ceux aperçus un peu plus tôt dans l'obscurité de la caverne.

Quel lien existait-il entre eux et ce cadavre jailli des marais ?

Irina retourna la fiole pour en observer le culot : un croissant de lune y avait été apposé.

« Encore cette marque, je ne fais que la voir, tous les signes ici me ramènent au mystère de mon existence à moi.

— Tu as remarqué que le ciel ne changeait pas ? La lune reste toujours à la même place, tout comme les constellations. Je me suis levée plusieurs fois la nuit, dernièrement, et c'était à chaque fois la même chose : les étoiles sont fixes, comme si le ciel n'était qu'un plafond. »

À ces mots, Séléné fronça les sourcils :

« Tu me fais penser au salon de Milena …

— C'est-à-dire ?

— Dans sa maison, certains objets semblent animés de vie, comme la constellation au plafond. »

Un pétillement illumina les yeux d'Irina.

« Je croyais que j'hallucinais ! »

Elles firent le reste du chemin en silence, chacune dans ses pensées. Dans leur dos, les tablettes pesaient, alourdies du poids de leur lueurs féériques : celles d'un monde inconnu à découvrir.

Autour d'elles, la bise s'était levée, les abeilles et les brebis poursuivaient leur tâche, harmonisaient les parfums de leurs allées et venues, indifférentes aux tombeaux des torrents de jadis, à ces morts revenus à la surface pour hanter les vivants.

Parvenues à la maison, elles furent étonnées de voir Karl assis dans un fauteuil sous le perron. Comment avait-il fait pour arriver avant elles, lui qu'elles avaient laissé en compagnie des policiers ? Elles lui adressèrent un bref signe de tête, puis entrèrent dans le hall.

Par la porte du salon, elles entraperçurent la silhouette de Milena penchée sur un vieux livre. Quand elle les vit, Milena s'empressa de refermer la porte derrière elle. Les deux jeunes femmes haussèrent les épaules.

« Elle est vraiment bizarre depuis quelques heures..., fit remarquer Irina.

— Exact ! Mais pour le moment, j'ai faim ! » enchaîna Séléné.

Pour toute réponse, le ventre d'Irina gronda.

Les deux filles gagnèrent la cuisine et ouvrirent le frigo : il y avait des restes de la veille, elles se préparèrent un sandwich qu'elles décidèrent d'aller manger dans leur chambre. Les tablettes les attendaient.

Irina monta l'escalier en premier et, une fois à l'étage, elle s'amusa à marcher uniquement sur le dallage noir qui formait une sorte de marelle déstructurée exigeant des pas acrobatiques ; Séléné sourit à ce jeu enfantin, auquel Irina s'adonnait systématiquement pour regagner leur chambre depuis le premier soir.

Tandis qu'Irina était déjà assise sur son lit défait, sac à dos ouvert, concentrée pour extraire délicatement la tablette qu'il contenait, depuis le palier Séléné regardait l'étage supérieur, occupé entièrement par le grenier, dont la porte était verrouillée. Milena répétait à l'envi à ses hôtes que la charpente était dangereuse et qu'il était hors de question de s'y rendre. Était-ce l'attraction de l'interdit? Toujours est-il qu'elle se sentait irrésistiblement attirée par cet étage. Elle posa le pied sur la première marche, mais entendit aussitôt une volée de pas monter du rez-de-chaussée. Soudain lui revint en mémoire le visage courroucé de Milena. Fuyant cette image autant que l'approche, Séléné entra en trombe dans sa chambre dont elle claqua la porte.

« Attention ! »

Irina s'était approchée de la porte : dans sa hâte, Séléné l'avait bousculée, déstabilisant sa main qui tenait la tablette. Celle-ci glissa sans qu'aucune des deux jeunes femmes parvienne à la rattraper et se brisa sur le sol de la chambre.

Séléné eut le sentiment que tout s'effondrait sous ses yeux : les chuchotements, les lumières féériques n'existaient plus.

Irina ouvrit la bouche, puis la referma, trop affligée pour exprimer une quelconque colère.

Elles se regardèrent sans rien dire jusqu'à ce que Séléné remarque quelque chose de surprenant : on distinguait à présent deux couleurs différentes. Sous les morceaux ocre de la tablette brisée il y avait quelque chose de plus petit, d'une teinte plus jaune, presque dorée, et résolument plus solide. Pour preuve, l'objet était intact : une autre tablette.

Elle la pointa du doigt :

« Regarde ! Y avait une tablette dissimulée dans l'autre ! »

Elle mit la main sur sa bouche, puis ajouta :

« Comme dans mon rêve ! »

Irina, médusée, s'empara de l'objet. Elle fronça les sourcils.

« Je ne connais pas du tout cette langue. Ce n'est ni du latin, ni du grec, ni même du sanskrit ou du linéaire B. »

Séléné s'approcha de son amie : jamais, sans sa maladresse, elles n'auraient connu ce secret, enfoui depuis des années, sans doute des siècles. La chance avait été de son côté.

À la recherche d'une piste quelconque, la jeune fille retournait la pièce dans tous les sens, pour comprendre le sens caché de cette écriture. Elle caressait du doigt les sillons fascinants des caractères et eut soudain l'envie de les reproduire dans son carnet à dessins. Elle prit un stylo bleu et commençait à hachurer des pages blanches, lorsqu'une voix lointaine et brève s'éleva de la tablette, dévorée par le temps. Une de ces voix éteintes sous la brûlure d'un incendie, réduites presque à néant, mais qui se relèvent à la faveur d'un mot.

Le jaillissement de cette voix lointaine se faisait déjà apaisement.

« Imaginons que c'est une histoire. Que pourrait-elle raconter ? demanda Irina.

— Je ne sais pas, c'est difficile de raconter une histoire avec quelques pictogrammes. Celui-ci, avec sa forme en triangle, ça pourrait être une montagne ; ces vaguelettes, là, je verrais bien de l'eau, mais qu'est-ce que ça signifie ?

— J'essaie de rapprocher cette langue de celles que je connais, mais rien ne correspond. Même les très vieilles écritures ne ressemblent pas à ce qui est inscrit là. Ça se rapproche davantage d'une écriture naïve, comme celle d'un enfant. »

Séléné siffla d'admiration :

« Tu t'y connais bien en langues mortes !

— Anciennes, plutôt. Mais oui, j'adore ça, j'ai l'impression d'être un détective, à la recherche du sens.

— Et si jamais c'était ça la clé : des dessins naïfs ? »

Irina vibra d'une émotion, excitée par cette découverte, les yeux tournés vers la tablette.

Soudain, elles perçurent comme un frottement, de l'autre côté de la porte. Elles se turent, les oreilles et le cœur aux aguets. Était-ce le tissu d'un vêtement tout proche qu'elles venaient d'entendre ? Elles se regardaient toutes les deux, attentives aux plus légères manifestations de présence.

Qui pouvait les espionner ?

Séléné pensa à Bostian et tourna d'instinct la tête vers la fenêtre, mais ne repéra aucune ombre cette fois-ci ; Irina pensa à Karl et à ses dons d'ubiquité. Elles se levèrent ensemble, et s'approchèrent à pas de louve, pour aller coller les oreilles à la porte : il n'y avait plus aucun son. Séléné l'ouvrit à toute vitesse.

Personne !

C'est alors qu'elles le virent. Ce ne fut d'abord qu'une ombre sur le côté droit, de grandes oreilles et une queue immense. Irina déglutit, Séléné rentra la tête dans son cou, dos rond, prête à bondir. Des yeux, elle chercha quelque objet pour se défendre. L'ombre grandit, puis montra son objet, dans son incarnation banale : c'était Loki qui traînait à l'étage.

« Je ne mettrai pas une seconde fois ma main, j'ai compris la leçon », murmura Séléné tout en regardant sa blessure qui s'était bien résorbée.

Loki la dévisagea un moment de ses orbites vides, avant de se détourner et de redescendre. C'était la première fois que sa tête moustachue ne semblait plus chercher à tâtons les jardins où chasser, les livres où poser sa patte : c'était la première fois que ce regard aveugle paraissait avoir retrouvé son acuité.

« Ça alors, il est descendu de sa commode ! s'exclama Irina, une fois la porte refermée, en s'asseyant face aux débris de la tablette d'argile.

— Donc, Irina, tu parlais d'une écriture d'enfant ?

— On dirait des dessins, peut-être des éléments fondamentaux.

— C'est-à-dire ?

— Là, le symbole de l'eau, ici celui de la montagne, là, avec les deux ailes de chaque côté du corps, ça pourrait être une abeille.

— J'ai bien l'impression que toutes ces images font aussi partie de notre quotidien ici, un peu comme les ruches de Milena, la montagne pourrait être la grotte, l'eau, celle des marais. Je sèche sur le dernier.

— Une forme ronde sur le dessus, une espèce de pied unique…

— Un champignon ! »

Mais que pouvaient leur dire ces cryptogrammes, tout juste réchappés de l'oubli. Était-ce l'œuvre d'un enfant ? Celle d'un scribe ?

Les filles se grattaient la tête, tournaient et tournaient encore sur le lit d'Irina, s'allongeant, les jambes dressées contre le mur, s'adossant au chevet de bois noir, s'asseyant sur la descente de lit, sans jamais trouver la bonne position : la maison avançait dans la nuit, les lucioles ne dansaient plus non plus derrière les carreaux.

Irina s'étira.

« Tu n'es pas fatiguée, Séléné ? »

Son amie la fixa, le sourire aux lèvres :

« Non, depuis que je suis entrée dans cette caverne je ne tiens plus en place, il y a quelque chose qui m'attire, comme si elle renfermait toutes les réponses à mes questions. »

Irina bâilla.

« Peut-être qu'on sera plus performantes demain ? »

Puis elle jeta un coup d'œil vers le sac de Séléné et se ravisa :

« Si on regardait l'autre tablette ? À mon avis, les inscriptions gravées dessus seront aussi peu intéressantes que celles de la première, mais sait-on jamais ? Et après, on pourrait la briser ? Dans ta veste, pour étouffer le bruit ? »

L'idée accentua sur le visage de Séléné le sourire malicieux qui ne l'avait pas quitté de la soirée.

Malheureusement, la seconde tablette n'avait pas été construite sur cette idée de poupées russes, elle n'en contenait pas d'autre. Le message enchâssé dans la première leur demeurait unique, et toujours aussi énigmatique.

Les deux jeunes femmes eurent une moue de déception : il n'y avait rien d'autre à remarquer. Elles n'avaient que ce seul message, et la perspective d'en parcourir le sens véritable devenait de plus en plus incertaine.

Soudain, le visage d'Irina s'illumina :

« Et si on allait fouiller dans sa bibliothèque ?

— Celle de Milena, tu veux dire ? Elle en a une ?

— Juste à côté du hall d'entrée, sur la gauche, il y a une petite porte. J'ai fait ma curieuse et je l'ai ouverte. J'y suis allée plusieurs fois quand je me baladais seule au petit matin.

— Allons-y ! »

Elles descendirent l'escalier avec une délicatesse féline, traversèrent le hall en silence, puis pénétrèrent dans la bibliothèque.

La porte se referma sur elles et les coupa des indiscrétions du hall. La pièce, étonnamment grande, était tapissée de livres, de grimoires, de feuillets, jeunes ou défraîchis, de papiers de famille, de souvenirs qui attendaient là d'être exhumés.

Sur chaque pan de mur se trouvait une échelle accrochée à une tringle dorée qui courait sous les dernières étagères. Au centre, une grande table en bois où deux lampes en laiton et à abat-jour vert projetaient un cercle de lumière qui s'estompait peu à peu sur l'essence du bois.

« Elle est tout simplement magnifique. Quand je l'ai découverte, j'ai cru que je n'en sortirais jamais ! C'est tellement beau ! » s'exclama Irina toute joyeuse, tournant sur elle-même, renversant sa tête, s'étourdissant du parfum d'herbes sèches qui émanait du papier.

Elle grimpa sur une échelle jusqu'en haut, et d'elle-même sa tête se pencha sur un des rayons.

« J'aime plus que tout ce coin ! Il est plein de manuscrits en latin ! Ils sont encore cousus avec du fil, et regarde ces dos de livre jaune orangé ! »

Elle en sortit un du rayonnage et plongea le nez dedans avant de le feuilleter, reprenant une mine sérieuse. Le bruit des pages tournées berçait Séléné qui regardait, admirative, son amie en contre-plongée.

« Y a un truc qui m'interpelle, tout de même ! lança Irina en attrapant un autre livre, puis un troisième.

— Quoi donc ?

— Tous ces ouvrages ne parlent que de chute !

— Comment ça ?

— Celle des hommes, des civilisations. C'est pas joyeux. Je me demande pourquoi Milena s'y intéresse à ce point. »

En bas, Séléné arpentait la pièce et s'était mise à promener ses doigts sur les dos des livres, s'arrêtant de temps à autre sur un titre, découvrant ce lieu hors du temps.

« Ici, ce sont des livres en anglais et en italien : elle parle combien de langues, Milena ? »

Ouvrant au hasard un premier ouvrage, Séléné tomba sur de nombreuses annotations dans la marge, des notes et des essais de traduction pour certains passages. Les ajouts étaient faits d'une écriture ronde : celle de Milena, sans doute.

Sur le dos d'un autre, des étoiles argentées : curieuse, elle le sortit de l'étagère.

C'était un livre d'astronomie qui détaillait les nombreuses constellations. Celles-ci portaient des noms légendaires : Cassiopée, la Couronne australe, le Lézard, l'Hydre, mais aussi le Lion, le Lièvre, ou encore Orion. Au détour d'une page, l'œil de Séléné fut attiré par une forme géométrique qu'elle connaissait bien, pour l'avoir vue sur le plafond de l'orphelinat, mais aussi chez Milena. Son regard remonta le long de la page, à la recherche du nom de cette constellation. Hélas, l'encre semblait avoir été grattée à cet endroit, le papier était abîmé et seules deux lettres apparaissaient encore : un R et un O. Dépitée, la jeune fille referma le volume et poursuivit l'exploration. Son index glissait toujours sur le cuir des livres. Face à elle, l'arc-en-ciel des couvertures était défraîchi par le temps, comme des couleurs lavées à force d'être regardées.

Soudain, l'exclamation de Séléné mit un terme au feuilletage silencieux des deux amies :

« Viens, Iri ! »

La jeune femme redescendit avec frénésie, si happée par l'enthousiasme qu'elle manqua des barreaux.

« Regarde, ça, ce sont les mêmes lettres que celles qu'on a trouvées sur la tablette. Un livre entier ! »

En effet, les mêmes signes que sur la tablette étaient enfermés là, derrière cette couverture en cuir marron et au liseré lie-de-vin. Ses doigts caressaient le grammage particulier du papier.

« Rah, c'est frustrant, je ne comprends rien ! »

Irina fronçait les sourcils, dépitée face à cette langue qui montait une garde jalouse devant ses mystères.

« Je vais regarder ça plus attentivement. »

Irina déposa le lourd grimoire sur la table centrale de la bibliothèque et le parcourut depuis le début. Le visage tendu par la concentration, elle travailla à la métamorphose du dessin en signe, et du signe en signification. Face à elle, un D retourné comme par un miroir, une autre lettre ressemblant à un « lambda » grec, mais avec deux jambes au lieu d'une, une autre encore qui aurait plu à Séléné car la forme de cette lettre était un #.

Déjà s'animait en elle la passion de déchiffrer l'inconnu : quand Irina regardait ces lettres, elle voyait celui qui les avait tracées, certainement dans la même attitude qu'elle, appliqué et concentré. Ce message qui parvenait d'une autre époque, d'un ailleurs du temps où les beautés n'étaient pas les mêmes, où s'aimer et mourir n'avaient pas le même sens, dévoilerait un monde grâce à sa force de persévérance, lui dirait sa couleur bleue, ce que toucher veut dire, ce que la guerre a détruit, ce qui se cache dans le fleuve profond.

De tous temps, l'être humain a parlé de lui, de l'instant qui lui était si cher, du noir qui reste sur les doigts de ses impressions. Même les Gaulois et les Celtes les plus réfractaires à divulguer leur culture avaient emprunté leur alphabet à d'autres peuples, pour conserver ce qui leur était essentiel.

L'espèce humaine est ainsi faite : même avant l'écriture, les conteurs servaient de lien entre les hommes. Irina sourit au souvenir de la parole d'un de ses professeurs : « Le mot "texte" vient de "tissu". C'est ce dont se pare l'homme nu : il habille son esprit des textes qu'il parcourt et fait ainsi grandir son esprit. » Combien de vêtements de l'âme y avait-il ici ?

Il était étrange, tout de même, que Milena ne leur ait jamais parlé de cette bibliothèque : on ne possède pas autant d'ouvrages aussi précieux sans y être si personnellement attaché que leur existence déborde dans vos conversations et vos confidences.

Tous ces livres consacrés à la chute des hommes, et ces autres rédigés dans un alphabet obscur, signifiaient bien quelque chose pour leur hôtesse. Elle leur avait montré la caverne, pourquoi pas sa bibliothèque ?

Était-ce une part du voile à lever ?

Irina se replongea dans le livre, cherchant les récurrences de certains signes, sans doute des voyelles d'un alphabet.

Ou peut-être étaient-ce des idéogrammes, signes plus anciens que l'écriture, qui représenteraient non pas un son, mais le sens du mot ?

Il lui aurait fallu de quoi noter quels signes revenaient régulièrement. Elle se leva de sa chaise et fouilla du regard la bibliothèque, à la recherche de papier et de crayons.

De son côté, Séléné continuait de sillonner la pièce en tous sens. Il était tard, ses yeux papillonnaient devant les feuillets qu'elle prélevait maintenant des rangées supérieures. Un volume, en français, attira son attention : sur le dos, il n'y avait aucun titre ; mais sur la couverture, à côté du nom de l'auteur, Carl Gustav Jung, était dessiné un dragon.

Le livre lui glissa des mains. Elle le rattrapa de justesse avant qu'il ne tombât au sol.

Curieuse de retrouver sa langue si loin de chez elle, et non moins intriguée par cette figure du dragon qui occupait ses rêves, elle brûlait d'en découvrir le contenu. Le texte parlait des symboliques attachées aux monstres, de leur poids à travers les âges, des différences de point de vue selon les civilisations, mais aussi de l'ombre qui sommeille en chacun de nous.

Séléné revint au début et examina le sommaire : un chapitre entier était consacré au dragon. Son index tournait les feuillets au rythme précipité de son cœur.

Malheureusement, la page indiquée n'existait plus : elle avait été arrachée. Séléné fixait les dentelures en imaginant ce qui aurait pu être écrit.

Ne restait que la page précédente :

Ce n'est pas en regardant la lumière qu'on devient lumineux, mais en plongeant dans son obscurité.

« On va se coucher ? »

La voix d'Irina, tout juste arrivée derrière elle sans qu'elle s'en aperçût, la fit sursauter. Son amie bâillait à s'en décrocher la mâchoire. Séléné referma l'ouvrage et acquiesça.

Elles quittèrent la salle pensives, intriguées par tout ce qu'elles venaient d'y lire. En remontant l'escalier, Séléné s'interrompit au milieu des marches pour regarder le disque pâle de la lune à travers la fenêtre.

Derrière les carreaux de la fenêtre, les lucioles dansaient de nouveau leur ballet nocturne, frôlant de leurs ailes les grappes de la glycine, violettes sous leurs faibles clartés.

« Et si on en parlait à Milena demain matin ? suggéra Irina, s'arrêtant elle aussi sur une marche.

— À ce stade, je crois que ça s'impose. »

Elles regagnèrent leur chambre, refermant la porte derrière elles.

Dans le couloir, des bruits de pas imperceptibles, des griffes sur le parquet.

Les nuages se dispersèrent et la lumière de la lune entra par la fenêtre : près de la chambre des filles, Loki s'était allongé à la manière d'un sphinx et ronronnait.

PAYS DES BRUMES

« Quitte-nous désormais, tu en sais assez, avait dit le vieux quand ils avaient atteint la forêt. Nos chemins se séparent ici. »

Elle avait pris une nouvelle direction et était désormais face à la rivière sur laquelle flottait une frêle embarcation faite de peau de chèvre et d'osier. Celle-ci oscillait au gré des mouvements de l'eau. En face d'elle, trois petites îles, comme des grains de beauté sur un corps, route des épices et du sel.

Elle mit un pied dans la coque, celle-ci tangua avant de se stabiliser. Après s'être assise, elle prit l'unique rame : de ses bras, elle forma des huit, signe de l'infini, et avança vers la plus grande des îles.

Il était temps d'y aller, de découvrir ce qui se cachait derrière la brume, d'éloigner les souvenirs pour mieux s'en approcher, les étreindre, ne plus avoir peur, et de plonger vers ce qu'elle avait toujours été.

Elle leva la tête : tout en haut de l'île, sur la colline, un arbre éloigné des autres et d'une blancheur maladive se tenait seul comme un paria. Toutefois, ample et fleuri, il regorgeait de vie, appelait la jeune femme de ses feuilles qui bruissaient sous le vent. Il laissait passer de part et d'autre un ciel étoilé dont la constellation portait la marque du dragon. En son centre, comme une pièce de monnaie sur une tirelire, la lune. Il était la porte vers laquelle elle devait aller.

Séléné sursauta, les images de sa dernière vision en tête. Elle se leva d'un bond, secoua Irina. Dehors, les animaux nocturnes étaient toujours les rois, chassant les dernières souris, les derniers insectes, avant que l'aube n'apparaisse.

« Ça va ? T'as encore fait un cauchemar ?

— Pas du tout ! J'ai eu une vision. Il faut qu'on retourne à la caverne !

— Sans en parler à Milena avant ? On ne peut pas attendre demain ? »

Un coup d'œil à sa montre lui indiqua qu'il était 2 heures du matin. Séléné ne tenait pas en place, elle venait déjà d'enfiler un pantalon et passait un sweat.

Irina comprit que son amie était animée par un sentiment fort, un de ceux dont l'évidence fait tomber toutes les barrières : la raison n'existait plus.

« Non, on y va. »

La jeune femme sourit, et, à son tour, s'habilla. Elle glissa dans son sac quelques santons, ses préférés, qui rejoignirent la fiole trouvée la veille sur le corps momifié.

Elles se regardèrent, sans rien se dire ni rien voir de l'obscurité encore accrochée à la fenêtre, l'œil cerné de ces signes qui transperçaient le voile de leur existence : elles savaient ce qui les attendait. Cette nuit, il ne serait plus question de prudence.

Dans le plus grand silence, elles descendirent les marches de l'escalier, attrapèrent au passage dans le hall une torche, puis une deuxième, leurs manteaux accrochés aux patères, puis se fondirent dans la brume nocturne, qui les fit siennes.

La nuit était sans lune, seuls les faisceaux ouvraient une brèche de lumière jaune devant elles, révélant les chênes comme autant de fantômes noirs dressés dans l'ombre. Aucune présence, aucun bruit traversé de frisson, les cloches des brebis s'étaient tues, les ténèbres alentour étaient attentives : c'était l'heure du chasseur.

Séléné n'avait rien dit de ses visions à Irina. Pourtant, quand elle s'était réveillée, son amie semblait partager sa conscience, prenant spontanément, elle aussi, cette marche vers un but unique.

Quelque chose sourdait là depuis leur arrivée, cela remontait par vagues et se levait comme une tempête intérieure. Un chant lointain et insolite s'échappait de ce lieu, rencontrait en chacune d'elles un écho.

Séléné et Irina avançaient à présent sous la conduite d'une évidence : il leur fallait retourner dans la caverne et comprendre enfin.

Quand elles parvinrent devant la statue et écartèrent les lianes, Séléné les entendit à nouveau : les voix étaient là, véritable chœur antique capable de porter une cité entière pour la mener vers son destin. La fatigue ressentie depuis des mois s'était évanouie dans les limbes, elle n'était plus qu'un souvenir. Séléné n'avait jamais ressenti une telle force en elle.

Dans la grotte, le froid pénétra tous leurs vêtements ; ne trouvant plus d'issue, il entoura leurs bras et leurs cuisses, les attira lui aussi vers un rêve ancien. Elles se frottèrent les mains, remontèrent le col de leur manteau.

Les conseils et les indices avaient suffisamment soufflé, aussi avaient-elles désormais contre l'incertitude des orages de volonté, contre la fraîcheur caverneuse un cœur en fougue, et contre le péril une chair enflammée.

Elles savaient.

∢≙▵∵.∩∡□

« Qu'est-ce qu'il y a de plus joli dans un jardin ? » Elle regardait les nuages passer, allongée dans les herbes hautes. Il ne distinguait que son profil aquilin, comme une petite bête curieuse qui se serait mise sur ses pattes arrière.

Elle répéta sa question.

Il eut envie de répondre : « Toi. »

Mais il s'embourba dans sa réponse et se contenta de cligner des yeux sur son silence.

À sa réponse, il la vit faire la moue, hausser les épaules, arracher une des herbes sur sa droite et la glisser entre ses lèvres.

« L'eau. »

Au début, il ne comprit pas, il imagina seulement sa bouche former un rond pourpre parfaitement dessiné, puis il saisit qu'elle ne prononcerait plus rien que ce O.

L'eau.

Leur mutisme portait l'émerveillement de leur amour. Ils passaient leur temps à s'étourdir de ce qu'ils entrevoyaient entre eux, de cette évidente simplicité qui leur donnait l'impression de n'être qu'un.

Pourtant, leurs corps étaient bien séparés par les herbes hautes, mais leur esprit non.

« Pourquoi, amour ? Pourquoi l'eau ? »

Elle souffla sur des pissenlits sur sa droite qui voletèrent jusqu'à son visage. Il ferma les yeux pour accueillir cette caresse et sourit.

« Parce que l'eau est la clé de tout. De notre vie, de ce que nous sommes. Elle est partout. Dans cette bouche qui te parle et révèle la beauté du monde, à l'état liquide. Mais l'eau revêt différentes formes, elle est plurielle.

» L'hiver, quand mon souffle vogue vers toi, qu'il se fait nuage éphémère, c'est encore de l'eau. Si un jour les conditions sont trop insupportables, mon souffle se fera vapeur pour renaître un peu plus loin sous forme de gouttelettes. Il se transforme, s'adapte et revêt plusieurs habits.

» Quand la nature veut camoufler ses trésors, l'eau se transforme en neige pour mieux renfermer les secrets du monde. Mon souffle se repose et revient plus éclatant ensuite.

» Voilà pourquoi dans ce jardin, la chose la plus précieuse est l'O. »

Encore une fois, l'image de sa bouche s'imposa à lui.

« L'eau connaît tous les états, elle se métamorphose, et possède le savoir suprême, car elle sait s'adapter. »

Ils restèrent là, à regarder les nuages.

Dans le ciel, au-dessus d'eux, un cœur d'eau en suspension.

Ce qu'elles cherchaient au fond de cette grotte, c'était que les murmures leur disent qui elles étaient; ce que la marque au poignet de Séléné, indifférente jusqu'alors, semblait vouloir célébrer dans ce souterrain; ce que l'appétit archéologique d'Irina n'était pas disposé à laisser enseveli.

Elles venaient tout juste de passer les premiers embranchements de la galerie quand Séléné les entendit à nouveau : les mêmes chuintements que la veille, à la fois effroyables et hypnotiques. Et toujours cette impression de familiarité.

« C'est quoi, ces bruits ? »

Les jeunes femmes progressaient, le souffle court à l'idée d'atteindre peut-être d'épouvantables découvertes, court aussi d'être au plus proche de ce qu'elles cherchaient. Les sens et l'instinct en alerte avaient fait taire chez elles la raison qui les avait emprisonnées des années durant, dans des directions étrangères à elles-mêmes, et dont elles ne voulaient plus.

« Ah, tu les entends, toi aussi ?

— On dirait quelque chose qui glisse par terre. »

Le bruit s'amplifiait à mesure qu'elles avançaient, il en devenait entêtant, une prière de spectres à laquelle s'ajoutaient peu à peu des sifflements. De leur lampe, elles cherchaient un secret.

Dans ces galeries de rocailles, le moment du jour ou de la nuit importait peu. Il y régnait constamment la même température, la même obscurité, en équilibre entre les laves profondes et les eaux ruisselantes. L'air dans la plaie de cette terre se raréfiait, saturé de vapeur, vicié jusqu'à l'étouffement.

Sur les parois, quelques insectes accompagnaient leur périple, des araignées tissaient leur toile, avides de dévorer leur prochaine proie, des mille-pattes se chargeraient ensuite de les engloutir à leur tour : sous terre, toute une vie se déployait aussi.

Le halo des torches irradiait d'orbes successifs la déchirure de granit qui leur servait de passage. Elles atteignirent enfin le puits où Irina était tombée la veille, se saisirent de la liane afin de descendre dans l'ouverture.

Hypnotisées une seconde fois par l'irréalité de la géode, elles s'avancèrent au-dessus de son creuset et en sortirent les trois dernières tablettes.

« On les regardera comme il faut en sortant, on ne voit rien ici. »

Irina trépignait :

« J'ai tellement hâte ! »

Sa voix se répercuta dans les galeries alentour, se démultipliant à l'infini.

Séléné s'apprêtait à remonter, les mains autour de la liane, les muscles déjà en tension et le pied à la recherche de son appui, quand elle remarqua quelque chose sur sa droite :

« Tu as vu, on peut continuer par là. »

Sa torche révéla un corridor escarpé, bordé de piliers stalagmitiques évoquant un portail de temple romain, qui se prolongeait dans l'obscurité. Elles auraient juré qu'il n'y avait aucun chemin la veille, quand elles avaient découvert l'améthyste.

« Allons-y. Je suis sûre qu'il y a quelque chose là-bas !

— Oui, j'en ai aussi l'intuition. »

Séléné lâcha la liane et toutes deux s'engagèrent sur cette nouvelle piste. À leur droite, derrière la colonnade de calcaire, un gouffre engloutissait la lumière de leurs torches. Un instant, elles firent halte et, se penchant au-dessus de l'abîme, virent l'éclairage se refléter sur de petites plateformes qui descendaient en escaliers à travers des profondeurs surnaturelles.

Aux confins du visible, tout en bas des ténèbres, une tache rougeoyante, un simple anneau de lumière. Était-ce là le feu qui habitait la terre ? Était-ce cela, les chuchotements, ces vents violents qui sortaient du gouffre ?

Interdites devant ce prodige, elles ne surent que dire.

Elles se redressèrent et poursuivirent leur route. Sous leurs pieds, de petits galets roulaient dans le précipice et chutaient sans fin.

Sur les murs apparaissaient de loin en loin des peintures. Des images rêvées revinrent à Séléné. Quelle était la dernière qu'elle avait vue dans son sommeil ? Un arbre écarté de tous les autres, tel un paria.

Jusqu'à présent, elle n'avait découvert sur les parois que des silhouettes de chasseurs, d'enfants assis en rond ou encore des créatures singulières qui échappaient aussi bien à tous les règnes animaux qu'aux bestiaires mythologiques les plus farfelus.

Quelques cercles concentriques faisaient transition entre deux tableaux.

« Regarde, tu as vu, là-bas ? »

Irina venait tout juste de distinguer, beaucoup plus loin, après que le chemin se fut ouvert largement, un arbre seul, qui avait grandi là. Séléné crut que le sol s'ouvrait sous ses pieds : c'était celui de sa vision.

Comment pouvait-il vivre sous terre ?

Pourtant, sur la roche, sans la lumière, ni les pollens et les insectes, il avait reçu le don de la vie.

Sa présence, si forte, affolait les jeunes filles jusqu'aux larmes.

Elles s'en approchèrent, pénétrèrent avec des précautions religieuses dans l'immense cavité dont il occupait le centre, glorieux.

Sept pierres formaient un cercle autour de lui.

Séléné s'était accroupie et pointait sa torche : toutes étaient sculptées, elles représentaient tour à tour un cerf, un lynx, un ours, un lion, une baleine et un enfant, et semblaient répondre aux mêmes principes que les santons d'Irina.

Dans un geste de recueillement, celle-ci se pencha vers le sol et caressa les pierres une à une, les yeux brillants.

Cette scène dans la nuit, qu'elles découvraient sous des voûtes qui s'élançaient plus haut que toutes les cathédrales humaines, plus somptueuses que tous les palais royaux : un ciel de roche, digne de culte et de célébration, cette scène, c'était le vrai jour qu'elles attendaient. L'arbre des visions de Séléné, d'une blancheur maladive, aussi ample et fleuri que dans son imaginaire. Un feuillu gorgé de vie dont les feuilles bruissaient sous le vent qui montait du gouffre.

Combien de temps s'écoula ainsi, les yeux sur cette merveille de la nature ?

La voix d'Irina la sortit de ses pensées :

« T'as vu ce fragment ? »

Son amie venait de ramasser un morceau de marbre oblong.

« Ça devait appartenir à une fresque. Je ne vois pas grand-chose, tu peux m'éclairer ? »

Séléné braqua sa lampe sur ce que son amie tenait entre ses mains.

« Regarde le dessin ! C'est un homme qui est représenté. Et là, sur sa poitrine !

— On dirait que quelqu'un lui a fait un dessin sur la peau. Une peinture de guerre ? Un tatouage ? Une cicatrice ? »

De nouveau, elles restèrent pensives.

Puis Irina interrompit leurs méditations :

« Je le mets dans le sac ! On y verra mieux à la lumière du jour. »

Soudain, des sifflements terribles emplirent les hautes arcades. Les mêmes que dans les tunnels ! Ce n'était donc pas seulement la colonne de vent qui montait du gouffre ! Ils rebondissaient contre les voussures de la grotte, fondaient sur les deux jeunes femmes pour les envelopper comme une flamme, jouant avec leur peur jusqu'à les en brûler.

Irina et Séléné perdirent tous leurs repères. C'était là, de toutes parts : s'approchant et reculant aussitôt, comme si ces sons étaient portés par des êtres faits de nuit. Elles se mirent dos à dos, lumières affolées en tous sens, les poings fermés, dans ce tumulte assourdissant.

« Regarde au fond ! Partout ! Une masse noire, grouillante : on est encerclées ! cria Irina par-dessus le vacarme. Des milliers et des milliers de serpents ! »

Elle éteignit sa lampe aussitôt.

« Coupe ta lumière, Séléné, ils nous voient ! »

La nef se couvrit d'une obscurité définitive. Elles ressentaient à présent ce que l'instant d'avant elles avaient vu. Aux chuintements effroyables de ce gigantesque nœud de vipères s'ajouta bientôt une frénésie de cascades dont les convulsions, aussi grondantes contre les parois qu'un effondrement de pierres, faisaient trembler le souterrain. Soudain les eaux bouillonnantes de ces chutes se jetèrent puissamment contre leurs jambes, ainsi qu'elles se souvenaient avoir connu l'océan, petites filles. Déséquilibrées, dans ce marécage nocturne, elles se retinrent l'une à l'autre.

« Irina, regarde là-haut ! »

L'accoutumance de leurs yeux à l'obscurité avait fait apparaître une source lumineuse qui descendait en halo sur leurs visages.

« On voit les étoiles ! »

À son tour, Irina leva la tête et fut, elle aussi, prise par cette brèche de lumière au sommet des voûtes.

« Des étoiles, oui, et un morceau de lune !

— Comme sur le plafond de Milena ! Et comme dans mon dernier rêve !

— C'est exactement le même morceau de ciel que chez elle ! confirma Irina.

— L'orphelinat… », chuchota Séléné.

Mais Irina ne lui laissa pas le temps de développer sa pensée :

« T'as vu la figure que forment les étoiles ? On dirait la queue d'un dragon. »

Séléné regarda son amie, interdite par cette révélation. Pourquoi n'y avait-elle pas pensé plus tôt ? La constellation du Dragon ! Elle était pourtant sous ses yeux depuis son enfance.

Parfois, des évidences mettent du temps à le devenir.

L'eau boueuse léchait à présent leurs pieds. Mais les cris, malgré leur violence, ne pouvaient détourner les jeunes femmes de cette issue céleste.

La constellation avait capturé leur regard, les nuages couraient sur ce fond à pleine vitesse. Ils devinrent moins nombreux, jusqu'à s'évanouir et dévoiler une lune qui était devenue pleine et ronde.

Puis soudain, le silence.

Les eaux se retirèrent d'un coup.

La pleine lune perdit de sa luminosité dans le ciel puis se métamorphosa en croissant, laissant de nouveau apparaître les étoiles. L'astre se reflétait sur les yeux des filles, dont les pupilles reproduisaient la forme par mimétisme.

Subjuguées, elles accordèrent un soupir à l'instant.

Séléné, la première, baissa les yeux, remplie encore par ce prodige : l'orphelinat, le plafond de Milena et la cavité céleste de la grotte s'alignaient parfaitement, conférant au monde une forme de cohérence, un équilibre qu'elle avait toujours espérés.

Auréolées par cette lumière céleste, les deux amies regardèrent tout autour d'elles, puis baissèrent la tête, ébranlées, cherchant à comprendre par où cette eau turbulente avait fui, emportant avec elle la cohue des serpents. Détournés de la brèche étoilée, leurs yeux s'habituaient à l'obscurité, et découvraient maintenant un prodige plus profond encore.

Elles ne se trouvaient plus dans la grotte : l'arbre, les pierres, l'immense cavité, tout cela avait disparu. Toutes deux semblaient avoir glissé ailleurs, exilées dans quelque endroit paradoxal : une immense plaine désertique.

N'osant pas bouger, elles scrutaient au loin, immobiles, cherchant quelque chose à voir.

Derrière elles, un bruit.

Elles firent volte-face, esquissant un pas en arrière de surprise.

Face à elles, la maison de Milena, ou du moins son rez-de-chaussée.

Comment était-ce possible ?

Elles plissèrent les yeux.

Au-dessus d'elles, plus de trou céleste, mais un ciel entier qui s'étalait à l'infini : la lune était désormais au-dessus du toit de la maison de Milena, pleine à nouveau.

Mais en y regardant de plus près, ce n'était pas vraiment la même maison, plutôt ses ruines.

Avaient-elles voyagé dans le temps? Avaient-elles parcouru des siècles en un instant?

Comme dans une villa antique, l'enceinte des murs écroulés ne formait qu'une ceinture basse, laissant apparaître l'intérieur du salon. Les cloisons, quant à elles, tenaient sur leur hauteur. De la mousse s'était agglomérée à certains endroits, formant des coussins moelleux, des morceaux de verre au sol avaient été recouverts par des touffes d'herbe et brillaient encore par endroits, telles des billes d'enfants qui auraient été oubliées là.

Étrangement, la porte d'entrée tenait debout : tout autour, la végétation était en désordre, des ronces avaient poussé, les arbres étaient devenus immenses et leurs branches s'entremêlaient, sans qu'on puisse en distinguer le début et la fin. Des fleurs sauvages poussaient allègrement au milieu de l'allée, offrant des tons rouges et ocre jusqu'à la maison. Certaines avaient même grandi au milieu du salon.

Irina et Séléné se regardèrent, puis descendirent avec prudence vers cette apparition. Main dans la main, la paume de l'une réchauffait l'autre sans qu'elles puissent dire qui apportait ainsi son énergie.

Alors elles la virent, dans ce salon en ruine dont il ne subsistait que des pans de murs épars.

Elle était assise de dos sur un fauteuil au centre de la pièce. Cheveux argentés relevés en chignon, mais corps athlétique et posture droite, presque hautaine. De profil, la courbe du nez était très marquée, un nez presque busqué, et autour de ses yeux les rides se révélaient plus prononcées. Elle aurait pu passer pour une statue de cire, si sa cage thoracique ne s'était pas élevée à un rythme régulier.

Séléné l'examina plus attentivement : Milena, ou du moins une femme qui lui ressemblait, sans être tout à fait Milena, tout comme cette maison ressemblait à celle qu'elle habitait. Ni tout à fait elle-même ni tout à fait une autre.

La jeune fille recula de surprise.

Leur hôtesse, ou celle qui s'en approchait, regardait quelque chose devant elle : une grande colonne en sinusoïde, à l'image d'une queue de dragon, sur laquelle était accrochée en hauteur une sorte d'horloge. Celle-ci ne fonctionnait plus, ou du moins pas de la bonne façon : l'aiguille des secondes se déplaçait avec lenteur.

Tandis que les jeunes filles suivaient des yeux les aiguilles, le temps s'arrêta. Par mimétisme, elles retinrent leur souffle.

« Séléné ? Séléné ? »

Cela venait de derrière. Une voix que la jeune fille connaissait, mais qu'elle n'avait pas entendue depuis longtemps. Depuis son enfance. Intriguée, elle se retourna et découvrit, stupéfaite, un autre lieu : une grille qu'elle avait plusieurs fois poussée, celle de son orphelinat.

Contrairement à la maison de Milena, l'orphelinat était comme dans son souvenir : la grille toujours peinte de ce vert vif qu'elle trouvait trop criard, les murs d'un blanc immaculé. L'allée qui y menait derrière la grille était parsemée de gros pots de géraniums. La silhouette qui se tenait derrière le portail était la même qu'autrefois : une chevelure rousse, bouclée et en bataille, un gros pull et un pantalon large. Une des surveillantes qu'elle adorait, petite : Camille.

Irina observait le spectacle et ses yeux allaient de ce portail à Séléné dont le visage joyeux détonnait avec l'aspect sinistre des lieux. Elle suivit Séléné qui avançait, le pas décidé et alerte, vers cette personne, le bras levé dans une joie enfantine. À mesure qu'elles approchaient, l'orphelinat devenait immense, avec des tours imposantes de chaque côté.

« C'était là que je dormais. Dans l'aile sud, celle des petits. On ne nous mélangeait jamais avec les grands, qui, eux, avaient le droit de dormir plus tard. Ça me fait tellement plaisir de revoir cet endroit ! Je n'y étais jamais retournée ! Et revoir Camille, c'est la meilleure chose qui pouvait m'arriver. En près de quinze ans, elle n'a pas changé. C'était la seule adulte qui savait me consoler, quand je me sentais seule, à l'orphelinat. »

Irina regarda Séléné, celle-ci ne semblait plus se rendre compte qu'elles avaient quitté leur monde. L'enfance habitait ses souffles, et elle était de nouveau sur ses rives, avec une simplicité heureuse.

La silhouette leur fit un dernier coucou de la main puis poussa la porte de l'orphelinat, qu'elle laissa ouverte derrière elle.

Séléné ralentit le pas, et poussa la grille. Elle y entra avec une naïveté retrouvée, celle de son enfance, le moment de tous les possibles.

La balançoire dont la nacelle dansait dans le vide, le bac à sable avec des pelles et seaux oubliés qui n'attendaient que de nouvelles mains, les fleurs aussi chantaient une certaine joie des âmes retrouvées.

En arrière, Irina suivait son amie, et elle-même retrouvait là des motifs de son pays natal. Les fleurs qui bordaient l'allée étaient ces gros pavots rouge sang qu'elle avait l'habitude de voir quand elle rentrait de l'école en Roumanie.

Les deux jeunes femmes contemplèrent un temps les ruines de leur passé, si vivaces, puis se décidèrent à franchir le seuil de la porte, s'attendant à entrer dans une pièce effacée de leur mémoire par le passage des années.

Mais il n'en fut rien.

La porte à peine franchie, l'orphelinat se dématérialisa.

Elles se retrouvèrent ailleurs, dans un endroit qu'elles connaissaient déjà : près de l'entrée de la caverne.

Dans leur dos, la statue à queue bifide les observait.

Le gel avait blanchi les herbes qui pointaient vers le ciel comme de fines aiguilles.

Le froid les saisit.

« C'est quoi, ce froid au mois de juillet ? remarqua Irina en se frottant les avant-bras.

— Je n'aurais jamais cru que la porte de l'orphelinat nous conduirait de nouveau vers notre monde. J'aurais tellement aimé parler à Camille !

— On aurait plutôt dit une porte de sortie, une sorte de cul-de-sac qui nous a ramenées à notre point de départ. »

Séléné regarda en arrière, écarta les lianes pour retourner dans la grotte, dans l'espoir de revoir l'endroit de son enfance, mais il avait disparu.

La déception se lisait sur son visage.

Pour éviter que ses larmes ne coulent, elle s'intéressa au ciel. La lune était pleine, et les étoiles brillaient toujours autant.

Même s'il leur semblait percevoir encore un reste des chuchotis et sifflements entendus dans la caverne, aucun bruit extérieur ne parvenait jusqu'à elles. Le silence nocturne envahissait leur âme.

Les deux jeunes femmes se regardèrent, hagardes de leur découverte, sans comprendre ce qu'elles venaient de vivre.

Séléné allait ouvrir la bouche, quand un bruit dans un fourré un peu plus loin leur fit tourner la tête.

Qu'allaient-elles découvrir ?

Des branches s'écartèrent, et une silhouette familière en émergea : Bostian.

Que faisait-il ici, en pleine nuit ? Les avait-il suivies ? Ils se dévisagèrent sans rien dire.

« Bostian, qu'est-ce que tu fais là ? » hasarda Irina.

Un nuage vaporeux sortit de sa bouche.

Il ne leur répondit pas, continuant d'avancer vers elles, les poings serrés.

« Rappelle-toi, il ne parle pas notre langue », murmura Séléné un peu trop fort.

Le jeune homme s'arrêta et partit d'un rire grinçant :

« Je vous comprends très bien. »

Irina eut un hoquet de surprise et Séléné ouvrit grand les yeux, mais Bostian ne leur laissa pas l'opportunité de lui poser d'autres questions.

« Vous avez sur vous quelque chose qui m'intéresse. »

Sa voix était menaçante et son regard sombre, d'une pupille reptilienne, brillait dans la nuit comme les yeux d'un charognard, avide de dévorer sa proie. Il reprit :

« Donnez-moi ce que vous avez trouvé dans cette grotte. »

Il parlait un français parfait, sans la moindre trace d'accent.

« Sinon quoi ? »

La voix de Séléné s'était faite aussi menaçante que la sienne, descendant dans les graves, elle était prête à se battre, le corps déjà en position de défense.

Des images de combat affleurèrent à son esprit. Des scènes muettes où des visages de guerrières disaient leur détermination. Sous la lune, sa tache de naissance brillait d'un nouvel éclat.

Bostian continua de s'approcher jusqu'à les défier, il colla presque sa tête contre celle de Séléné. Mâchoire fermée et regard toujours aussi noir, il n'avait plus rien du jeune homme rencontré lors des fouilles. À chaque mot, elle sentait son souffle chaud sur son visage.

Sans prévenir, il décocha le premier son poing en plein dans le plexus de Séléné, mais celle-ci esquiva et lui fit une clé de bras qui l'immobilisa.

Elle en fut la première étonnée : c'était la première fois qu'elle se battait contre quelqu'un, et pourtant ses réflexes étaient aussi affûtés qu'après un entraînement.

Il se débattit, hurla, cracha même des injures, mais la force de Séléné se révélait impressionnante, elle bloquait le garçon avec une facilité étonnante. Bostian regarda autour de lui, à la recherche d'une arme pour se défendre.

Toutefois, l'attaque suivante ne vint pas de lui.

Tandis que Séléné le maintenait toujours, le tatouage qu'il portait à la cheville se métamorphosa et prit des couleurs plus vives. Il se densifia jusqu'à boursoufler la peau. Bientôt, l'animal s'en détacha et s'incarna totalement, s'enroulant autour de son mollet, remontant sur le tibia, puis la cuisse. Bientôt, il atteignit le cou. Le serpent fixait Séléné de ses yeux glacials et son sifflement rappelait ceux de la caverne.

Séléné recula.

Trop lentement.

L'animal en profita pour glisser le long du corps de Bostian et parcourut les quelques centimètres qui séparaient les deux corps. Il ouvrit grand sa gueule et planta ses crocs dans la peau de Séléné, qui hurla de douleur.

L'instant d'après, le serpent se remit autour de la cheville du jeune homme et se fondit à nouveau sous sa peau.

Irina évalua la situation : au sol, Séléné se tordait de douleur, la cheville étrangement indemne, aucune trace de morsure n'y apparaissant ; devant elle, Bostian restait sans bouger, le regard vague, sous l'emprise d'une force plus grande que lui.

C'est alors que la jeune femme se souvint du lézard sur le chaudron, quelques heures plus tôt. Les mains tremblantes, elle sortit quatre santons de son sac qu'elle plaça autour du garçon. Avec une poignée de terre, elle traça une ligne qui les faisait se rejoindre en cercle. Bostian, les yeux toujours perdus dans la direction de Séléné, ne s'aperçut pas de la machination.

Irina recula, une sphère blanche encadrant ses cheveux courts et clairs. De ses iris émanait une lumière incandescente. Elle resta quelques secondes ainsi, prise par l'ivresse de ce qu'elle venait d'accomplir, puis se tourna vers Séléné qui tentait tant bien que mal de se relever.

La jeune fille passa la main sur sa cheville, s'étonnant de ne rien y voir.

« Je ne comprends pas, il n'y a pas de trace de morsure, et pourtant je ne sens plus mon pied, il est comme engourdi », s'alarma Séléné, sans lâcher Bostian du regard.

Sorti de sa torpeur, celui-ci voulut s'approcher des filles, poings en avant, mais il s'arrêta net. Quelque chose d'invisible l'empêchait de sortir du cercle.

« C'est toi qui as fait ça, Irina ?

— Je me suis rappelé l'animal sur le chaudron, puis je n'ai plus réfléchi, j'ai sorti les santons, c'était comme s'ils me disaient ce que je devais faire. »

Elle ramassa un bâton par terre et le tendit à son amie.

« Prends-le, il t'aidera à marcher jusqu'à la maison. »

Sans un regard vers Bostian, toujours prisonnier du cercle, Séléné prit le chemin du retour, soutenue par Irina. Le poison s'infiltrait dans son corps et atteignait peu à peu le haut de sa jambe.

Elles rejoignirent péniblement la maison de leur hôtesse, qui était intacte. Les herbes n'avaient pas envahi les pierres. Milena n'attendait pas dans un fauteuil, de dos. Elle était dans le hall, les bras croisés.

Loki, aux pieds de sa maîtresse, battait les secondes avec sa queue, tête levée vers les visages des filles, dans l'attente de la conversation à venir.

« C'est quoi cette grotte ? Qu'est-ce qui s'y cache ? demandèrent-elles en chœur.

— Il faut nous dire la vérité maintenant ! » ordonna Irina.

Le chat sursauta. Milena les fixa.

« Je ne savais pas que vous iriez aussi vite ! »

Sa voix était remplie de fierté et d'admiration.

Séléné s'avança en boitant.

« Mais qu'est-ce qui t'arrive ? s'inquiéta Milena, la voyant souffrir.

— Bostian nous a attaquées quand on est sorties de la grotte !

— Quoi ? »

Milena ferma les yeux et se massa les tempes.

«Je vais tout vous expliquer : venez dans le salon. Mais avant, Séléné, montre-moi ta blessure.»

Une ride lui barrait le front quand elle souleva la jambe de la jeune femme.

«Il n'y a aucune trace, mais ça me lance, comme des décharges électriques.»

Milena ouvrit un tiroir et en sortit un tube. La pommade qu'elle appliqua avait une forte odeur mentholée.

«Ça devrait t'apaiser un peu. Malheureusement, je ne pourrai rien faire de plus dans ce monde. Plus le temps passera, plus le poison se diffusera dans ta jambe. Viens te poser dans le canapé, économise tes forces.»

Loki la suivit et retourna se poster sur sa commode habituelle, avec une grâce toute féline. Il commença sa toilette.

La pommade agissait déjà, la douleur s'atténua sans disparaître.

Les deux filles s'assirent sur le canapé, impatientes de connaître la suite. Pour se rassurer, Séléné regarda la constellation du plafond : celle-ci était fixe, à l'image de ce qu'elle avait vu quelques heures plus tôt : un croissant de lune, et quelques étoiles scintillantes.

Leur hôtesse se lança :

«Ce que j'ai à vous raconter a un rapport avec ce plafond. Mais commençons par le début.»

Elle se racla la gorge.

«Je ne vous ai pas dit qui j'étais, ni ce que je savais de vous, avant même votre venue.

— Avant même notre venue ? interrogea Irina.

— Si vous êtes arrivées ici, ce n'est pas vraiment un hasard.

— Je le savais ! » cria presque Irina.

Milena poursuivit, avec un petit sourire en coin :

« Je sais des choses de vous dont vous n'avez même pas conscience.

— De nous, poursuivit Irina, mais comment ça ? Séléné et moi ne nous connaissions pas avant de venir ici.

— Des signes existent.

— Comme ce chaudron qu'on a trouvé dans la caverne ? »

Milena fronça les sourcils. Irina enchaîna :

« Un chaudron sur lequel il y a ces deux filles qui nous ressemblent...

— Un nouveau signe, encore... »

Leur hôtesse secoua la tête :

« Nous ne savons pas vraiment quelle est l'origine de tous ces signes. Nous ne faisons que constater un changement.

— Pourquoi dis-tu "nous" ? Karl ? »

Milena éclata de rire.

« Non, certainement pas. Je m'en méfie de plus en plus. Si vous le croisez, fuyez-le !

— Et Bostian ? Il est avec Karl ? »

De nouveau Milena marqua un temps d'arrêt, fixa quelques instants Loki, puis murmura, visiblement émue :

« J'en ai bien l'impression, malheureusement... »

Séléné et Irina la laissèrent poursuivre, elles avaient tant de questions à lui poser...

« Avant de vous dire qui est ce "nous", je vais d'abord vous expliquer ce que je sais de vous, mais le temps presse. »

Séléné se redressa péniblement, Irina préféra se remettre debout, et se mit à marcher de long en large. Elle manipulait avec nervosité quelques santons.

Leur hôtesse commença ses explications, et l'atmosphère se fit légère : comme le premier soir, la présence de Milena agissait à la manière d'un sortilège sur elles.

« Je vous ai observées, vous avez été, vous êtes à l'épreuve, nous devions savoir si vous étiez capables d'incarner les valeurs que nous cherchons à faire advenir et qui sont de plus en plus malmenées ces derniers temps.

— Mais de quoi parles-tu ? Quelles valeurs ? »

D'un geste de la main, leur hôtesse leur fit signe de la suivre dans la bibliothèque. Quand elle en ouvrit la porte, elle regarda, inquiète, vers l'allée.

« Je ne sais pas si vous avez ouvert ce livre, quand vous y êtes allées. »

Les deux filles se regardèrent, ébahies. Un peu honteuses d'avoir naïvement cru pouvoir cacher des choses à Milena.

La pièce était toujours baignée de cette même lumière, presque irréelle, qui régnait comme hors du temps.

Milena passa une main sur le dos des livres puis en sortit un très fin, dont on ne soupçonnait pas l'existence entre deux gros volumes rouges. Comme si elle le connaissait par cœur, elle l'ouvrit à une page qu'elle leur montra :

Irina passa sa main sur le blason gravé, l'air pensif, et murmura :

« La tablette... »

Séléné surenchérit :

« Le plat de champignons que tu nous as donné le premier soir, les ruches dont tu t'occupes, les montagnes et l'eau qui entourent ta propriété... Mais qu'est-ce que ça signifie ?

— Vous le découvrirez bientôt par vous-mêmes. Le plus important est que vous portiez en vous ces valeurs.

— Et tu étais celle qui devait le déterminer ? »

Les filles ne comprenaient pas grand-chose, mais ce soir, elles avaient vu tellement d'étrangetés qu'elles étaient capables de tout entendre.

La voix de Milena se fit étonnamment grave et puissante, comme métamorphosée par ses propos :

« Je suis la gardienne du premier portail. »

Les filles ouvrirent de larges yeux.

« De quel portail parles-tu ?

— De celui que vous avez franchi ce soir, dans la caverne. Quand vous êtes parties, tout à l'heure, je savais que vous retourneriez dans la grotte. Quelque chose là-bas vous y aimante. Si par malheur vous n'aviez pas été aptes à notre société, ma mission aurait été de vous en éloigner. Mais je ne pensais pas que vous le découvririez aussi vite par vous-mêmes.

— On a suivi notre instinct. Comme une voix en nous qu'on s'est mises à écouter, dit Séléné, les yeux sur les rayonnages de la bibliothèque.

— Mais pour quelle raison nous faire passer ces tests ? continua Irina.

— Parce qu'il y aura de nombreux défis et épreuves à relever avant de passer de l'autre côté. Rares sont ceux qui arrivent à les passer et en reviennent.

— De l'autre côté ? »

De nouveau Milena se racla la gorge, et but une gorgée d'eau.

« Si vous êtes ici, c'est que le moment de la métamorphose est arrivé, que jamais les hommes n'ont été aussi désunis, la nature aussi malmenée : tous les êtres vivants, flore, faune et humains, sont à bout de souffle. »

Irina redevint songeuse, elle repensait à tous ces tirages qui lui annonçaient une croisée des chemins. Elle était loin de se douter de leur portée.

Milena reprit :

« Votre arrivée est un signe, elle montre qu'il est temps que des choses changent et évoluent : notre monde est malade, il l'est depuis bien trop longtemps. Chaque année, c'est de pire en pire, les scientifiques tirent la sonnette d'alarme, affirment que le point de non-retour est proche. L'être humain écoute, hoche la tête, puis oublie dans la seconde qui suit. Il est grand temps que nous rééquilibrions le monde.

— Encore ce “nous” ?

— Nous sommes disséminés dans l'univers. Philippe, moi, tant d'autres aussi. Nous attendons patiemment que le renouveau survienne. »

Séléné était restée en retrait.

« Comme cette tablette que nous avons découverte, dissimulée dans une autre. Les hommes et les femmes qui l'ont fabriquée savaient qu'un jour elle serait découverte. »

Séléné songea aux étoiles scintillantes du plafond dans la pièce d'à côté : elle comprit que tous ses rêves, ses visions avaient dû exister un jour, que des êtres humains, des siècles auparavant, avaient décidé d'enfouir les valeurs de leur société, une autre voie à préserver de la destruction sous le joug d'ennemis violents, dominants, avides et destructeurs.

De quelle patience et abnégation avaient-ils dû faire preuve !

Milena dévisagea la jeune femme et lui sourit avec tristesse.

« Tu as compris. Le temps importe peu, nous connaissons la valeur d'une seconde, mais aussi celle des générations à venir. Les légendes racontent qu'un jour l'heure viendra où le monde comprendra qu'il va à sa perte, qu'une autre forme de société est possible. Grâce à vous, à ce que vous portez en vous, nous pensons que l'heure est venue.

— Mais nous ne savons rien encore.

— Chaque chose arrivera en temps voulu. Vous le découvrirez par vous-mêmes.

— Mais pourquoi avoir attendu aussi longtemps ? Comment continuer à y croire aussi longtemps ? »

Milena prit une grande inspiration.

« Même s'il devient un jour adulte, l'être humain demeure un enfant : il a besoin d'expérimenter pour comprendre qu'il fait fausse route. Si, au moment de notre chute, nous avions expliqué à ces hommes armés et avides d'en finir qu'une autre voie était possible, plus sereine, plus en accord avec la nature, avec notre nature profonde, auraient-ils pu nous entendre ? Aujourd'hui, beaucoup réalisent que quelque chose ne tourne pas rond, c'est là que vous avez un rôle à jouer. Cette civilisation que tu as parfois vue en rêve, Séléné, elle t'indique comment aller vers eux. Ils vous guideront. La première porte, vous l'avez déjà trouvée toutes les deux, grâce à l'amitié qui vous lie.

« Ce lien, vous le portiez en vous sans le savoir. Ensemble, vous atteindrez le portail derrière lequel cette société oubliée vous attend. »

Leur hôtesse se leva et rouvrit la porte de la salle.

« Redescendons, je préfère être dans le salon. »

Derrière elle, à travers le vitrail de la porte d'entrée, le jour commençait à se lever et baignait le salon de ses tons roses.

Tout en promenant ses yeux sur les objets du hall, elle continua :

« Vous n'êtes pas seules, nous sommes disséminés dans le monde, mais nous avons pour nous une certaine ténacité. Nous sommes discrets et œuvrons dans l'ombre, mais cela n'enlève rien à notre force souterraine. Depuis des générations, nous nous transmettons nos légendes et nos rites, en prévision du grand jour. Pour poursuivre ce qui a été amorcé, vous passerez de nouveau le portail, afin que la suite vous soit révélée, que tu découvres, Séléné, le secret de tes origines, et toi Irina, que d'autres partagent ta passion pour les signes, les coïncidences, ces choses que beaucoup disent "mystiques". »

Les deux jeunes filles se regardèrent sans rien dire. Irina manipulait avec nervosité ses santons.

Séléné osa parler la première :

« Je suis perdue et je n'ai pas les épaules assez larges pour ça… Tu parles de changer le cours du monde ! Rien que ça ! Et puis tout est si nouveau et à la fois si ancien… J'ai besoin de temps. »

Irina hocha la tête.

« Vous avez chacune un don, une force, ils se complètent et vous aideront à accomplir votre tâche. Vous ne serez pas seules. Vous êtes à l'aube de nombreuses découvertes. »

Irina sortit les cartes de son sac, les manipula, tentant sans doute de les sonder une nouvelle fois.

Milena se tourna vers elle :

« J'ai eu plus d'une fois peur que tu découvres tout avant que vous soyez prêtes par vous-mêmes : tu as une grande intuition, j'ai dû faire attention à ne pas trop me dévoiler. »

Irina s'apprêtait à lui répondre quand Karl débarqua dans le salon, la bouche tordue par une grimace trahissant une haine incontrôlable.

Dans l'embrasure de la porte, la lumière du salon agrandissait son ombre et révélait sa véritable nature.

« Il est temps d'arrêter là. Sur ce point vous avez raison. »

Le visage métamorphosé, il éructait plus qu'il ne parlait.

« Inutile de me faire le même tour de passe-passe qu'à Bostian. »

Milena se leva avec brusquerie.

À cet instant, Séléné comprit l'attitude de Milena, sa retenue, ses colères, son ambiguïté, tous ces mystères qu'elle avait pris pour de la duplicité. Elle ne leur avait jamais voulu aucun mal : elle les protégeait.

Frère et sœur se faisaient face, même profil, mêmes iris, et pourtant deux forces antagonistes.

« Toi, tu vas arrêter de te mettre sur mon chemin. »

La voix était sombre, caverneuse.

« J'aurais pu régler ça dès le premier soir, quand elles sont arrivées. Si tu ne t'étais pas mise en travers de ma route, elles seraient mortes depuis longtemps. Mais non, il a fallu que tu interviennes !

— C'est mon rôle, Karl. »

L'autre partit dans un rire démoniaque, dévoilant des dents en or au fond de sa bouche. Son tatouage semblait s'être animé tant son cou s'était gonflé comme celui d'un taureau.

« Voilà longtemps que je te surveille, petite sœur. Il était grand temps que je tombe le masque. Tant pis, si maintenant tu sais qui je suis.

— Bostian est avec vous, lui aussi ? interrogea Irina, le regard planté dans celui de son interlocuteur.

— Ha ha, ouais. J'en suis pas peu fier, c'est une bonne recrue. Moyennant finance, on peut tout obtenir de lui.

— Philippe me l'avait bien dit mais je ne voulais pas le croire, tu fais donc partie de ceux qui veulent anéantir la société que je protège !

— Exact ! Tu vas pas te mettre à pleurer, sœurette, si ? »

À chaque mot Karl devenait un peu plus répugnant : yeux injectés de sang et bave autour de la bouche, il n'avait plus rien d'humain.

Il reprit :

« Mais assez parlé… »

Puis il fit glisser un couteau dissimulé le long de son avant-bras, et le pointa vers Séléné.

« Voilà comment tu aurais dû finir dès le premier soir. »

Son sourire carnassier s'élargit encore quand il ajouta :

« T'inquiète, tu crieras une fois, ensuite c'est terminé. »

Des images surgirent dans l'esprit de Séléné : une jeune fille prisonnière sur le point d'être lapidée, puis sa fuite dans la forêt.

Elle secoua la tête : Karl venait d'approcher son couteau de sa bouche et le léchait tout en la fixant. La jeune fille n'avait jamais vu un tel regard. Celui d'un tueur incontrôlable.

« Je me demande quel goût le sang de ta tribu peut avoir. »

Ensuite, avec une agilité surprenante, il enfonça la lame dans le bras de Milena qui n'avait pas eu le temps de se protéger. Elle hurla.

Le sang coulait, mais Milena resta face à lui, mâchoires serrées, s'interposant entre son frère et les deux filles.

Aussi facilement que si elle n'avait pas été blessée, elle écarta les bras, sa silhouette devint plus grande, nimbée d'une aura toute particulière, comme animée par un souffle puisant sa force dans les entrailles de la terre.

« Karl ! »

Sa voix avait la même déflagration que le bruit du tonnerre.

« Je t'interdis de les tuer ! Qu'importe si nous sommes unis par les liens du sang. Je te reconnais comme un ennemi. »

Puis, se tournant vers les deux jeunes femmes :

« Fuyez ! »

Irina et Séléné attrapèrent leurs sacs, sans pouvoir se résoudre à bouger.

« Les petites intrépides ! Comme c'est mignon...

— Ne vous préoccupez pas de moi ! On vous attend ! »

Enfin, Irina et Séléné détalèrent. Elles venaient à peine de sortir dans le jardin qu'elles entendirent un cri.

C'était la voix de Milena. Elles ralentirent leur course, se regardèrent. Dans les yeux d'Irina passa une brève hésitation, mais Séléné lui prit le bras et l'entraîna vers l'allée. Elles fuirent à toutes jambes en direction de la caverne.

Elles étaient déjà dans les champs quand elles entendirent des coups et d'autres cris plus animaux qu'humains en provenance de la maison.

Quelle sorte de combat menaient-ils ?

Elles accélérèrent autant qu'elles purent.

Elles ne se dirent rien de leur peur de ce qu'elles trouveraient là-bas, dans cette strate surnaturelle. Milena avait manqué de temps, tant de questions demeuraient sans réponses.

Bien que pétrifiées, elles avançaient tout de même.

L'une animée par le secret de ses origines, l'autre heureuse de voir que ses dons avaient une réalité tangible. Irina ne s'était jamais autant sentie à sa place que lors de l'affrontement avec Bostian. Pour la première fois, elle était allée au-devant de toute réflexion, agissant exclusivement sur le coup d'un instinct enfoui.

Tout se mettait en place.

Elles ne savaient pas ce qu'elles découvriraient, ce qui les attendait semblait démesuré, et pourtant, jamais elles n'avaient été aussi proches de ce qui les animait. En elles pulsait un rythme stable et réconfortant : l'espoir.

Malgré le poison qui courait toujours dans ses veines, Séléné avançait rapidement à travers les bois et les fourrés.

Soudain, le temps changea. Le brouillard tomba, engloutissant la bâtisse qu'elles venaient de quitter. Les chemins se confondirent. Elles entendirent au loin les premières cloches des brebis, tandis que le jour se levait sur une nouvelle aube aux tons irisés. Le parfum des herbes se dévoilait, capiteux, et rythmait leurs pas.

Parfois, quand au détour d'un virage elles croyaient entendre des pas lourds et menaçants, Irina soutenait Séléné afin qu'elles avancent plus vite. Près de la caverne, elles prirent soin de contourner Bostian, enragé dans son cercle, et entrèrent dans la grotte.

Le même chemin que quelques heures plus tôt. Les chuchotements remplacèrent les cloches. Quand elles arrivèrent près du précipice, les bruits semblaient avoir remonté les parois rocheuses, prêts à bondir sur elles.

Elles continuèrent leur route, passèrent devant l'améthyste géante, et arrivèrent devant l'arbre monde qui leur tendait ses branches. Elles se placèrent entre les pierres et attendirent la course favorable des nuages.

Malgré le jour qui s'était levé à l'extérieur, il faisait toujours nuit noire à travers la cavité céleste, la lune pleine puis en croissant et la constellation dont les étoiles tardaient à apparaître n'avaient pas changé de place.

De nouveau, elles se retrouvèrent devant deux allées qui menaient d'un côté à la maison qui ressemblait à celle de Milena, de l'autre à l'orphelinat qui les avait reconduites à l'entrée de la grotte. Séléné s'en détourna à contrecœur. Ce n'était pas ce chemin-ci qu'elles devaient prendre si elles souhaitaient poursuivre l'aventure. L'orphelinat était une porte de sortie.

Le chemin du retour vers l'enfance était une impasse. Il ne servait à rien de vouloir y retourner. Un destin ne pouvait s'accomplir sur les cendres du passé : pour se retrouver elle, ses origines et ce manque qui taraudait son souffle, il lui fallait tourner la page, suivre une voie encore inconnue.

Le futur serait une réponse à son passé.

Les deux jeunes femmes se tenaient là, à la croisée des chemins : le renoncement à droite, l'aventure à gauche, quand une silhouette sortit de la bâtisse de l'orphelinat.

Un instant, Séléné crut de nouveau distinguer Camille qui l'appelait, mais la personne était plus large et haute. Un chapeau mou sur une grande cape noire : de loin, elle ne distinguait rien, si ce n'est une barbe grise qui lui mangeait le visage et semblait grouiller de vie.

Séléné se rapprocha un peu, et plissa le nez de dégoût : la barbe était envahie de petites couleuvres qui pendouillaient entre les poils.

Malgré cela, elle reconnut le reste du visage : c'était Karl, ou plutôt son double dans cette réalité. Dans la cour de l'orphelinat, il renversait sur son passage les jouets d'enfants, écrasait de son poids les fleurs rouge écarlate. Il ne laissait derrière lui qu'une terre de désolation, piétinait ce qui restait des souvenirs de Séléné.

Les deux jeunes filles se regardèrent, et se mirent à courir au-devant de lui. Bientôt, il passerait la grille et se tiendrait face à elles. Il leur fallait l'atteindre avant lui, la refermer avec ce même cadenas qui, dans la réalité, le tenait éloigné du terrain de la maison, l'empêchant de le souiller.

Des images d'une autre époque, d'un autre combat surgirent dans les yeux de Séléné. Elle poussa un cri inhumain, fort et ample, guttural presque. Sa douleur à la jambe avait disparu : quelque chose de bien plus grand qu'elle se jouait ici.

« C'est le même cadenas que chez Milena ! Prends-le et referme-le quand j'aurai entouré les barreaux avec la chaîne ! » hurla Irina.

À peine le cadenas fermé, Karl attrapa la grille de ses deux mains, la secoua. Irina et Séléné sentirent son souffle fétide sur leurs visages et se reculèrent dans un mouvement de dégoût. À force d'éructer sa haine, une écume blanchâtre entourait sa bouche.

La fermeture du cadenas avait enclenché un mécanisme.

Il y eut d'abord un grand bruit, comme un coup de tonnerre qui roule au loin, puis la terre s'ouvrit sous l'orphelinat. Les murs tombèrent l'un après l'autre, dans un magma de fureur, emportant avec eux Karl qui ne cessait de dévisager Séléné.

Ce dernier regard maléfique la hanterait longtemps.

Bientôt, il ne resta plus rien ni de l'immense bâtisse ni de la créature.

À la place de l'orphelinat était apparu un précipice d'où montait un bruit d'eau et de terre.

Bientôt le silence revint.

Sonnées, elles regardèrent les ruines de l'enfance de Séléné disparaître dans un terrain marécageux.

Puis la voix de Séléné s'éleva :

« Il est des rêves qu'il faut faire taire, si on veut avancer. »

Sa quête des origines n'était plus un regard mélancolique ou nostalgique, mais bien une émancipation.

Désormais, elle irait de l'avant.

Elles prirent le chemin qui menait à la maison de Milena. L'allée était bordée d'arbres morts dont les branches ressemblaient à des mains crochues. Au bout, les ruines n'avaient pas bougé, le sol crissait sous leurs pas et des débris roulaient sous leurs semelles.

Milena était toujours assise dans le fauteuil, tournant le dos aux jeunes femmes. Elle fixait l'horloge arrêtée qui semblait aussi figée qu'elle.

Sur la commode, à sa droite, dormait un lynx dont le corps imposant tenait à peine sur le meuble. Loki avait lui aussi subi quelques transformations dans cette strate, songea Séléné.

Elles se tenaient à l'entrée du salon, ou du moins de ce qu'il en restait, quand les aiguilles sur la pendule s'affolèrent et repartirent à l'envers.

La femme dans le fauteuil ne bougea pas.

Irina tapota l'avant-bras de Séléné et lui montra une dalle qui bougeait, puis une deuxième, et une troisième. Le sol se soulevait par endroits, retournant des plantes, charriant des pierres. Une déferlante arriva, emportant les carreaux de ciment, les pots de fleurs et les grosses pierres. Le tumulte grandit et elles aperçurent un magma de boue remonter de la cave vers le rez-de-chaussée de la maison.

Le mouvement se déportait vers la colonne et l'horloge qui paraissaient attirer cette boue et tout ce qu'elle charriait.

Au sein de ce capharnaüm, la femme et le lynx ne bougèrent pas, sourds au vacarme qui les environnait, comme ailleurs, peu préoccupés par la situation.

Une odeur de putréfaction arriva aux narines des filles, la boue avait charrié d'autres choses que des pierres. Ce fut Irina qui les vit en premier : d'abord un bras, puis le corps entier. Les marais les rejetaient, ils s'entassaient pêle-mêle et retournaient dans la tourbe avant de réapparaître de nouveau.

Le temps jouait en leur défaveur, il fallait faire vite : sur l'horloge, les aiguilles n'indiquaient plus le temps, mais un compte à rebours.

La femme quitta le fauteuil et se dirigea vers la cuisine, sans prêter attention à toute cette boue, indifférente au vacarme.

« Attention à la boue, Milena ! » s'empressa de crier Irina à cette femme qui lui ressemblait tellement.

Le prénom était sorti tout seul, comme une rémanence.

Le double de Milena se tenait dans l'embrasure de la porte et semblait chercher ses mots, le regard toujours tourné vers l'horloge, tout en haut de sa colonne. Et, de la plus anodine des façons, sans même se tourner pour voir qui lui parlait, le double de Milena leur annonça :

« Je vais faire à manger, ça ira mieux demain, ne réveillez surtout pas Loki. »

Puis cette Milena passa le seuil de la porte et disparut.

« Loki, Loki. Mais t'as vu le monstre qu'il est devenu ! Regarde ses pattes ! »

Sur la commode, les oreilles du lynx frémirent. Les filles retinrent leur souffle.

« Si j'étais toi, j'éviterais de prononcer son nom », murmura Séléné.

Autour d'elles, le vacarme continuait, le carrelage se soulevait par intermittence, la maison en ruine était devenue une île autour de laquelle la boue se répandait. Les filles étaient prisonnières de ce lieu où tout était démesuré, les êtres humains comme les animaux.

« On dirait que les caractères dans cette strate sont décuplés : Karl et sa violence, Milena et son désir de protection, Loki et son agressivité.

— Tu as raison, cette réalité est en lien avec la nôtre, mais sans l'être. Elle est un passage vers le portail que nous devons atteindre.

— Est-ce que tes visions pourraient nous aider à savoir ce que nous devons faire ? »

Séléné chercha dans ses souvenirs, mais elle n'avait jamais rêvé de la maison de Milena. Elle tourna la tête de tous côtés, avec une moue de dépit.

Irina poursuivit :

« Alors, si la clé n'est pas dans tes visions, il faut sans doute chercher dans la réalité. »

À ce moment-là, les chuchotis qu'elles avaient entendus dans la caverne reprirent. Ils venaient d'en dessous, de la cave.

Le visage de Séléné s'éclaira.

«Je sais ! Il faut aller dans la cave !

— Là d'où vient la boue ? Moi, je serais plutôt pour aller voir cette étrange horloge. »

Irina ne comprenait pas la logique de son amie. Séléné poursuivit :

« Rappelle-toi le corps dans la tourbe. La légende racontée par Karl, cette histoire de boue des grottes autour de Ljubljana…

— La même boue qui monte aujourd'hui, conclut Irina, les yeux brillants.

— Ce corps était un indice ! Tu as toujours la fiole que le mort tenait dans sa main ? Il doit bien y avoir un indice dessus. »

Irina sortit le petit flacon de son sac et le retourna dans sa paume.

« Ces inscriptions sont les mêmes que…

— … celles qu'on a vues dans la cave ! »

Irina acquiesça, non sans un regard inquiet sur la jambe de Séléné qui vacillait.

« T'inquiète, ça ira. »

Elles jetèrent un coup d'œil à la pendule dont les aiguilles reculaient toujours avec lenteur, sortirent du salon, passèrent par le hall d'entrée, puis ouvrirent la porte de la cave.

Après s'être tenues quelques instants en haut des marches de l'escalier, elles descendirent ensemble.

Il faisait extrêmement chaud dans cette partie de la maison, elles étouffaient presque sous les chuchotis. Les mêmes que dans la caverne, mais en plus fort, comme s'ils étaient sous leurs pieds.

C'était un mélange entre des sifflements et des écailles, la même litanie entêtante qui pouvait engourdir l'esprit, si elles n'y prenaient pas garde.

Le sol de la cave n'était plus plein, mais composé de plateformes rectangulaires aux dimensions variables, reliées entre elles par de fines poutrelles sur lesquelles un seul pied tenait à peine. Surtout, entre chaque rectangle, un vide comme doué de vie.

Séléné et Irina réprimèrent un haut-le-cœur : sous leurs yeux grouillaient des milliers de serpents. Dans un mouvement erratique et forcené, ils frottaient leurs écailles les unes contre les autres, provoquant un tumulte guerrier.

Elles écoutaient ces sons se former autour d'elles, les envelopper d'une nouvelle temporalité, leur imposant un nouvel ordre. Chaque écho vibrait le long de la jambe de Séléné, il lui semblait même qu'elle aurait pu devenir un de ces serpents tant ils la berçaient et l'attiraient.

Irina la sortit de sa contemplation :

« Regarde ça ! »

Une lumière bleutée émanait de sa poche.

« C'est quoi ? »

Séléné sortit de nouveau la fiole. Dans le noir, le contenu du verre était devenu phosphorescent. La lumière était si forte qu'elle se propageait jusque sur les murs, révélant une cave qu'elles ne connaissaient pas. Comme dans la grotte, des peintures ornaient le mur du fond : leur éclat violet tranchait avec les murs blancs.

À la façon naïve des peintures rupestres, leur histoire se dévoilait : leur départ de France, l'intervention de la police, le moteur démonté, leur arrivée chez Milena, avec Karl en arrière-plan, la découverte de la grotte et les premières fouilles, les tablettes tout droit sorties d'une améthyste géante. Rien ne manquait, pas même le combat contre Bostian. Entre chaque esquisse, l'artiste avait inséré des motifs qu'elles auraient reconnus entre tous : ceux de la tablette.

Irina ouvrit son sac pour la sortir : c'étaient bien les mêmes ! Sous les pieds des héroïnes des vaguelettes, dans le ciel un soleil aux traits naïfs, et au fond une montagne à trois sommets.

Subjuguée par l'histoire qui se déroulait sous ses yeux, leur histoire, Séléné ne releva pas.

La dernière peinture les représentait toutes les deux, dans la cave, à l'endroit même où elles se tenaient. À droite, le mur restait blanc, toile encore vierge d'une légende en train de se créer, de se raconter.

Les jeunes femmes portaient chacune une tunique au milieu de laquelle figurait un blason : elles étaient trop loin pour distinguer les armoiries qui y figuraient.

Séléné sortit sa lampe torche, mais celle-ci refusa de s'allumer ; dans un même élan, Irina leva la fiole, mais ce geste déclencha un mécanisme : les murs s'écartèrent à mesure que la lumière devint plus forte.

« C'est dingue, les murs s'éloignent face à la lumière.

— Comme s'ils en avaient peur !

— Ou comme s'ils s'en protégeaient, eux ou les peintures. »

Au sol, les poutrelles s'étaient elles aussi allongées, d'autres cubes s'étaient érigés.

« Il faut trouver un moyen de nous approcher.

— Mais si on avance avec la fiole, les murs vont continuer de s'éloigner. »

Les jeunes femmes restèrent un temps face à cette fosse grouillante et sifflante.

« Il va falloir avancer à l'aveugle », suggéra Irina en étudiant le parcours qui menait aux peintures.

Puis, sans les quitter des yeux, elle ajouta :

« Ce parcours ne te rappelle rien ? C'est le même dallage qu'au premier étage chez Milena. »

Irina partit d'un petit rire.

« Ce sera le même jeu que chez elle, au moins j'ai de l'entraînement ! Sauf que cette fois, il y a une fosse à serpents en dessous. »

Elle se tourna vers Séléné :

« Avec ta jambe, ce sera mieux si tu m'attends là. Et puis, vu la largeur des poutres, ça ne sert à rien qu'on y aille toutes les deux.

— Je mémorise le parcours avec toi, ainsi je pourrai te guider.

— Entendu ! »

Les deux jeunes filles fixèrent de nouveau la fosse grouillante. Irina traça même le parcours au sol afin de mieux le reproduire, puis elle rangea la fiole dans sa poche, replongeant la cave dans l'obscurité.

Séléné lui prit la main et la serra fort, lui donnant, de façon silencieuse, la force nécessaire.

« Allez, j'y vais. Les premiers pas seront les plus simples. »

Restée au bord, Séléné entendait le corps d'Irina s'éloigner, le cœur impatient de la revoir.

Irina avança avec précaution son pied droit, toucha la première plateforme, se stabilisa puis tâtonna pour avancer sur la suivante.

« Ça va ? s'inquiéta Séléné.

— Parfait, oui, c'est exactement comme le dallage chez Milena, je le fais de façon automatique pour l'instant. »

Autour d'elle, les serpents grouillaient, cherchant à atteindre les plateformes sans jamais y arriver.

« Raah, je ne comprends pas, ce n'est plus comme dans mon souvenir !

— Tu en es où ?

— Le premier carré, la poutre qui fait un coude vers la gauche, un autre carré, et le rectangle tout à droite. Ils avaient le même espace entre eux. Là, j'ai normalement une nouvelle poutre mais je ne vois rien. J'ai envie de sortir la fiole !

— Non, surtout pas, ça éloignerait les murs et il te faudrait mémoriser un nouveau parcours !

— Que faire, alors ? demanda Irina.

— J'ai comme l'impression que ce monde se joue de nous, il nous met à l'épreuve ! Regarde l'orphelinat, il a fallu que je comprenne que je devais le laisser de côté, ne pas aller vers ma zone de confort. Ici, ce doit être la même chose pour toi : qu'est-ce qui te déstabilise le plus dans le réel ? »

De l'autre côté, pendant quelques secondes, il n'y eut que les sifflements des serpents, puis enfin :

« De me tromper. D'être déséquilibrée.

— Bien, alors, tu sais ce qu'il te reste à faire. Si l'espace entre deux rectangles est plus large qu'avant, il va falloir que tu te penches davantage et perdes l'équilibre pour mieux continuer ensuite. »

De nouveau, il n'y eut plus que les sifflements.

« Je ne sais pas si j'en suis capable, Séléné…

— Mais si, bien entendu ! Crois en toi ! Tu le faisais tout le temps chez Milena ! Tu ne peux que réussir. »

Les serpents persistaient à vouloir se hisser sur les plateformes. Elles entendaient leurs corps lisses glisser contre les parois, cherchant une aspérité par laquelle s'élever.

L'instant parut très long à Séléné. Sa jambe la lançait. Peut-être devrais-je aller l'aider, songea-t-elle.

Puis soudain, un cri :

« T'avais raison ! T'es trop forte !

— Génial ! Courage ! Le plus dur est fait.

— Je continue. »

Puis, après quelques minutes encore :

« J'y suis ! Je suis arrivée ! »

Séléné distingua une silhouette au loin, puis l'obscurité se leva comme une nouvelle aube. Bientôt, la pièce fut baignée de lumière.

« C'est vraiment nous sur ces peintures. »

Irina criait et essayait de se faire entendre malgré les sifflements des serpents. Ils semblaient s'être assagis, leur masse grouillait moins.

« Sous les deux peintures, tu as deux fioles, chacune posée sur une pierre. Celle qui est sous ma peinture est bien remplie, et il y a comme des serpentins luminescents à l'intérieur; mais l'autre, la tienne donc, est complètement fissurée, et à moitié vide. Le liquide est tout terne. »

Séléné réfléchit, puis cria à son tour :

« Tu ne penses pas que ça a un rapport avec ma morsure de serpent ? Milena n'a pas dit qu'elle ne pouvait pas la soigner dans notre monde, mais que dans l'autre si ? Il faut trouver un moyen de réparer cette fiole !

— Comment faire ? Ici on n'a rien... faudrait une colle extraforte... Hé ! Tu te souviens que Milena en utilise une, justement pour réparer les vieux vases ?

— Mais oui ! Une colle spéciale pour recoller les morceaux des vases antiques !

— Exact ! Dans notre monde, elle est sur la commode, là où dort le chat ! Elle me l'a encore montrée un matin.

— OK, j'y vais ! »

Séléné monta les marches quatre à quatre et arriva en trombe à la porte du salon.

Qu'avait dit Milena, déjà ? « Ne réveillez pas Loki ! »

Séléné ralentit et se demanda comment faire.

Le monstre aux pattes énormes était allongé sur la commode, tout à l'heure.

« C'est bon ? » cria Irina d'en bas.

Étrange, la bête avait disparu.

« Oui, je la vois. J'arrive ! »

Confiante, elle s'approcha du tube, mais une ombre surgit sur la gauche. Elle n'eut pas le temps de tourner la tête que le lynx fondait sur elle, lançant ses grosses pattes, griffes dehors, les yeux ouverts sur sa proie : elle, Séléné.

« Il n'est plus aveugle ! »

Les paroles de Séléné se perdirent dans un bazar énorme : le lynx venait de renverser la table basse du salon en la heurtant.

Dans la pénombre, Séléné aperçut un regard perçant qui ne laissait aucun doute sur les intentions de l'animal. Elle se mit à courir, échappant de justesse à un coup de patte, renversant elle aussi ce qu'elle trouvait sur son passage pour retarder l'allure de la bête.

La morsure du serpent la lançait de nouveau, ralentissant sa course. La jeune femme se mordit l'intérieur de la joue pour réprimer un cri de douleur.

Derrière elle, l'animal ne faiblissait pas. Il sauta pardessus les objets jetés par terre, puis prit appui sur une des portes de l'armoire, qui se brisa sous son poids.

Séléné sentit la proximité de ses pattes dans son dos, il gagnait du terrain.

Il fallait faire vite. Elle avisa la colle sur le meuble, passa devant et s'en empara.

« Ça va ? Tu veux que je remonte ? s'inquiéta Irina.

— Non, ne… ! »

Le reste de ses paroles se perdit dans un cri. Elle venait de se tordre la cheville, mais ne pouvait pas s'arrêter.

Il fallait trouver un autre moyen, la bête la mettait à l'épreuve et était plus rapide qu'elle à la course. Soudain, elle eut une idée.

Elle sortit de la pièce et referma derrière elle la porte du salon : cela l'arrêterait quelques secondes. De l'autre côté, le lynx ébranla le bois en se jetant dessus. Séléné manquait de temps.

Elle se pencha sur la malle du hall d'entrée, l'ouvrit et plongea la main à l'intérieur. Elle en sortit un objet rouge qu'elle déploya au-dessus d'elle.

Ses cheveux prirent les mêmes teintes rouges que le foulard. Le fameux foulard de Milena, celui qu'elle portait constamment.

Sans cesser de le faire tournoyer, elle ouvrit la porte du salon et fit face au monstre qui s'apprêtait à bondir sur elle. Il la fixa sans ciller, le corps prêt à attaquer, mais il n'en fit rien. Il resta ainsi, à suivre le foulard des yeux.

« Tiens, attrape ça ! »

L'animal se projeta dans les airs, saisit le foulard entre ses pattes et se roula dessus, pattes en l'air, feulant de plaisir : la bête féroce jouait.

Attendrie par ce lynx changé en chaton, Séléné le regarda quelques instants, puis elle descendit.

Bras levé en signe de victoire, colle à la main, elle alla retrouver Irina.

Un grand sourire métamorphosa le visage inquiet d'Irina quand elle vit Séléné la rejoindre. La lumière revenue, il était nettement plus simple de faire le parcours sur les poutrelles : bientôt, elles furent de nouveau ensemble, face aux fresques qui les représentaient.

Elles se serrèrent dans les bras l'une de l'autre.

« Que s'est-il passé ? J'ai entendu un de ces bazars, là-haut ! J'ai failli remonter.

— J'ai cru que j'allais y laisser ma peau, avec ce fichu lynx, puis je me suis souvenue de ce que nous avait dit Milena à propos de son foulard : qu'elle s'amusait avec quand il était petit. Je le lui ai redonné et il est redevenu aussi joueur qu'avant ! »

Elle s'arrêta bouche bée devant les fresques.

« Tu as vu le blason sur nos tuniques ? De nouveau, les mêmes dessins que sur la tablette ! »

Irina se gratta le menton, tout en fronçant les sourcils.

« On va sans doute vite comprendre leur sens... »

Irina hocha la tête, pensive, puis elle ouvrit le tube de colle.

« Tu crois qu'on peut prendre la fiole fissurée sans risquer de déclencher un mécanisme ? » demanda Séléné.

Son amie se pencha vers la sienne et la souleva de son socle. Elles attendirent, mais rien ne se produisit. Irina se tourna vers Séléné, un grand sourire aux lèvres.

« Tu peux y aller ! » répondit-elle en rangeant la fiole dans son sac.

À son tour, Séléné s'empara avec délicatesse de la sienne. Les serpentins semblaient s'animer à son contact. Elle la tendit à Irina, qui lissa l'onguent chaud et visqueux sur les brisures de la fiole, avec une adresse toute particulière. Les fissures se comblèrent instantanément.

Au contact du flacon, la colle prit des teintes dorées, le veinant sur toute sa longueur.

« Milena disait qu'après réparation, les objets devenaient plus résistants qu'avant…

— … comme une cicatrice qui ne serait pas une faiblesse, mais une force », continua Séléné.

La seconde fiole rejoignit la première.

« Les épreuves sont des tests. On n'affronte pas un ennemi, on se bat contre nos peurs. »

Séléné fit quelques pas vers son amie.

« Ça alors ! Ma jambe ! Je n'ai plus mal !

— Milena l'avait dit : la morsure du serpent pouvait seulement se guérir dans l'autre monde. »

Les murs de la cave tremblèrent, la boue reprit sa montée. Elle leur léchait déjà les pieds. Au-dessus d'elles, quelque chose bougeait, comme si on changeait les meubles de place. Elles levèrent la tête et découvrirent que le rez-de-chaussée s'assombrissait. Il était temps de remonter de la cave.

Le premier étage de la maison se reconstituait ; l'escalier reprenait sa place, marche après marche, mais de façon incomplète : un des côtés se perdait dans le vide, tombant dans le jardin qui n'était plus qu'un magma de boue.

En haut de l'escalier, le premier étage leur apparut, tout tendait vers l'espèce de queue de dragon suspendue en l'air. Tout en haut de celle-ci se trouvait l'horloge. La maison les conduisait vers la pendule.

Elles montèrent ensemble, côte à côte. À travers la toile du sac, les trois fioles vibraient d'un bel éclat bleuté.

Mais Séléné était à peine arrivée à l'étage que des barreaux s'élevèrent du sol tout autour d'elle et l'enfermèrent.

« Mais qu'est-ce que c'est que ça ? » cria-t-elle.

Prisonnière, elle essaya d'écarter le métal, en vain. Les barreaux zébraient son visage paniqué. Jamais elle ne passerait au travers.

« Attends, je vais bien trouver une façon de les couper. Peut-être qu'il y a une scie à la cave !

— Non, n'y retourne pas, la boue doit être trop haute déjà. Et ça m'étonnerait que ce soit la solution ! Ce monde n'est pas cohérent. Aucune raison de briser ces barreaux, ils sont juste le symbole de quelque chose qu'on doit dépasser ! Mais quoi ? »

Irina chercha tout autour d'elle. Des points lumineux au sol attirèrent son regard. Elle s'en approcha : devant elle, sur le mur, un emplacement dans lequel on pouvait enfoncer des éléments.

« Ah, ça je connais ! Par terre, il y a différents morceaux, comme de grosses pièces de puzzle ! Je vais essayer de les emboîter ! »

Elle en avait à peine touché une qu'elle cria :

« La vache, ça brûle, c'est quoi ce truc !

— C'est chaud ? demanda Séléné derrière ses barreaux, dans l'incapacité de voir toute la scène.

— Oui !

— Sans doute pour t'éviter de t'y reprendre à plusieurs fois, ça doit être une façon de nous tester, encore ! »

Les deux filles faisaient front, malgré leur éloignement.

« J'ai l'habitude de visualiser les pièces de puzzle dans ma tête. Je devrais réussir à ne pas trop les manipuler. »

Irina fixa les différents fragments du sol, puis en prit un.

De loin, Séléné la voyait serrer les mâchoires. La chaleur lui brunissait les doigts. Entre chaque prise, Irina frottait ses mains contre son pantalon, pour atténuer la douleur. Son visage s'était lui aussi empourpré.

Sur le mur, un dessin prenait forme : d'où elle était, Séléné distinguait une silhouette humaine, mais quelque chose l'interpella. Le visage de cet être était le même que celui de ses visions.

Elle s'écria :

« Ce n'est pas le bon emboîtement ! Tu ne dois pas former un homme ! Tourne les pièces dans l'autre sens, à partir de son buste. Ce que tu dois faire, c'est un cerf à tête humaine. Regarde par terre, tu dois avoir des pièces avec des sabots plutôt que des pieds ! »

Irina souffla sur ses mains devenues rouges. La chaleur y avait formé plusieurs cloques. Elle cessa d'emboîter des pièces.

« Mais j'ai fait des puzzles toute ma vie, et là toutes les pièces s'insèrent comme il faut ! Y a pas d'autre solution !

— Fais-moi confiance, je reconnais cette silhouette. Bascule les pièces de 90 degrés ! »

Irina souffla, réfléchit, regarda alternativement les pièces qui restaient au sol et son amie, puis répondit :

« OK ! »

Elle replaça les pièces une à une, changea leur direction et fit bifurquer le puzzle : elle criait en même temps, car les pièces devenaient de plus en plus brûlantes à mesure qu'elle les changeait de place.

« Je n'y arriverai pas ! gémit-elle.

— Continue, tu es sur la bonne voie ! »

Enfin, il n'y eut plus de pièces par terre. Irina contempla son travail. Des larmes de douleur coulaient le long de ses joues. L'homme-cerf était majestueux, et son regard, une invitation vers un nouveau monde.

Elle venait à peine de se reculer pour contempler le puzzle terminé que les barreaux s'enfoncèrent dans le sol, comme s'ils n'avaient jamais existé. Séléné accourut et l'entoura de ses bras, avant d'examiner ses mains rougies.

Séléné murmura :

« Ce que tu as fait pour moi…

— Ne dis rien.

— Si. Ce que tu as fait pour moi est géant. Tu m'as fait confiance, ça n'a pas de prix, lui dit-elle, les yeux baissés par pudeur.

— J'ai appris quelque chose : parfois, il faut savoir se remettre en question, pour avancer. »

Puis elle défit son sac à dos et plongea la tête à l'intérieur.

« Je vais bien réussir à trouver un baume pour calmer cette douleur », ajouta-t-elle en soufflant sur ses paumes.

À peine eut-elle le temps d'appliquer une crème qu'un grand bruit résonna contre les murs de la maison.

À chaque étape franchie, un étage se reconstituait. Derrière elles, la boue continuait de monter, charriant son lot de cadavres.

« T'as vu la colonne ? Sur les côtés, y a plein de marques ! J'ai d'abord cru à des dessins, mais c'est autre chose.

— Des encoches dans tous les sens, sans cohérence.

— Comme si des gens avaient enfoncé la pierre à certains endroits…

— Tu crois que… ?

— J'en ai bien peur, oui…

— Avec leurs ongles ? Mais pourquoi ?

— Pour s'y accrocher… »

Dans un même mouvement, elles plissèrent leurs yeux et leur nez.

« À quoi voulaient-ils échapper ? »

Irina ouvrit les bras pour englober ce qui était autour d'elles :

« À la boue qui montait. Comme nous. »

Elles se dévisagèrent : l'espace d'un instant, elles se virent à la place de ces gens, elles entendirent leur souffrance, leurs cris, avant qu'ils ne se laissent couler dans la boue, vaincus par sa virulence.

« Ça ne sert à rien d'avoir peur ! On est là, on avance ! » s'écria Séléné pour chasser cette vision atroce.

Irina sortit deux santons de sa poche, en bois clair. Avec tendresse, elle les regarda, les caressa de son index, puis les déposa sur la marche qu'elles venaient de franchir.

« Ils nous protégeront. »

Elles reprirent leur ascension.

Irina se retourna : la boue léchait à présent les santons, mais elle ne les atteignait pas, elle les englobait avec difficulté. Les amulettes ne la retiendraient pas longtemps, juste assez pour qu'elles puissent gagner le palier supérieur.

« On ne finira pas englouties ! » cria-t-elle vers la boue, autant pour se rassurer que pour défier la magie de ce monde.

Mais à peine eut-elle le temps de monter quelques marches que son pied heurta quelque chose, sans qu'elle puisse distinguer ce que c'était : elle perdit l'équilibre, et son corps chavira.

Quelques mètres en arrière, Séléné la vit basculer au ralenti, yeux écarquillés et bouche ouverte, vers le rebord des marches, du côté où l'escalier s'ouvrait sur le vide. Puis, plus rien, juste ses mains accrochées au rebord d'une marche, blanches déjà sous la pression exercée.

« Séléné ! »

Irina n'était plus qu'un cri qui emplissait l'espace.

Son amie accourait déjà vers elle, prête à plonger vers l'abîme pour la récupérer, quand une autre voix se fit entendre.

Celle-là venait d'en bas de l'escalier.

Séléné s'arrêta net.

Elle n'aurait jamais cru entendre à nouveau ce timbre de voix si particulier, venu tout droit de son enfance. La jeune fille en tomba à genoux, saisie.

Combien de voix s'étaient ajoutées à celle-ci, calfeutrant ses accents sous d'autres moins plaisants ? Combien de rivières de larmes avait-elle dû pleurer pour que s'atténue la peine de ne plus la discerner ?

Cela faisait de nombreuses années que Séléné n'en avait plus aucun souvenir, mais en trois petites syllabes, tout remonta, comme un tsunami, brisant le barrage de la mémoire, dévastant tout.

Séléné toujours à genoux courba la tête et le dos : sa force l'avait quittée. Les yeux sur les mains d'Irina, elle était incapable de bouger.

Des larmes brouillèrent sa vue autant que son esprit.

Un seul mot avait suffi pour que la jeune femme reconnaisse cette voix, inoubliable.

Celle de sa mère.

Ce n'était plus un souvenir : elle l'entendait, forte et puissante, comme si elle n'avait jamais disparu.

Elle en oublia tout le reste : comme la boue qui ne cessait de monter et d'envahir l'escalier qu'elles gravissaient, la voix engloutit son esprit, phagocytant tout ce qu'elle venait de vivre : ses blessures, ses combats, la chute d'Irina dans l'escalier, ce monde aux épreuves déroutantes.

Elle était redevenue une petite fille, le cœur pendu à trois syllabes : « Sé-lé-né. »

Cette mère, celle qu'elle avait tant attendue, tant espérée les soirs de tristesse, puis oubliée face à la détresse, était là et l'appelait.

La jeune fille la chercha des yeux, trouva la force de se relever et descendit quelques marches dans l'espoir de l'apercevoir ; mais elle ne vit qu'éboulis, ruines et boue.

Les ruines de son enfance ne cessaient de l'inciter à revenir.

De nouveau, la voix l'appela, comme une prière qu'on ne peut arrêter. Séléné ferma les yeux, un sourire de vaincue sur les lèvres, les bras ballants.

Une larme coula sur sa joue, pleine des pleurs qu'elle s'était autrefois interdit de verser. Séléné restait là, tétanisée, le cœur entaillé par la voix de cette mère qui la hantait.

Alors elle s'attarda encore quelques secondes, écouta de tout son corps et son âme l'écho de cette voix. Dans les marbrures de son être, elle grava ce timbre qu'elle chérissait tant, vers lequel elle n'avait jamais cessé de tendre, mais dont elle devait faire le deuil, face au choix qui s'imposait à elle.

Il est des adieux qui durent toute une vie.

Enfin, elle ouvrit les yeux et remonta l'escalier où Irina s'accrochait toujours au-dessus du vide.

Une nouvelle fois, ce monde la mettait à l'épreuve de son passé : en tournant le dos à la voix de sa mère, elle faisait une croix sur son rêve le plus cher.

La voix se tut, lavée par le flot de larmes qui baignait le visage de Séléné, avalée par la boue.

Elle se pencha, attrapa les mains d'Irina et la remonta sur l'escalier, à côté d'elle. Avec la force de celle qui vient de renoncer à son souvenir le plus précieux pour secourir un inestimable présent : une amie.

Irina se jeta dans ses bras, et sa chaleur se fit pansement sur la peine du souvenir irrémédiablement perdu.

Séléné baissa la tête, une larme tomba de son visage.

Puis elle regarda droit devant : un nouvel étage se construisait sous ses yeux.

Bientôt, elles arriveraient au grenier, là où elles n'étaient jamais allées.

Dans un tumulte ahurissant, le dernier étage, qu'elles n'avaient jamais vu, se reconstitua.

Elles étaient parvenues devant l'horloge, dont les aiguilles indiquaient minuit moins cinq. Le compte à rebours se poursuivait, lent mais inéluctable.

Derrière elles, l'eau boueuse et grouillante ne montait plus, elle stagnait. À présent, il y avait non seulement des cadavres, mais aussi des jouets de leur enfance : la tête d'une poupée chérie, des jeux de construction, des puzzles, un peu plus loin quelques photos encadrées de leurs anciens anniversaires, de vieilles cartes postales. Parfois, une bulle se formait et éclatait : une voix oubliée remontait à la surface en vain.

Le passé tentait encore de les ramener, mais perdait du terrain. Certains objets avaient déjà sombré, vestiges d'un temps dont elles ne voulaient plus.

Séléné et Irina montèrent les marches avec précaution, de peur de se retrouver une nouvelle fois dans un trou ou prisonnières de barreaux. Mais rien ne se produisit :

elles atteignirent la pendule qui menait au grenier, cet endroit de la maison dont Milena leur avait interdit l'accès.

Les aiguilles de cuivre ressortaient sur le cadran blanc, en dessous duquel figurait une inscription dans une langue mystérieuse, faite de lettres aux circonvolutions étranges. Irina passa son doigt dessus, en suivit les contours, souriant quand elle effleurait le début de la forme d'une lettre connue. C'étaient les mêmes lettres que dans le livre qu'elle avait feuilleté. Quelque chose résidait là, dans ces lettres. Mais elle n'avait pas le temps de s'appesantir, une nouvelle épreuve les attendait.

Séléné venait déjà de se mettre sur la pointe des pieds, avec l'intention d'ouvrir le cadran et la porte, mais ceux-ci s'ouvrirent tout seuls, dévoilant un trait de lumière.

Intriguées, les filles franchirent le seuil de cette nouvelle pièce, le cœur battant.

Leur déception fut à la hauteur de leur attente.

Elles ne distinguaient rien : tout était blanc, lumineux. Leur regard ne pouvait s'arrêter sur aucun mur, la pièce semblait infinie. À l'intérieur régnait un silence qui contrastait avec le vacarme dans lequel elles étaient plongées auparavant. En tendant l'oreille, elles perçurent tout de même au loin un bruit d'eau, une cascade sans doute. Un apaisement factice et éphémère.

C'est alors qu'elles les entendirent.

Des vibrations qui remontèrent le long de leurs jambes jusqu'à leur nuque sans que les jeunes filles puissent déterminer d'où venait le bruit.

L'instinct de Séléné la mit en garde : cette chose qui approchait pouvait attaquer de n'importe où, et revêtir n'importe quelle forme.

« Mettons-nous dos à dos, et patientons », suggéra-t-elle.

Elle se mit en position de combat, tandis qu'Irina restait le visage levé, yeux fermés, à la recherche de sensations qu'elle pourrait éprouver, mains dans les poches, prête à sortir un santon protecteur.

Elles attendirent ainsi quelques minutes. Leur impatience grandissait en même temps que leur rythme cardiaque.

Séléné le vit la première et réprima un cri.

« Là ! Viens à côté de moi ! »

Petit point noir à l'horizon, l'apparition s'approchait. Elles plissèrent les yeux afin de mieux la discerner, mais la forme était bien trop loin encore pour que les filles puissent l'identifier.

De temps à autre, cela poussait un hurlement féroce, très aigu.

« Mais c'est quoi ce truc !

— J'en suis presque à regretter le lynx du rez-de-chaussée. À côté de cette chose, c'est une peluche. »

Des frissons électriques parcoururent le dos de Séléné, à la fois terrorisée et excitée à l'idée de devoir faire face à cette nouvelle épreuve.

Elle chercha autour d'elle si quelque chose pouvait lui servir d'arme, mais la pièce était toujours vide. Séléné serra les poings.

De nouveau, des images guerrières surgirent en elle, imposant leur détermination. Il lui sembla même entendre des acclamations, comme si un peuple se tenait là, tel un chœur antique, derrière elle, la galvanisant d'une nouvelle force, qui serait passée de génération en génération sans jamais s'amoindrir ou s'éteindre, se renforçant au contraire d'une vengeance trop longtemps contenue.

Une nouvelle chaleur lui parcourut le dos, d'instinct elle mit ses épaules en arrière, se grandissant, prête à combattre. Elle leva la tête : dans ses yeux brûlait un nouveau feu.

Alors elle le vit, aussi majestueux et terrifiant que dans ses cauchemars. Son corps démesuré et trapu était d'un noir de jais, ses yeux d'un vert émeraude ne cessaient de la fixer, sa bouche s'ouvrait sur des dents pointues entre lesquelles passait de temps à autre une langue bifide.

Le dragon de ses visions se tenait face à elle.

Il s'arrêta à deux mètres. Seule sa respiration gonflait ses flancs. Il avança une patte qu'il planta dans le sol : sur celle-ci figurait une forme bien connue de Séléné.

« T'as vu ça, sur sa patte ?

— Je n'arrive pas à y croire, murmura Séléné.

— C'est exactement la même forme et au même emplacement que pour toi. »

Séléné ne put rien répondre tant elle était incapable de détacher ses yeux du croissant de lune gravé sur la patte de l'animal.

Alors qu'elle s'était préparée à le combattre, elle desserra soudain les poings, puis elle s'approcha de lui, paume ouverte, croissant de lune du poignet dirigé vers lui, maigre signe de paix face au colosse féroce.

Le dragon émit un dernier grondement, mais ce tumulte portait déjà en lui des accents plaintifs.

Ils se firent face.

Séléné ne cilla pas, emplissant elle aussi sa poitrine d'un souffle ample et long. Restée en arrière, Irina tenait un santon dans chaque main en signe de protection, bras levés, muette devant le spectacle qui s'offrait à elle.

Deux entités se faisaient face, se jaugeaient et se découvraient, comme si elles s'étaient toujours connues.

Alors le magnifique animal baissa la tête, et s'approcha de Séléné jusqu'à toucher son visage.

Une nouvelle larme coula : dans les yeux du dragon, Séléné s'était reconnue. C'était elle, ce dragon, ses peurs et ses angoisses matérialisées. En le regardant, elle sut qu'il n'y avait jamais eu de bête féroce, qu'il n'y avait toujours eu qu'elle et ses angoisses, sa peur de découvrir qui elle était vraiment, mais aussi celle de dompter sa véritable nature, sauvage la plupart du temps.

En s'approchant de façon pacifique du dragon, Séléné venait de faire la paix avec elle-même.

La phrase lue dans le livre trouvé dans la bibliothèque lui revint :

Ce n'est pas en regardant la lumière qu'on devient lumineux, mais en plongeant dans son obscurité.

« Tu as vu ? Une selle vient d'apparaître sur son dos ! » s'étonna Irina.

Séléné pencha la tête.

« Avec un drôle de blason dessus.

— Oui ! C'est le même que celui qui figurait sur nos tuniques dessinées sur le mur de la cave : un champignon, une montagne, une abeille et de l'eau.

— Mais à quoi ça peut correspondre ? »

Irina s'apprêtait à ouvrir la bouche quand la pièce autour d'elles changea.

Elles étaient à présent dans un grenier rempli de malles.

Dans le fond de la pièce, juste à côté d'un Velux poussiéreux et parsemé de toiles d'araignée, venait de s'ouvrir un portail composé de milliers d'étoiles : au centre, plus brillante que les autres, la constellation de l'orphelinat et le plafond de Milena, porte vers un nouveau monde qui avait toujours été au centre de la vie de Séléné et l'avait accompagnée des années durant, sans se manifester.

Irina et Séléné se sourirent, se prirent la main et avancèrent d'un même pas vers ce monde nouveau qui leur tendait les bras.

Le dragon les suivit.

À peine furent-elles passées à travers les étoiles et la constellation du Dragon qu'elles se retrouvèrent sur la berge d'un lac peu profond.

« On a réussi ! » s'écria Irina tout en sautant dans les bras de Séléné.

Son amie la regardait, un fin sourire aux lèvres, le même que celui des guerrières sur le tableau accroché dans la maison de Milena : une forme de sérénité nouvelle nimbait son visage.

Elle se retourna vers le dragon qui patientait derrière elles.

« Tu crois qu'il appartient à ce monde ?

— Sans doute, oui. »

Irina fit la moue et ébouriffa ses cheveux courts.

« Si chaque personne ou animal possède son miroir dans notre monde, tu sais quelle forme il pourrait avoir là-bas ?

— Peut-être que c'est une sorte de double que j'ai ici ? »

L'animal les regardait sans aucune animosité, il semblait attendre un signe de la part de Séléné. Celle-ci pencha la tête et s'approcha de son cou. Ils restèrent collés l'un à l'autre pendant quelques secondes, puis la jeune fille lui donna une petite tape sur les flancs.

« Tu peux partir. »

Le dragon la fixa encore un peu de ses yeux émeraude, puis ouvrit ses ailes, qu'il avait larges et immenses.

Le ciel s'obscurcit. Il prit son envol, le corps lourd mais agile, et bientôt ne fut plus qu'un point noir à l'horizon.

Séléné regarda son amie.

« On a réussi à surmonter des épreuves difficiles, destinées sans doute à savoir de quoi nous étions capables. »

Irina réfléchit, puis hocha la tête, et Séléné continua :

« Il y a eu les épreuves autour de notre passé, de ce qu'on pouvait laisser derrière nous, ou de notre capacité à nous dépasser.

— Notre amitié a été le premier sésame à débloquer, avant de continuer. »

Irina éclata de rire avant d'ajouter :

« Quel chemin parcouru en si peu de temps !

— Je suis heureuse de l'avoir fait avec toi.

— Moi aussi. »

Les deux jeunes femmes se turent, l'esprit tourné vers les dernières aventures vécues, le cœur rempli de la joie que procurent les belles amitiés, celles qui se passent de mots et survivent à toutes les embûches. Des amitiés d'une vie, voire de plusieurs.

Face à elles, une sorte de coque en peau de bois et de bête suivait les remous des flots sans jamais s'éloigner du bord. Elle semblait les attendre.

Séléné se souvint de son tout dernier rêve, de la jeune femme qui montait dans la même embarcation vers une cité nouvelle. Elle leva les yeux, certaine de retrouver face à elle le paysage de sa vision.

Au loin, trois îles entrecoupaient l'horizon, grains de beauté verts sur une étendue bleue translucide. Elles avaient la même forme que les trois montagnes qu'on apercevait au loin, dans les champs de Milena. Sur celle de gauche, les arbres avaient été taillés de façon à laisser apparaître un dessin : celui d'un cerf de face. Ses bois étaient faits d'arbres feuillus qui semblaient infinis. Sur l'île de droite, près de la berge, un géant, mains levées, avait été construit en pierres.

Irina se pencha vers Séléné :

« On dirait le géant dans le désert d'Atacama.

— Pourquoi a-t-il les bras levés ?

— C'est un chamane, expliqua Irina subjuguée, il communique avec les esprits. »

Elles restèrent un temps à admirer les prouesses de ce monde.

Le ciel était moutonneux, rempli de ces nuages qui ressemblent à des rivières volantes : eau et ciel formaient une harmonie symétrique.

Irina se pencha et mit sa main dans l'eau : elle entrevit des poissons de toutes tailles et formes s'enfuir pour se réfugier sous les rocailles.

« Je ne sais pas où l'on est, mais c'est magnifique, et tu entends ce silence ?

— J'ai rêvé de cet endroit, dit Séléné. La même coque, les trois îles au loin qui semblent flotter, une femme qui se laissait bercer par les flots et débarquait sur celle du milieu, celle dont les arbres sont les plus denses et hauts.

— C'est fou, de loin je n'arrive pas à savoir de quelle espèce il s'agit. Leur cime ne me rappelle rien. »

Séléné se retourna, le portail vers ce monde avait disparu. Dans leur dos se déployait une forêt dense et sombre qui n'avait rien d'engageant. De toute façon, sa vision et son instinct lui disaient bien qu'il fallait aller de l'avant, sur cette île.

Elle s'avança vers la coque, testa sa solidité, mit un pied dedans, puis l'autre. La barque tangua avant de se stabiliser. Elle tendit la main à son amie, l'invitant à s'installer à ses côtés.

Séléné prit une rame posée au fond de la coque, et commença à se diriger vers l'autre rive, et la terre ferme.

L'étendue d'eau était calme.

« Tu sens ces odeurs boisées ? T'as vu ce ciel d'un bleu profond ? La lumière est vraiment particulière par ici. Et ce silence, toujours. »

Occupée à ramer, Séléné hocha la tête : elle retrouvait toutes les sensations de son rêve, jusqu'aux odeurs.

L'île se rapprochait et dévoilait son rivage fait de sable et de rochers.

Une silhouette émergea en son centre : petite, agile, elle leur fit signe, comme si les deux jeunes filles étaient attendues. Bientôt, elles s'aperçurent qu'il s'agissait d'un vieil homme. Dans sa main droite, il tenait un bâton dont l'extrémité se terminait en courbe. En s'approchant, Séléné et Irina virent qu'un lion y avait été sculpté.

L'esprit tourné vers la rive, toutes deux retinrent leur respiration.

En quelques coups de rame, Séléné atteignit la berge, descendit et attendit Irina. Elles avancèrent ensemble, se dirigeant vers l'homme à quelques mètres d'elles, un peu plus haut sur le rivage.

Autour du cou, il portait un collier en or, large de cinq centimètres, sur lequel étaient gravés une myriade de cercles concentriques, plus ou moins grands, une sorte de calendrier céleste qui représentait le soleil à différents moments de l'année, véritable offrande à la nature.

Le regard étonné et les sourcils froncés, le vieil homme leur adressa en premier la parole :

« Nous vous attendions. Milena nous a prévenus. »

Ses yeux clairs et voilés, regard de vieux chat déjà tourné vers un ailleurs, ne lâchaient pas Séléné. Il poursuivit :

« Ton visage me rappelle celui de quelqu'un que j'ai connu autrefois. C'est troublant, mais peut-être que je confonds. Mes yeux et ma mémoire me font défaut. »

L'homme sourit au souvenir de cet être, aussi évanescent fût-il dans son esprit.

Séléné, intriguée, ouvrit la bouche, mais n'osa pas le questionner.

Le vieil homme se tourna vers la forêt, et ajouta d'une voix ample et grave :

« Suivez-moi, il ne fait pas bon rester sur la berge ainsi. Sur cette partie de l'île, le soir tombe assez tôt, il est temps de nous mettre en route. »

Puis il leur tourna le dos et prit le chemin de gauche, celui qui montait tout droit dans la forêt.

« Nous allons suivre les méandres du fleuve. »

Il tendit son bâton vers le ciel.

Face aux filles, le cours d'eau prenait la forme de serpentins : les mêmes que ceux du dallage de la maison de Milena, les mêmes aussi qu'Irina avait dû franchir pour récupérer les fioles.

Une preuve supplémentaire de la symétrie des mondes.

Bientôt, la route forma une arche sous laquelle les filles progressaient, animées par la curiosité de la découverte d'un monde nouveau, se courbant quand les branches étaient plus basses.

Le vieil homme avançait d'un pas alerte pour son âge, comme sous l'impulsion d'une urgence. À chacun de ses pas, il plantait son bâton dans le sol, et des bêtes s'enfuyaient à leur passage. Dans cette partie de la forêt, sous les bois, il faisait plus frais, de nombreux moustiques volaient autour d'elles, dans l'espoir de glaner quelques gouttes de sang. Les racines des arbres formaient un tapis inextricable sur lequel elles posaient leurs pieds, certaines de sentir la sève couler sous leurs semelles. La forêt respirait au même rythme qu'elles.

Après quelques heures de marche, les bois s'éclaircirent et laissèrent apparaître des toits de chaume, puis des murs rouge ocre sur lesquels étaient peints des dessins naïfs ; sur chacun, des séquences constituées de trois dessins se répétaient : une branche formée d'un rameau droit duquel s'échappaient de chaque côté trois bourgeons de forme allongée ; des cercles concentriques, de même forme que ceux sur le collier du vieil homme ; puis une sorte d'échelle dont les barreaux montaient jusque sous le toit.

Tout autour se tenaient des femmes, des enfants et des hommes qui s'arrêtaient de parler à leur passage, baissant la tête et chuchotant sans les lâcher du regard. Leurs vêtements, une simple tunique et une large ceinture autour de leur taille, étaient amples, de couleur unie, le plus souvent ocre.

« Ils ont beaucoup de respect pour lui », chuchota Irina en désignant du doigt le vieil homme qui ouvrait la marche.

À ce moment, celui-ci bifurqua et entra dans une rue plus petite. Il se retourna vers les jeunes femmes avant de pousser une porte en bois donnant sur un jardin, au centre duquel quatre sièges en osier étaient disposés en cercle. Le vieil homme s'assit et fit signe à Séléné et Irina de faire de même.

Elles prirent place en face de lui, curieuses de connaître ce qu'il leur révélerait.

Le vieil homme les fixa à son tour, puis enleva sa veste, dévoilant ses avant-bras.

Séléné poussa un cri :

« Qu'avez-vous à l'intérieur du poignet ? dit-elle en lui montrant à son tour sa tache de naissance.

— C'est une marque que portent certains d'entre nous : elle permet de savoir à quelle tribu on appartient. La mienne est un rameau de branche comme celle que tu as pu voir sur nos murs. La tienne vient d'une autre tribu, la plus ancienne de toutes : l'originelle. »

Le vieil homme soupira, puis se leva et partit chercher trois ramequins posés derrière lui. Il en tendit un premier à Irina avec une anse en forme de feuille d'arbre, puis en donna un à tête de cerf à Séléné.

« L'esprit du ramequin entre dans celui qui le boit, il entre en communion avec lui. »

Séléné regarda le vieux. Que savait-il de ses rêves ? Le vieil homme devança sa question.

« Les rêves étaient notre seule façon de te montrer le chemin. Tu l'aurais trouvé seule, mais il nous a fallu accélérer ta venue. »

Séléné fronça les sourcils : toutes les pièces du puzzle s'emboîtaient. Elle trempa ses lèvres dans le breuvage : il avait le même goût de champignon que l'infusion donnée par Milena, le premier soir, quand Séléné n'arrivait pas à dormir.

Le vieil homme souffla sur son ramequin, une brume s'en éleva. Il fixait les deux jeunes femmes. Le jour tombait derrière elles, donnant une teinte dorée à leurs visages.

« Quels sont vos liens avec Milena ? demanda Irina, curieuse d'en savoir plus.

— Elle est notre gardienne. Nous communiquons très souvent. Elle m'a tenu au courant de votre arrivée, des épreuves qu'elle mettait en place pour savoir si vous possédiez les valeurs qui sont les nôtres.

— Quelles sont-elles ? »

La fatigue allongeait les ombres et les cernes de son visage, mais la curiosité lui donnait une énergie presque surnaturelle.

« Regardez le blason, derrière vous. »

Elles tournèrent la tête : le champignon, la montagne, l'abeille et l'eau.

« Les mêmes dessins que sur la tablette ! » s'exclama Irina.

Il poursuivit :

« D'après vous, que symbolisent-ils ? »

Après avoir bu une nouvelle gorgée de son infusion, Séléné prit la parole :

« Ce que vous nous avez donné possède le même goût que l'infusion de Milena : des champignons.

— Vous en mangez souvent ?

— Je n'en cueille jamais, j'ai toujours peur qu'ils soient toxiques, poursuivit Séléné.

— Exactement. Donc si vous acceptez de manger des champignons, cela veut dire que vous avez…

— … confiance.

— Voilà. La première valeur est la confiance. »

Le sage but une nouvelle gorgée, à nouveau une nuée de brume monta de son ramequin.

« Les abeilles, elles, sont solidaires les unes des autres.

— Comme nous », enchaîna Séléné en regardant Irina.

Le vieil homme sourit.

« Et les deux dernières ? demanda Irina.

— La montagne. Sur ses hauteurs, tout le monde est sur un même plan : homme, animal, végétal. C'est ce qu'on appelle l'équité. Ici aussi, vous verrez, nous sommes tous sur un même plan. Nul n'est plus important qu'un autre. Même si je suis le plus âgé et le plus respecté, de par mon expérience, je ne prends aucune décision seul. Nous nous réunissons tous, même les

enfants dès leurs treize ans, et nous votons. Chaque voix compte. »

Les filles étaient attentives, elles avaient quantité de questions à poser au sage. Le dernier symbole était celui de l'eau.

Le vieux leur dit :

« C'est la chose la plus difficile à obtenir : le savoir.

— Mais pourquoi est-il représenté par ce symbole ?

— Parce que l'eau possède plusieurs états, elle se glisse partout. État liquide, état gazeux, état solide. Elle s'adapte en fonction de son environnement, mais arrive toujours là où elle le souhaite, et jamais par la ruse. Elle s'adapte grâce à son savoir : elle sait quand elle peut rester dans son état originel, mais n'hésite pas à se métamorphoser selon les situations. Le savoir est utile dans n'importe quelle circonstance. »

Irina hocha la tête, un sourire illuminait son visage.

« On a trouvé chez Milena des objets et des livres sur lesquels figure un alphabet étrange. C'est le vôtre ?

— Exact. Inchangé depuis la nuit des temps, contrairement au vôtre ou à celui de notre ennemi. Notre tribu a choisi la permanence des choses qui fonctionnent. Il incarne nos racines. C'est le seul que j'ai connu et le seul que je connaîtrai. Le vôtre est un résidu du nôtre. De lointains cousins qui n'ont plus grand-chose à se dire, mais qui, lorsqu'ils se voient, se comprennent tout de même. Au village, tout le monde a appris votre langue, dès le plus jeune âge. »

Le regard d'Irina s'illumina davantage encore.

« Il faudra que vous me montriez le fonctionnement de votre langue ! »

Le vieux eut un large geste et un sourire triste.

« Il y a tant de choses à vous enseigner, mais si peu de temps… Faisons au mieux. Venez, je vais déjà vous révéler où nous vivons. »

Il ouvrit de grands pans derrière elles et sortit par une nouvelle ruelle. De ce côté, pas âme qui vive ; seul le vent s'y engouffrait, formant une mélodie aiguë qui accompagna les deux jeunes filles vers leur découverte.

Le vieux prit à gauche, le chemin s'élargit : il n'y avait plus que des ruines par ici, même les arbres étaient calcinés et formaient de terrifiants pantins. Partout gisaient les décombres d'une existence réduite au silence des pierres.

« Que s'est-il passé ? C'est affreux », gémit Irina.

Elle se pencha vers le sol qui brûlait encore par endroits, et des cendres grises l'entourèrent. Irina baissa la tête et découvrit un objet inattendu qu'elle ramassa entre les morceaux d'une vie déchue. Elle le tendit à Séléné.

Cette dernière murmura :

« Un santon… »

Carbonisé par le feu, il était difficile de savoir ce qu'il représentait : une partie du crâne était creusée, et sur les flancs, il portait des entailles comme celles d'une épée.

Le vieil homme reprit la parole :

« Cet artefact appartenait à une femme d'une autre tribu, elle est venue nous aider, voici quelques mois. Il ne reste rien de la hutte que nous lui avions donnée. »

Toujours préoccupée par le santon brûlé, Irina fronça les sourcils.

« Cela veut dire que des gens ici font la même chose que moi ? Ils sculptent des santons, regardent les étoiles, et sentent l'énergie des pierres ? »

Le vieil homme sourit, accentuant ses rides autour de ses yeux :

« Bien entendu ! Je vais vous raconter ça, mais nous avons encore un peu de temps. »

Il dévisagea longuement Irina, passa les doigts sur sa joue. Sa peau parsemée de taches et flétrie se fit caresse parcheminée.

« Chasse cette tristesse qui est en toi. Ne vois pas seulement ce santon brûlé. Vois au-delà de ce qu'il est devenu, déplace ton regard. Pense plutôt qu'il existe des rites assez puissants pour passer de génération en génération, sans jamais s'éteindre. Vous, vous voyez des ruines, tandis que dans notre village, nous n'attachons aucune importance aux constructions, elles sont éphémères, à notre image. »

Il prit dans sa main une pierre qu'il fit rouler entre ses doigts.

« Quand une personne part de chez ses parents, elle bâtit son futur refuge, chaque membre de la famille apporte quelques pierres, et ensemble ils construisent une nouvelle maison. Elle appartient en quelque sorte à chaque membre de cette famille.

— Ces pierres serviront donc à d'autres constructions, continua Irina.

— Comme les santons continueront de nous protéger. »

Le visage du vieil homme porta soudain le poids des ans.

« Du moins, c'était le cas jusqu'ici, mais les temps changent. Des heures sombres approchent. »

Il baissa la tête et poursuivit sa route en silence.

Les deux jeunes filles n'osèrent pas lui demander pourquoi.

Le vieux s'arrêta devant un adolescent qui jouait aux osselets avec un autre, lui chuchota un secret à l'oreille. D'où elles étaient, Irina et Séléné entendirent une langue inconnue, qui chantait presque. Une mélodie qui berçait leurs âmes.

L'enfant éclata de rire, et le vieux repartit, en se tournant vers Irina et Séléné :

« Notre société ne change pas, elle est comme une fourmilière : son fonctionnement est immuable. Ce que vous voyez autour de vous est à la fois notre passé, notre présent et notre futur. C'est une cité hors du temps, ici, l'Histoire ne s'écrit pas, ne s'ancre pas en nous pour nous changer. Chaque personne a un rôle qui lui a été dévolu, et celui-ci ne changera jamais.

— Comment vous appelez-vous ? » demanda soudain Irina.

Le vieux se retourna.

« Je n'ai pas de nom, on m'appelle "l'Ancien", ou "Celui qui sait". Quand j'étais plus jeune, on m'appelait autrement. Mais la façon dont on me nomme ne change pas celui que je suis intérieurement. »

Séléné s'arrêta de marcher pour regarder son amie et « Celui qui sait ».

La jeune fille s'était toujours demandé ce que cela aurait changé en elle, si ses parents lui avaient donné un autre prénom, quand ils l'avaient adoptée. Ils lui avaient dit qu'elle pouvait les appeler « papa » et « maman », mais elle avait eu du mal, et cela avait pris quelques années, car pour elle, ils n'étaient pas véritablement ses parents. Puis, un jour, un déclic s'était produit, né à la faveur d'une tendresse. « M'man » était sorti sans qu'elle s'y attende, sans aucune préméditation.

Certains mots du quotidien nous enveloppent d'une nouvelle âme, nous permettent de revêtir de nouveaux habits, de ceux qu'on n'enlèvera plus jamais, malgré les ans et la patine.

Les mots qui font devenir parents et enfants.

Irina revint vers Séléné qui se tenait les yeux fermés, au milieu du chemin. Quand elle les rouvrit, ils étaient un peu brillants.

Son amie lui prit le bras, puis elles rejoignirent le vieil homme.

Irina désigna quelqu'un, penché entre deux maisons. Son corps montrait qu'il n'appartenait pas encore au monde adulte, mais sa concentration était telle que son profil possédait déjà la sagesse des anciens.

« Que fait-il ?

— C'est un chercheur d'herbes.

— C'est-à-dire ? interrogea la jeune fille, interpellée qu'un villageois passe autant de temps sur une parcelle d'herbes, comme elle, lorsqu'elle regardait les étoiles, sans rien faire d'autre pendant des heures.

— Il regarde l'herbe pousser, déplace des cailloux pour que les bons brins poussent droit, hume les fleurs et partage le soir, autour d'un feu de camp, avec les autres membres du village la senteur qu'il a le plus aimée dans la journée. Il la caresse comme un amoureux les cuisses de sa maîtresse, ou une mère les cheveux de son enfant qui vient tout juste de tomber et sanglote devant son genou écorché.

— Mais quelle est l'utilité de ce rôle ? » questionna une nouvelle fois Irina.

Il y avait dans cette civilisation une propension à mettre de côté le rendement, l'efficacité.

La jeune fille, habituée à ce que les autres gens se moquent d'elle, de ses décoctions de plantes ou d'huiles essentielles, mais aussi de son lien avec les éléments naturels, venait de découvrir qu'il existait un peuple pour lequel c'était une normalité. Un instant, un vertige la saisit.

Le sage l'observa avant de répondre :

« Chez nous, cet homme est aussi important que celui qui chasse et rapporte ce que nous mangerons le soir. Il observe quelque chose qui est invisible pour les hommes, mais permet à l'herbe d'être verdoyante, d'apporter de la bonne nourriture aux animaux. Cet homme est un artiste, pas parce qu'il sculpte la pierre, malaxe la terre ou dessine des paysages. Il permet à la nature de se galber et de se parer de ses plus beaux atours. Il est ce promeneur qui pose ses pas dans l'herbe comme s'il entrait dans un sanctuaire. »

Il promena son regard sur la crête des collines, puis ajouta :

« Je vous laisse quelques minutes avec l'homme qui dessine. »

Il désigna du doigt un homme penché non loin d'eux sur une grande planche posée sur des tréteaux en bois.

Dans sa main, il tenait une mine, sans doute de carbone, car les dessins étaient sombres. De temps en temps, il relevait la tête et fixait quelque chose devant lui. Les filles s'approchèrent et découvrirent des arbres au tronc fin, presque faméliques, tortueux : des bouleaux.

L'homme dessinait des rameaux, des circonvolutions. Son geste était précis, pointilleux, presque hypnotique : un mouvement doté de sacré. Séléné et Irina retinrent leur souffle sans en avoir conscience.

Ensuite, il prit une mine plus grosse, rectangulaire, de matière minérale aussi. Son geste se déploya, ample, plus beau encore que le premier.

Que dessinait-il ?

Son visage était concentré, entièrement tourné vers son œuvre.

Devant lui, la feuille blanche se remplissait : si cela ressemblait à ce qu'il faisait avec la première mine, ce n'étaient plus des arbres, mais quelque chose de vaporeux.

L'homme les regarda enfin, sortit d'un certain ébahissement et leur sourit. Il venait de terminer un dessin qui avait débuté avec des arbres pour s'achever avec des animaux aquatiques, des méduses.

La flore s'était faite faune sous leurs yeux, sans qu'elles s'en rendent compte. Le résultat était magnifique.

« Et l'homme dans tout ça ? » hasarda Irina.

C'était le grand absent de ce dessin.

« L'homme n'est pas présent sur la feuille, mais c'est par lui que l'œuvre advient, il est celui qui dessine ce qu'il voit, et, en tant que spectateur, il se fera passeur. »

Il s'interrompit, se tordit les doigts, puis ajouta :

« L'homme peut aussi être celui qui impose son joug et sa domination, le destructeur de ce qui refuse de se soumettre à lui. »

Il prit une grande inspiration, les yeux dans le vague, tourné vers un malheureux souvenir, avant de poursuivre :

« À l'homme de choisir l'embranchement qui lui permettra de compléter le début de son nom, "ho…" : hommage ou horreur. Chaque homme est libre d'emprunter le chemin qu'il souhaite. Ici, nous avons choisi depuis toujours la première route. »

Séléné et Irina avaient les yeux posés sur le dessin protéiforme, quand le vieil homme vint leur tapoter l'épaule.

« Continuons. »

Elles sourirent au dessinateur, et repartirent.

Les filles et le vieil homme étaient arrivés au bout du village.

Après avoir laissé l'entrelacs des rues, les visages qui se levaient à leur passage, les dessinateurs, les chercheurs d'herbes, les enfants et les guerrières, Séléné et Irina découvrirent une masse sombre face à elles : la forêt se hérissait, sans permettre à l'œil de percer ses secrets. Elle formait un tout dense, presque opaque. Les deux filles s'y arrêtèrent, subjuguées par la brume qui montait du sol comme des fumerolles. Les nuages stagnaient à quelques centimètres, cachant la mousse, les herbes et les champignons. Si la plupart étaient d'un blanc brillant, certains prenaient des teintes rosées, d'autres tiraient sur le céladon, d'autres encore sur l'azur.

« Les esprits de la forêt aiment s'y reposer. »

Le vieux désignait les nuages les plus éloignés et les plus larges aussi.

« Ils vivent tout proches de nous, parmi nous-mêmes. J'espérais qu'ils seraient là, mais la situation actuelle ne joue pas en notre faveur : ils vont sans doute rester à l'écart, dans le refuge des arbres. »

Ils patientèrent tous les trois quelques instants encore, à espérer une apparition. Soudain, ils virent comme des billes phosphorescentes, dans l'épaisseur des branches. Irina se redressa, Séléné voulut s'approcher, mais le vieux leva une main.

Des corps émergèrent.

Ce n'étaient pas les esprits de la forêt, mais des loups, des ours et des lions.

Les filles se raidirent, mais les animaux étaient aussi doux que des chiens acclamant le retour de leur maître. Le plus jeune des lions mit son museau dans la paume d'Irina, puis se frotta contre elle. Les animaux formaient une ronde autour d'eux, puis ils repartirent comme ils étaient venus.

La forêt redevint aussi sombre, gardant ses trésors pour elle.

Le vieux se mit à tracer de grands cercles dans le ciel avec son bâton. Un aigle arriva de la gauche, puis un deuxième ; bientôt, ils furent toute une nuée.

Le corps du vieux se courba soudain, il semblait souffrir. Irina s'approcha de lui, Séléné le retint.

« Ce n'est rien, juste une légère fatigue. »

Mais son visage, fripé par la tristesse, disait le contraire.

« Les signes célestes ne sont pas favorables », chuchota Irina à l'oreille de son amie.

Le sage se redressa, planta son bâton dans le sol, puis leur fit signe de le rejoindre.

Après quelques minutes, ils arrivèrent sur une grande place entourée d'un portique en bois sur lequel étaient dessinés des cerfs en train de voler, ou de sauter d'un pont à un autre. Leurs pattes tendues en avant indiquaient leur mouvement ascendant.

Au-dessus des têtes était peint un grand motif spiralaire, halo lumineux, et dans leurs bois nichaient de minuscules oiseaux, symboles de leur puissance surnaturelle, de leur appartenance au monde terrestre et céleste.

« Asseyons-nous sur ces pierres. »

Le vieux indiqua trois sièges qui semblaient les attendre. Ils étaient bien plus hauts qu'elles, mais à l'arrière, quelques marches permettaient d'atteindre leur sommet.

Séléné et Irina montèrent chacune sur ce qui ressemblait à des menhirs : sur le dessus, une tête d'être humain sculptée, la bouche ouverte.

« La tête chante. Elle est le lien entre nous et le ciel. C'est par ces sièges que nous pouvons communiquer avec votre monde. Mais seulement certains soirs, lorsque la lune est pleine. Ce n'est pas le cas aujourd'hui. »

Ils se faisaient face, le soir était tombé. Au loin, elles devinaient les dentelles des montagnes fendre l'horizon.

« Vous êtes arrivées grâce à notre arbre par qui tout est advenu. C'est lui qui nous sert de lien entre les deux mondes.

— Vous allez souvent dans le nôtre ? »

Le vieil homme se racla la gorge, tout en tapant ses pieds l'un contre l'autre.

« Non, jamais. Toutefois, nous nous sommes rendu compte que nos enfants naissaient dans le vôtre. Nos femmes sont enceintes, puis au moment d'accoucher, il n'y a plus aucun enfant. Leur ventre retrouve sa forme originelle sans qu'elles aient enfanté. »

Séléné ouvrit de grands yeux.

« Quelle tristesse ! »

Les trois regardèrent au loin.

Dans leur silence criaient les enfants nés ailleurs, dans d'autres bras que ceux de leurs parents. Séléné baissa les yeux.

« Nous avons perdu notre lieu sacré, je savais que ça arriverait un jour. La nature, consciente qu'un danger nous menaçait, a choisi de protéger les nôtres, en les faisant naître ailleurs. Je vais vous raconter notre histoire. C'est une légende ancienne dont j'ai moi-même oublié certains pans. Mais la voici… »

Le vieux alluma une pipe à longue tige. Il prit le temps de tirer quelques bouffées, une odeur suave envahit l'espace.

« Que les esprits me donnent des paroles sages. »

Il souffla dans ses mains et émit un son que jamais les jeunes filles n'avaient entendu auparavant.

Leurs sièges vibraient sous ce sifflement, la voix chantante dessinée dessus communiait, elle aussi, avec le vieux sage.

Alors, seulement, il commença son histoire…

Pour y aller, il fallait partir de la grande mer, celle dont on a oublié le nom, puis remonter le fleuve jusqu'à ce qu'il devienne ruisseau. L'été, il se tarissait. Là encore, il ne fallait pas rebrousser chemin, mais s'asseoir sur les pierres, lancer quelques cailloux, attendre que nos sens soient assez en alerte pour entendre le mince filet d'eau, continuer de le suivre, corps penché vers l'invisible. Alors seulement, on arrivait à cette tribu originelle. La mer mène à la mère.

L'air y était imprégné de parfums variés : épices, herbe sèche, légumes grillés, vins, brebis et chèvres qui paissaient dans les champs à côté. C'était un monde d'harmonie. Un temple avait été construit au centre de ce microcosme, le point d'équilibre de la tribu, l'unité vers laquelle le peuple convergeait. Tournées vers l'est, les colonnades qui constituaient le chœur se gorgeaient de la lumière rose de l'aube et saluaient le renouveau de chaque jour.

Chaque matin, enfants, femmes et hommes montaient sur les collines qui l'environnaient. Ils se faisaient silence, et devenaient aussi droits que les arbres derrière eux. Êtres et troncs se confondaient dans la lumière du matin.

Au creux des arbres, des esprits attachés à ce lieu arrivaient et les bordaient de leur lumière, sans faire de distinction entre eux.

L'ombre immobile de ce temple effaçait celle des hommes qui s'y rendaient : une source coulait sous cet espace et les lavait, arbres et hommes, de leurs douleurs contenues.

Chaque jour se déroulait le même rituel, selon une harmonie sans cesse renouvelée.

Il y avait là une grâce et une force qui firent un envieux. C'est par un des leurs que la chute advint.

Cet homme faisait partie de la tribu, avait reçu la même éducation que les autres, et pourtant le désir de se hisser, d'être plus fort que ses compagnons, de dominer, l'emporta.

Il se mit à chuchoter dans l'esprit des autres, les plus faibles, des paroles enchanteresses.

« Ne trouves-tu pas qu'Untel est enviable, avec son troupeau ? Ne trouves-tu pas que cette terre mériterait d'être davantage exploitée ? »

Les paroles fusaient, s'instillaient comme un venin, dans l'âme de certains. Et un jour, cet homme ne fut plus seul, un groupe entier se tenait derrière lui.

Ils prirent leur distance : ils commencèrent par rejeter leur histoire, leurs mythes. Puis cela ne leur suffit plus : ils eurent envie de dédaigner leur propre langue. Alors ils devinrent des déracinés, complètement hors de contrôle, guidés par des valeurs nouvelles, sans plus de lien avec leur source pour les guider.

Bientôt, ils franchirent les montagnes pour quitter ce lieu qui les avait vus naître, ils vécurent de rapineries; mais rapidement, tout cet espace ne leur suffit plus, ils eurent envie de retourner vers ce temple, et de le dominer, lui aussi.

À l'image de leur fourberie, ils attaquèrent par surprise de nuit et s'emparèrent du lieu sacré. Ils imposèrent de nouvelles lois sans laisser le temps aux autres de se défendre.

La deuxième nuit, tandis que certains résistaient encore, ils mirent le feu à leurs maisons et se postèrent devant, le rire gras. Les autres ne bougèrent pas : ils restèrent derrière leurs murs, les défiant d'un regard qui disait : « Vous ne nous aurez pas, nous ne ferons jamais partie des vôtres. »

Alors la nuit tomba et obscurcit les jours suivants. Il n'y eut plus jamais ni rituel ni peuple sur la colline.

Seuls les arbres se tenaient encore debout, leurs feuilles bruissant de leurs larmes, droits, dignes, mais solitaires. Ils étaient les seuls à pouvoir encore regarder l'herbe pousser, à s'attacher aux corneilles dans le ciel, à fixer leur vol gracieux et silencieux. Les hommes les avaient abandonnés.

Les esprits regagnèrent la forêt et quittèrent ce temple souillé par la cupidité de quelques-uns.

Quelques-uns de cette tribu originelle parvinrent à s'échapper et, disséminés, ils vécurent loin de la folie de ceux qui un jour avaient été des leurs.

Ils se mirent à cultiver une autre terre, à tracer des sillons pour planter de nouvelles graines, faire pousser de nouvelles récoltes. Retourner à la vie, après l'effroi.

Avec le temps, ils oublièrent l'endroit qui avait abrité ce temple, et ne surent bientôt plus comment y retourner.

Il n'est jamais bon de se souvenir des moments bénis : leur allégresse déchue est un poison qui empêche de continuer à vivre.

Ces hommes se confondirent un temps avec leur ombre, n'arrivèrent plus à se laver de leurs tourments, mais s'autorisèrent une seule distinction, un seul espoir : cette marque, en forme de croissant de lune, sur leur poignet.

Ils apposèrent ce tatouage de l'âme aux enfants qui marchaient à peine, une distinction discrète mais éternelle qui disait : « J'appartiens à ce peuple-là. »

« Voilà pourquoi, Séléné, tu es, pour nous, le signe du renouveau. »

Les yeux du vieil homme brillaient d'un feu inédit. Malgré la distance, Séléné sentit sa flamme. Un pont invisible s'était créé entre eux.

« Ce n'est donc pas une marque de naissance ?

— Une distinction, plutôt, comme un bijou que tu ne quitteras jamais. »

Le sage passa son index sur le collier qui ornait son cou.

« Ma mémoire est capricieuse, elle oublie de nombreux passages de cette légende. C'est une histoire ancienne, et personne aujourd'hui ne sait plus où se situe ce temple. Nous pensions vivre ainsi de nombreuses années, malgré la perte originelle de ce lieu sacré, mais récemment, certaines choses ont commencé à aller mal. Tout a débuté le jour où nous avons mis, comme à notre habitude, un corps malade dans l'un des troncs.

— Un tronc ? interrogea Irina.

— Nos arbres à l'extérieur du village ont les troncs creux, ils sont habités par le souffle de la forêt. »

Puis, s'adressant à Séléné :

« Le cerf à tête humaine est cet esprit. »

La jeune femme hocha la tête, se remémorant ses visions.

« On place le corps à guérir à l'intérieur et la forêt agit. »

Le vieil homme se tourna vers Irina et tous deux se sourirent.

« Vous me montrerez », dit Irina.

Le sage acquiesça. Ses deux pieds cessèrent de taper l'un contre l'autre. Son visage s'obscurcit. Un nuage noir passa au-dessus d'eux.

« Et puis, un jour, mais lequel ? Ma mémoire me fait défaut... Tout a de nouveau basculé. Le matin, nous avons déposé une femme, une guerrière, qui avait été attaquée par un ennemi. Elle avait été faite prisonnière : ils l'avaient retenue enfermée dans un cachot, sans nourriture ni boisson, et ce durant plusieurs jours. C'est leur façon d'opérer : ils affaiblissent nos guerrières avant de les torturer. Ils jouissent de contempler la souffrance des nôtres. Ils avaient prévu de la lapider, de lui lancer des pierres jusqu'à ce qu'elle meure, mais notre guerrière a vu un signe dans le ciel, avant que celui-ci ne s'obscurcisse. La nature lui a permis de s'échapper... Quand elle est revenue chez nous, elle avait perdu beaucoup de sang, et n'était déjà plus qu'une ombre. Le visage émacié, le corps bleui par les coups infligés, elle tenait à peine sur ses jambes.

« En entrant dans le village, elle s'est évanouie : sans doute avait-elle usé ses dernières forces. Un enfant a crié qu'une guerrière était revenue. On l'a portée à bout de bras et on l'a conduite dans un tronc. On venait à peine de la glisser à l'intérieur qu'elle fut prise de soubresauts. On a d'abord pensé que c'était une façon de la guérir, de la faire revenir à la vie. Mais après, sa peau est devenue rouge, presque translucide. En quelques minutes, son corps s'est liquéfié, et on a assisté, impuissants, à sa mort. Son visage portait le poids de la souffrance qu'elle venait d'endurer. C'est la dernière image que nous avons d'elle. Quand on est revenus au village, les autres guerrières se tenaient là, et ont compris, sans qu'on ait besoin de leur parler. J'ai encore leurs cris en tête. C'est ainsi que nous savons qu'un déséquilibre arrive : nos ennemis s'attaquent toujours en premier à nos guerrières. »

Le vieux s'arrêta de parler, encore sous le coup de l'émotion.

« Cette lapidation, cette femme… je l'ai vue en rêve… », murmura Séléné.

Le sage reprit :

« Par la suite, les incidents ont recommencé, de plus en plus nombreux. Comme ces bébés qui ne naissaient plus ici, mais dans votre monde.

— Comment ça ? demanda Séléné.

— Comme je vous l'ai expliqué, les mères sont enceintes, mais n'accouchent jamais. Leur ventre est plein, elles sentent leur enfant bouger, mais il ne naît pas. On s'est demandé au début ce qu'était ce nouveau phénomène, il y avait des signes de changements depuis quelque temps, mais on n'y croyait pas. Et puis un de nos contacts de votre monde nous a rapporté une drôle d'histoire. Un enfant avec un don particulier. Différent des autres enfants de votre monde. Quand il l'a décrit, il était évident que c'était un de notre tribu. Cet enfant dessinait comme l'homme que vous avez vu tout à l'heure.

— Mais comment avez-vous su que ce n'était pas une coïncidence ?

— D'autres éléments l'ont prouvé. L'enfant portait le tatouage étrange d'une branche d'arbre à l'intérieur de son poignet.

— Comme ma marque.

— Exactement. »

Le vieux se gratta la gorge.

« Vous avez parlé de contact ? Vous communiquez avec notre monde ? demanda Irina.

— Plus que vous ne le croyez. Des femmes et des hommes de votre monde ont ce don. Milena en fait partie. Nous ne faisons pas qu'échanger, ils nous protègent aussi.

— L'accès à votre monde ?

— Pas seulement. Dans votre monde, certaines personnes mal intentionnées aident nos ennemis : eux aussi communiquent ensemble dans le seul but de nous renverser. Vous en connaissez au moins deux. »

Le vieux plissa ses yeux, déjà petits.

« Bostian et Karl ! souffla Irina.

— Exactement. »

Séléné et Irina n'y avaient pas fait attention, mais des hommes, des femmes et des enfants s'étaient attroupés autour d'eux et se balançaient lentement de gauche à droite en les regardant, comme bercés par l'histoire.

« Mais ce qui n'était jamais arrivé, c'est qu'un enfant de la plus ancienne des tribus naisse dans l'autre monde. »

Ses yeux percèrent Séléné autant que ses paroles.

Tous retinrent leur souffle, hommes, femmes et enfants. Le vieux reprit :

« Ta marque indique que tu fais partie de la plus ancienne des tribus, celle de la légende.

— Où sont-ils ? » l'interrompit Séléné, le cœur battant.

Le vieux fit un large geste de ses bras.

« Ailleurs, disséminés dans notre monde. »

La jeune femme se mordit la lèvre de dépit, et le vieux embraya :

« Cette marque est un tatouage que chaque tribu fait, lors de la fête des enfants : c'est un rite important chez nous. Ta mère t'a portée, comme les femmes de notre village, mais tu es née dans l'autre monde, sans que ta mère l'ait choisi. Nul ne sait comment ce tatouage s'est imprimé dans ton poignet mais il ne peut signifier qu'une seule chose : tu appartiens à notre monde. »

Des images de l'orphelinat lui revinrent en tête, mais aussi cette voix qui l'avait hantée lors des épreuves : celle de sa mère. Cela signifiait-il qu'elle ne l'avait pas abandonnée ?

La question lui brûla les lèvres, mais le sage la devança, comme s'il lisait dans ses pensées :

« Je comprends ta question. »

Du haut de son menhir, Séléné fut prise de vertige et se raccrocha à la pierre froide.

Depuis des années, elle s'était construite sur cette image : si sa mère l'avait abandonnée, c'était parce que même bébé elle ne valait pas la peine qu'on la garde, qu'elle ne possédait aucune valeur. Et ce soir, par la bouche d'un sage, elle apprenait le contraire, que sa mère n'avait jamais choisi de l'abandonner, qu'elle avait elle-même subi cette séparation, et souhaitait sans doute la revoir.

Sous ses pieds, elle sentit le sol bouger comme des vagues, puis s'ouvrir : cette révélation remettait en cause tout ce qu'elle avait construit. Séléné s'était modelée sur un mensonge, une erreur de perception, mais cet abandon, aussi cruel fût-il, était devenu au fil des ans une poutre sur laquelle marcher et avancer, malgré tout. Ce soir, il n'y avait plus besoin d'être funambule, il lui fallait réapprendre à fouler un sol ferme, sans précautions. L'abandon qui l'avait constituée n'en était pas un.

Ce soir, la terre s'ouvrait sous ses pieds, mais c'était pour mieux l'accueillir.

Séléné prit une grande inspiration. Autour d'elle, les odeurs de la fin de la journée emplirent ses poumons d'un nouvel air, celui que la nature met une journée entière à capturer pour le rendre dans un feu d'artifice à la nuit tombée.

Pins, mélèzes, hêtres, chênes, mousse, violettes, marguerites, mais aussi la terre humide se faisaient bouquet d'une renaissance que la jeune fille n'espérait plus.

Irina restait muette, à côté d'elle, à manipuler entre ses doigts deux santons : l'un des siens et celui qu'elle avait ramassé dans les cendres d'une des maisons.

Elle aussi se posait des questions sur ces révélations.

Elle regarda son poignet vierge de marque.

Irina leva la tête vers la voûte céleste. Les étoiles brillaient davantage que dans son monde : ici, le ciel était clair, dénué de pollution. La jeune fille repensa à la vie qu'elle menait là-bas, à ses difficultés à s'y sentir à sa place.

Qu'est-ce que cette histoire révélait sur elle-même ?

Elle embrassa du regard ce nouveau monde, les pratiques de cette tribu, très proches des siennes.

Quand elle était arrivée dans les rues du village, elle avait eu l'impression, pour la première fois de sa vie, de reconnaître dans les visages de ces femmes des sœurs, cousines, tantes ou grands-mères. Une certaine proximité de traits et de gestes qui l'avait éblouie, jusqu'à ce santon qu'elle avait trouvé dans les ruines d'une maison et qu'elle ne cessait de manipuler entre ses doigts depuis, cherchant à sonder ses arcanes dans les nervures du bois.

Elle regarda l'intérieur de sa paume qui était devenue plus sombre par endroits, à force de caresser le bois brûlé. Les cloques des épreuves avaient disparu, comme par magie.

Le carbone de ce santon découvert dans les cendres s'était déposé sur le sien, çà et là. Les deux bois se répondaient et chantaient leurs correspondances communes, comme deux amis qui se retrouvent après plusieurs années.

Irina examina les deux santons. Par une étrange coïncidence, ils avaient exactement le même visage : tous les deux portaient les traits de sa sœur Daria.

La jeune femme leva la tête pour retenir une larme qui courait déjà sur sa joue.

Le mot « maison » peut revêtir plusieurs visages : pour Irina, il avait la forme d'une silhouette sculptée dans du bois tendre dont chaque nervure était un retour au pays natal.

« Est-ce que ma mère est toujours vivante ? » demanda Séléné d'une voix aiguë, un cri qui n'en pouvait plus d'être prisonnier de son corps sans avoir l'audace de s'en libérer.

Le sage eut un geste désolé :

« Même si on m'appelle "Celui qui sait", il est des choses que je ne connais pas. Je sais seulement que la marque à ton poignet signifie que tu appartiens à cette tribu originelle, que ce n'était jamais arrivé auparavant, que c'est un signe, celui du renouveau. Je n'en sais pas plus, ni où se trouve ta mère, ni même si elle est encore vivante. Tu es seulement, et c'est déjà beaucoup, un espoir pour nous, celui d'un équilibre qui pourrait revenir, et que nous attendons depuis longtemps déjà. »

Le sage eut un sourire triste.

« Mon rôle est de vous raconter ce que je sais, comme des cailloux pour vous mettre sur le chemin de ceux que vous cherchez. »

L'homme mit ses jambes en tailleur, le dos droit, comme pour mieux continuer ses explications, offrant le haut de son corps délié aux mots.

Le soir était tombé depuis longtemps, les ombres des sièges sur lesquels ils s'étaient assis se rejoignaient en leur centre, en une union à trois têtes.

Les villageois se tenaient toujours autour d'eux, certains s'étaient assis, d'autres dormaient, d'autres encore écoutaient avec attention les paroles de leur sage, bercés par le timbre grave de sa voix.

« À la suite de ces disparitions, les mères erraient, le ventre aussi vide que leurs bras. Certaines perdaient espoir, d'autres tentaient d'être à nouveau enceintes, mais la malédiction se répétait. Elles n'accouchaient pas. Beaucoup sont devenues folles. »

À ce souvenir, un cri déchira l'horizon. La lune se cacha derrière un nuage, impuissante elle aussi à guérir cette douleur.

« Il ne nous restait plus qu'une chose à faire : en parler à ceux de votre monde qui nous entendaient depuis toujours, leur faire part de cette fatalité, qui menaçait à terme notre civilisation. Les "rabatteurs", comme nous les avons appelés, se sont mis à chercher quels pouvaient être les enfants de notre monde, pour les révéler à eux-mêmes. Nous en avons énormément dans les orphelinats. »

Le vieux fixa Séléné.

« Camille », dit-elle, comprenant soudain.

Elle ouvrit de grands yeux, s'apprêtant à poser une question, mais l'homme poursuivit :

« Nous te suivions depuis longtemps. Ton voyage a été l'occasion parfaite pour te tester. Milena t'a donc cherchée sur cette aire d'autoroute, afin de constater de ses propres yeux la marque à ton poignet. Le destin a ensuite fait le reste pour que tu arrives jusque chez elle. Milena est une fidèle gardienne, même si nous savions que son frère constituait une menace.

— Pourquoi ?

— Parce que Karl fait partie de l'autre camp, il est lui aussi un gardien, mais œuvre pour la civilisation qui nous menace. Il a pour mission de faire échouer sa sœur. Cela s'est déjà vu par le passé : parfois, au sein d'un même foyer, naissent un frère et une sœur ennemis. Mais Milena est forte, votre arrivée ici en est la preuve. »

Le sage se dandina un peu sur son siège. L'histoire n'était pas terminée.

« Mais c'est la première fois qu'une jeune fille de la plus ancienne des tribus, celle qui gardait le temple sacré fait de pierres, arrive jusqu'à nous.

— Mais je croyais que vous n'aimiez pas ce qui était permanent, comme les monuments en pierre », rétorqua Irina.

L'homme partit d'un petit rire de souris :

« Tu as bonne mémoire, toi. C'est vrai, en effet, mais à cette époque, certaines choses étaient différentes d'aujourd'hui. Ils gardaient donc le temple sacré et avaient tous à l'intérieur de leur poignet un croissant de lune. On raconte qu'ils étaient grands et qu'ils possédaient une force surhumaine. La suite, vous la connaissez : certains ont choisi de les renverser, ont piétiné cette tribu-mère. Depuis ce jour, nous avons choisi de ne plus accorder nos cœurs à des pierres. Nous avons perdu les meilleures, à quoi bon regarder et vénérer les autres. Jamais plus nous n'avons eu de temple sacré, la nature possède ses propres piliers : les arbres forment des colonnades pour celui qui sait les voir. Et aujourd'hui, de nouveau, un autre peuple veut nous assiéger, nous réduire en cendres, comme jadis. »

Le sage se tut, les villageois aussi. Dans un geste de recueillement, ils baissèrent la tête.

« Mais pourquoi ne pas vous battre ?

— C'est contraire à notre nature. Des guerrières remplissent cette mission, mais ce n'est pas notre façon de vivre, cela nous tord et nous brise. Certains voient dans cette non-violence un défaut, une tare qui nous conduira à notre perte. Mais notre société n'est pas construite pour nous défendre des autres, notre force réside ailleurs, pas dans le combat. Sinon nous serions les mêmes que ceux contre qui nous combattrions.

— Et qu'est-il arrivé à ceux de la cité-mère, une fois disséminés ? »

Le vieux eut un large geste du bras gauche pour entourer l'espace.

« Ils ont fondé de nouvelles cités afin de ne pas perdre ce qu'ils avaient appris, ils ont transmis, partagé ce qu'ils connaissaient. C'est leurs savoirs que nous apprenions à notre tour à nos enfants, tant qu'ils naissaient encore.

— Nos deux mondes sont très liés, murmura Séléné, comme si elle se parlait à elle-même.

— Plus que tu ne le crois, sourit le sage, d'ailleurs ne t'es-tu pas demandé pourquoi nous avions la même organisation depuis toujours, pourquoi notre société ne changeait pas ? »

Séléné secoua la tête, regarda Irina qui leva les épaules en signe d'ignorance.

« Nous avons la faculté d'oublier les défauts du passé de nos ancêtres. Nous naissons nus, en quelque sorte. Dans votre monde, vous naissez avec le poids de vos fantômes, sur plusieurs générations. Ici, ce n'est pas le cas. Notre naissance est une réelle terre vierge.

— Et d'où vient ce pouvoir ?

— Du fameux temple sacré dont nous avons perdu la trace… »

Autour d'eux, les villageois murmurèrent. Chacun y allait de son explication, chacun connaissait quelqu'un qui en connaissait un autre qui avait vu que…

Séléné chercha à en savoir davantage :

« Vous avez dit que je faisais partie de cette tribu originelle, mais aussi que je ressemblais à quelqu'un que vous connaissiez autrefois. Vous parliez de ma mère ? »

Le corps de la jeune fille s'était penché en avant, dans l'attente d'une réponse.

« Non, cette personne était un enfant. »

Le vieil homme la regarda sans la voir, son esprit au-delà du visage de la jeune femme, vers le champ des souvenirs.

« Cela fait tellement longtemps que je ne m'en souviens plus. Depuis que la fatalité s'acharne, ma mémoire se fait oublieuse elle aussi. L'effacement et le délitement de notre peuple vont de pair avec elle. Mais ce dont je me rappelle, ce sont ses yeux. Les mêmes que les tiens, la même forme et cette couleur dorée si particulière. »

Un chant s'était élevé sur leur gauche, une mère berçait un enfant déjà grand.

« La dernière fois que je l'ai vu, c'était il y a pas mal d'années, je crois… La brume accapare mon esprit, tout devient flou, mais je me souviens très bien que cet enfant voulait se rendre vers la cité-mère.

— Celle qui a été perdue ? »

Le chant de la mère cessa.

« Non, il s'agit de la plus importante de nos cités. On est une tribu, mais la cité la plus importante, la cité-mère, est plus à l'est. Vous appelez ce pays “Ukraine”, dans une région que nous nommons “Kievski”, dans les plaines des Carpates. »

Il désigna la ligne d'horizon sur sa droite :

« Le centre se trouve derrière les pins et les montagnes bleues. Il faudra vous y faire recenser, maintenant que vous êtes arrivées ici. C'est la marche à suivre.

— Comment ?

— Vous allez devoir retourner dans votre monde, car ici nos ennemis nous assiègent. Voilà pourquoi il était important que vous veniez, de vous raconter l'essentiel cette nuit. »

Irina regarda Séléné. D'un hochement de tête entendu elles surent qu'elles iraient vers la cité-mère ensemble, retrouver cet adolescent qui avait les mêmes traits que son amie, et aussi découvrir ce qui se cachait dans cette ville.

Séléné baissa la tête, prise par une émotion soudaine. Elle venait d'entendre ce qu'elle voulait depuis son enfance, sans oser l'espérer. Elle n'avait qu'une envie : partir en savoir plus sur ce monde, ce temple sacré perdu, mais surtout découvrir qui était cette personne qui lui ressemblait.

De son côté, Irina était impatiente de connaître davantage le pouvoir des santons, qu'elle avait découvert contre Bostian, et surtout, sans se l'avouer, d'apprendre qui étaient ces personnes qui aimaient aussi fort qu'elle sculpter des figurines, regarder les animaux comme leurs semblables, ou encore croire aux esprits de la forêt.

Quand elle sauta de la pierre carrée, un large sourire illuminait son visage. Irina était prête.

Elle buta contre un corps.

« Oh pardon ! »

Un jeune homme était assis au pied de sa pierre et elle venait de lui écraser le pied.

Ils échangèrent un regard. Ses yeux étaient d'un vert très clair qui contrastait avec la nuit qui les entourait.

Le jeune homme baissa la tête, sans doute impressionné par Irina. Il ramassa quelques feuilles mortes et repartit dans l'obscurité du village.

Quelque chose par terre attira son attention : le garçon avait laissé tomber plusieurs feuilles. Elle les ramassa et huma leur odeur boisée.

Soudain un grand tumulte parcourut les huttes.

Une sorte de cor de chasse qui annonçait l'arrivée des ennemis.

Irina tourna la tête vers Séléné, aussi perplexe que son amie.

Le vieux sage cria par-dessus les hurlements des guerrières :

« Ils arrivent ! Vite, suivez-moi dans ma hutte, j'ai une dernière chose à vous enseigner ! Avez-vous vos fioles ? »

Le visage du sage était tendu, ses yeux agrandis par la terreur que lui inspirait le combat qui se déroulerait bientôt.

Une fois dans sa hutte, l'homme prit leurs deux fioles dans sa main, puis fit signe aux jeunes filles de le rejoindre dans la pièce à côté. Il ouvrit un flacon qui contenait un liquide jaune phosphorescent qu'il versa avec parcimonie dans chacune des fioles.

« Tes pouvoirs sont déjà conséquents, ta fiole est bien remplie. »

De quels autres pouvoirs parlait-il ?

Irina avait bien constaté le pouvoir de ses santons face à Bostian, mais elle était encore incapable de savoir quelle était l'étendue de ses dons et le rapport avec cette fiole.

Le sage passait à présent sa main sur les nervures dorées du flacon de Séléné :

« Grâce à l'onguent que vous avez mis, le verre est encore plus résistant qu'avant. »

Il leva le flacon au-dessus de sa tête et le fit tournoyer devant lui, face à l'âtre de la cheminée dont le flamboiement traversa la fiole.

« Celle de Séléné est moins pleine, elle a dû perdre certains de ses effets lorsqu'elle s'est fissurée. »

Il versa quelques gouttes du même liquide dans la fiole qui changea de couleur : à l'intérieur flottaient de minuscules billes jaunes.

« Grâce à ça, il vous suffira pour cette fois de le vouloir pour passer dans l'autre monde. »

Les jeunes femmes hochèrent la tête et rangèrent chacune sa fiole dans son sac à dos.

À l'extérieur, les villageois se préparaient à être assaillis.

« Nous allons brûler notre village et partir. Vous avez encore un peu de temps, nous ferons tout pour qu'ils ne vous trouvent pas. Ils sont tellement aveuglés par leur haine qu'ils n'imaginent pas que vous puissiez être là. Maintenant, fuyez ! »

Le vieux les regardait sans bouger.

De son visage émanait une sorte de calme qui tranchait avec les bruits et les cris qui parvenaient du dehors.

Il savait pourtant que c'était la dernière fois qu'il voyait Séléné et Irina.

« C'est l'ire des guerrières que vous entendez, elles crient pour se donner du courage. Leur destin est en train de s'accomplir. Elles sont nées pour ça.

— Et si on restait pour vous aider ? J'ai de la force, et Irina connaît le pouvoir des santons. »

Le vieux les regarda avec un sourire triste.

« Ne vous inquiétez pas pour nous. Nous sommes comme ces fourmilières qui engendrent des princesses pour reconstruire à côté une autre fourmilière. Nous n'avons pas besoin de posséder. Partir fait partie de notre équilibre.

— Mais quel lien existe-t-il entre votre monde et le nôtre ? » interrogea Irina.

Le vieux prit une grande inspiration, puis commença :

« C'est simple, nos deux mondes… »

Mais quelqu'un toqua à la porte, puis entra sans prendre le temps d'attendre une réponse.

« Tout le monde est prêt. »

Le sage pinça ses lèvres, puis hocha la tête.

Quand elles sortirent, la brume de la nuit se mélangeait au feu blanc du village. Elles toussèrent, le nez pris par la fumée qui s'échappait déjà des maisons. Ils venaient d'incendier les premières cahutes, et s'éloignaient déjà sans regarder l'incendie prendre son envol vers le toit de chaume.

Séléné se rappela les dernières paroles du sage :

« Ce n'est pas grave de tout brûler, cela fait partie du cycle. Mais vous, poursuivez votre route. Nous serons unis dans notre exil, vous vers la cité-mère, nous ailleurs, mais unis sur un même chemin. Celui du renouveau. »

Autour d'elles, les villageois se taisaient, les guerrières étaient parties combattre, et avaient emporté leurs cris.

Le silence emplissait les rues.

Les villageois quittaient leurs maisons sans refermer la porte derrière eux. Le vent s'y engouffrait, chantait son air plaintif et repartait dans une autre.

Chaque famille touchait pour la dernière fois sa hutte, ils mettaient leurs paumes sur les murs, baissaient la tête, de leur bouche s'élevait une prière muette, puis ils s'éloignaient, laissant un des membres mettre le feu aux meubles.

Les familles se croisaient dans les rues, elles baissaient la tête d'un air entendu, comme lorsqu'on veille un défunt et respecte la tristesse de l'autre.

De la même manière que dans la vision de Séléné, l'embrasement remonta le long des murs, les lécha de sa volupté, avant de se déchaîner sur la paille des toits.

Il y eut un mouvement de foule vers le haut de la colline, puis soudain, comme un seul homme, ils s'arrêtèrent en haut du village, à l'endroit où il restait encore quelques maisons intactes qu'ils contemplèrent comme un souvenir bientôt enfoui dans leur mémoire. Les derniers reliquats, la dernière présence de ce qu'ils avaient été tenaient encore debout pour quelques minutes.

Une femme s'approcha des dernières bâtisses et y mit le feu.

Il y avait dans ses gestes un rituel presque sacré : ce n'était pas une destruction, c'était une danse qu'elle effectuait, de ses gestes amples et majestueux, comme ces arbres qu'on élague pour qu'ils deviennent plus forts encore.

Séléné se retourna vers la hutte du sage, qu'elle avait perdu de vue en montant vers la colline.

De la vallée, des clameurs guerrières remontaient.

Les ennemis s'approchaient : la jeune fille attira Irina vers un bosquet derrière lequel elles pourraient voir le flanc de la montagne qui menait au village. La curiosité était plus forte que l'urgence à fuir.

Alors elles les virent.

Les ennemis avançaient et détruisaient ce qu'ils trouvaient sur leur passage. Les poteries qui séchaient, les dessins aperçus un peu plus tôt dans la journée. Le carnage avait commencé.

C'étaient des hommes hideux, voire autre chose que des hommes tant leur corps portait la laideur de leur hostilité. Il n'y avait aucune harmonie chez eux, aucun plaisir à les regarder avancer, expectorant des borborygmes tous plus hargneux les uns que les autres.

Séléné réprima un cri : tous avaient le même tatouage sur une partie du corps. Elle reconnaissait ces arabesques et ces volutes noires pour les avoir aperçues sur Bostian et sur Karl.

Il y avait chez ces êtres une exubérance dans les gestes : certains frappaient ceux qui n'avançaient pas assez vite à leur goût, les poussant et leur marchant dessus. Ceux qui les suivaient s'élançaient aussi dans leurs pas et riaient de leur acharnement, tandis que ceux qui étaient tombés cherchaient à mordre ou pincer au hasard, comme ces chiens de combat devenus aveugles, mais qui continuent de s'estourbir jusqu'à l'agonie.

« Il paraît que certains n'hésitent pas, durant les grands hivers, à manger leur frère ou leur sœur. »

La voix était venue de derrière. Les filles se retournèrent, effrayées. Irina reconnut le jeune homme qu'elle avait bousculé tout à l'heure.

« C'est mon frère qui me l'a dit. Ils laissent d'abord le cadavre dans le jardin : la neige le protège de la putréfaction, puis ils découpent un morceau, dès qu'ils ont faim. Ils font un grand feu et ils embrochent la viande sur des piques. Ils la font griller, en hurlant des borborygmes.

Le corps grésille, crépite, semble dire d'ultimes mots que ses semblables n'entendent déjà plus. »

Irina eut un haut-le-cœur.

« C'est effrayant. Sont-ils vraiment des hommes pour agir ainsi ? »

Le jeune homme en face d'elle poursuivit, sans répondre à sa question :

« Ce sont eux qui nous ont enlevé le lieu sacré dont le sage vous parlait tout à l'heure. »

Séléné regarda les ennemis de nouveau : ils portaient le chaos du monde.

Elle tourna la tête vers les villageois qu'elle venait de quitter. En elle bouillonnait le feu d'une vengeance qu'elle saurait prendre un jour.

Dans le ciel, une ombre se détacha, la jeune fille leva les yeux sur un point sombre dans le ciel qui se rapprochait : c'était le dragon qu'elle avait affronté quelques heures plus tôt, son monstre, ses propres peurs qu'elle avait vaincues. Il fonça sur les ennemis et cracha sur eux : plusieurs feux se mélangèrent. Celui des hommes, des bêtes, mais aussi celui de la conscience de Séléné.

Les villageois se tenaient désormais en haut de la colline devant leur village en flammes, leur visage s'embrasait des jours passés.

Dans le silence de l'incendie, une voix ténue s'éleva, c'était celle du plus jeune et du dernier des enfants, bientôt accompagnée du chœur des femmes aux ventres vides, puis soutenue par les voix graves des hommes.

Ils chantaient leur dernier jour pour qu'il y ait d'autres lendemains.

Puis ils se mirent en marche vers les montagnes. Un chemin ardu les attendait, entre les pierres qui roulaient sous leurs pas. En mouvement, ils luttaient contre le temps inéluctable ; en marche, ils tentaient de rattraper le temps qui s'effilochait derrière eux.

Ils venaient de sacrifier leur bien le plus cher, le donnant en pâture brûlante et en cendres à leur ennemi, mais ailleurs renaîtraient d'autres demeures, d'autres terres bien plus grandes et fertiles que celles qu'ils venaient d'immoler.

Leur peine aurait été plus grande s'ils avaient laissé leurs maisons aux mains de la civilisation ennemie.

Là, le feu salvateur laverait tout, ces hommes quittaient leur terre bientôt outragée, mais gorgés d'une force nouvelle, vierges de ce qu'ils avaient sacrifié. Il valait mieux fuir plutôt que d'affronter : partir était leur seul salut, leur seule chance face à la bêtise et l'ignorance de ceux qui les attaquaient.

Les villageois continuaient de marcher en silence, seules leurs semelles élevaient une plainte qui n'était déjà plus la leur : en accomplissant ces gestes de dépossession, ils venaient d'atteindre le miracle de l'équilibre. Sacrifier pour continuer d'exister, de grandir.

Une dernière fois, ils se retournèrent comme un seul homme et regardèrent l'incendie.

Dans chaque toit qui s'effondrait, c'était le bruit du temple perdu qu'ils entendaient. Il y a dans l'absence des choses un désir plus fort encore que si l'objet avait continué d'exister.

Séléné les trouva beaux. Ils formaient ensemble une cohorte invincible : dans leur exil commun, chaque villageois montrait qu'il était solidaire des autres, comme cet essaim d'abeilles qui restent attachées les unes aux autres envers et contre tout.

Séléné et Irina les regardèrent tous partir derrière la plaine : là-bas une ondée apparut, le ciel venait de s'entrouvrir et pleurait lui aussi.

Ce peuple irait là où la pluie le mènerait : les gouttes seraient l'âme du lieu perdu qui retomberait en perles.

Le feu transmué en eau rédemptrice.

Elles étaient arrivées à l'entrée de la grotte. Le retour par le portail s'était fait dans le plus grand silence, les jeunes filles avaient tant de paroles en tête, tant d'explications.

Parvenues devant la maison de Milena, elles pleurèrent sans savoir si c'était de soulagement, de joie ou de tristesse. Elles entrèrent dans le hall comme dans un sanctuaire.

« C'est un revirement historique : plusieurs espèces qu'on croyait disparues viennent d'être observées en différents endroits de la planète ! On se demande encore comment une telle prouesse est possible. Je vous donne rendez-vous ce soir pour une quotidienne exceptionnelle ! »

La voix du journaliste qui accueillit Irina et Séléné leur était familière : c'était l'émission qu'écoutait leur hôtesse chaque matin. Elles étaient bien revenues dans leur monde. Elles gagnèrent le salon avec une joie indescriptible, mais personne ne les y attendait.

Du sang maculait le parquet, des meubles avaient été renversés, une partie du canapé éventrée. La mousse blanche faisait comme des nuages.

« Milena ? »

Les filles crièrent plusieurs fois, montèrent à l'étage, ouvrirent toutes les portes, soulevèrent des draps dans les pièces en travaux, allèrent à la cave : leur hôtesse avait disparu.

« Tu crois que Karl... ? »

Irina n'eut pas le temps de terminer sa phrase qu'un rire dans son dos la fit sursauter.

« Mes pauvres, vous voici seules sans Milena. »

Bostian avançait vers les filles, un mauvais rictus lui barrait le visage, l'un des gros volumes issu de la bibliothèque de Milena sous le bras. Séléné s'apprêtait déjà à le combattre, mais il continua de rire :

« Oh, rassure-toi, je ne compte pas vous affronter ! Je suis resté coincé dans ce cercle toute la nuit, j'ai compris la leçon. Mais si j'étais vous, je ne traînerais pas dans les parages, Karl risque de revenir. »

La colère emporta Séléné, qui s'approcha de Bostian, index pointé tout contre son visage. Ses yeux jaunes étincelaient d'une rage qu'elle ne contenait plus :

« S'il est arrivé quelque chose à Milena, toi comme Karl vous allez le payer ! »

Bostian ricana de plus belle.

« Et si je te disais qu'il détenait aussi ton frère chéri et son adorable fiancée, tu dirais quoi ? »

La révélation pétrifia Séléné. Son frère ? Daria ? Le monde tangua autour d'elle, quand elle imagina ce monstre de Karl poser la main sur eux. Un frisson parcourut son échine. Et s'il les avait déjà tués ? songea-t-elle. Elle jeta un coup d'œil à Irina, sous le choc elle aussi.

Derrière elles, la voix du journaliste continuait d'égrener les informations.

« Une nouvelle dépêche vient de tomber. Les Yanomami, tribu amazonienne vivant au nord du Brésil et au sud du Venezuela, ont été spoliés de leurs terres. Près de quinze mille personnes ont été obligées de quitter leurs villages. L'État brésilien n'a pas encore fait d'annonce officielle concernant cet exil forcé… »

Mais les filles ne l'écoutaient plus, assommées par les paroles de Bostian.

Celui-ci poursuivit :

« Voilà ce qui va se passer : vous allez me laisser partir, y a aucun intérêt à ce qu'on se batte de nouveau. »

Sa voix tremblait légèrement à présent.

Séléné hocha la tête et, en signe de trêve, alla s'asseoir sur le canapé. Un bruit de porte confirma que Bostian était reparti. Irina rejoignit son amie, cherchant une solution.

« La camionnette de Karl perd de l'huile, dit soudain Irina, une lueur d'espoir sur le visage. On peut peut-être suivre sa trace ? Il ne doit pas être bien loin. »

Les filles prirent chacune leur sac et quittèrent le salon. Il était urgent de partir au secours de Milena, de Daria et d'Antoine.

Irina jeta un coup d'œil au contenu de son sac : une lampe torche, la fiole trouvée sur la momie, sa propre fiole, mais aussi le fragment de fresque ramassé près de l'arbre dans la caverne. Elle monta dans leur chambre, prit quelques affaires de rechange, tous ses santons et ses cartes. D'un coup d'œil circulaire, elle embrassa la chambre, et glissa aussi dans son sac le carnet de croquis de son amie.

Quand elle redescendit, Séléné se tenait dans le hall de l'entrée. Ses yeux brillaient d'un éclat guerrier.

« Partons ! »

Une fois dans l'allée, elles se rendirent compte que le vieux chat les suivait.

« Viens par là, toi. À marcher à côté de nous, tu vas vite te fatiguer. Et inutile de me griffer ! »

Séléné prit Loki dans ses mains et le mit sur son épaule.

« Je ne m'étais jamais rendu compte qu'il était si petit ! » s'exclama-t-elle.

Le chat noir tenait tout entier dans le creux de son épaule.

Les filles se mirent en route, et ne furent bientôt plus que deux silhouettes sur le chemin.

L'arche des arbres les entourait, la lumière qui tombait sur elles avait une couleur irréelle, tirant sur l'or, et nimbait leurs cheveux d'une aura particulière.

Sur l'épaule de l'une, une tache sombre : le chat eut un lent mouvement de tête vers la maison.

Passerelle entre les mondes, frêle dans celui-ci, terrible dans l'autre, il remuait lentement la queue, battant la mesure du temps qui passait inéluctablement.

Merci Maxime, deus ex machina

Ce livre existe grâce au travail de toute une équipe.

Communication : Caroline Babulle, Sandrine Perrier-Replein, Typhaine Maison, Adélaïde Yvert.

Coordination éditoriale et administrative : Céline Poiteaux, Martine Rivierre.

Studio : Pascaline Bressan, Barbara Cassouto-Lhenry, Joël Renaudat.

Fabrication : Muriel Le Ménez, Céline Ducournau, Bernadette Cristini, Sophia Paroussoglou, Phousa Chantharath, Isabelle Goulhot, Émilie Lapan (Canada).

Correction : Emmanuelle Coppeaux, Valérie Gautheron.

Commercial, relation libraires et marketing : Laetitia Beauvillain, Alexandra Profizi, Élise Iwasinta, Morgane Rissel, Aurélie Scart, Clément Vekeman.

Cessions de droits : Isabelle Votier, Benita Edzard, Lucile Besse, Sonia Guerreiro.

Gestion : Sophie Veisseyre, Chloé Hocquet, Isabelle Déxès, Camille Douin.

Service auteurs : Viviane Ouadenni, Jean-François Rechtman, Catherine Reimbold.

Ressources humaines : Mylène Bourreau.

Juridique : Laëtitia Doré, Anaïs Rebouh, Valérie Robe, Jean-Benoît Vassogne, Julia Crosnier.

Diffusion : Aurélia Spalacci (directrice des ventes), Nadine Eugénie, Céline Pitt, Arnaud Weill, Hervé Adamczyk, Annie Bourgade, Éric Charpentier, Gilles Couillard, Sandrine Ducrocq, Élisabeth Ehlinger, Guillaume Loras, Jean-Philippe Pilloux, Philippe Maulnier, Gilles Torché, Élisabeth Gastaldo, Jean-Pierre Stephany (Belgique), Olivier Béguin (Suisse), Jean Bouchard et Marie-Ève Provost (Canada), Emmanuelle Cadot, Virginie Godet et Caroline Pan.

Avec le soutien des équipes d'Interforum et d'Editis qui participent à la création, la diffusion et la distribution de ce livre.

Canoros Vehit Canentes

La photocomposition de cet ouvrage
a été réalisée par
GRAPHIC HAINAUT
30, rue Pierre Mathieu
59410 Anzin

MIXTE
Papier
FSC FSC® C003309

L'éditeur de cet ouvrage s'engage dans une démarche
de certification FSC® qui contribue à la préservation
des forêts pour les générations futures.

Pour en savoir plus :
www.editis.com/engagement-rse/

Achevé d'imprimer en décembre 2021
par Normandie Roto Impression s.a.s.
61250 Lonrai (Orne)
Dépôt légal : janvier 2022
N° d'édition : 63269/01 – N° d'impression : 2106812

Imprimé en France